「ようこそ、『シェアハウス』へ！」
However, the sho
must go on.

CONTENTS

口絵・本文イラスト／白身魚
口絵・本文デザイン／AFTERGLOW

7人の少年少女が、
出会って、笑って、泣いて——
そんな風に続いていく、
彼らの『台本のない青春』。
城浜龍之介
RYUNOSUKE SHIROHAMA
青葉ひなた
HINATA AOBA
名島拓海
TAKUMI NAJIMA
若宮琴
KOTO WAKAMIYA
千早杏
AN CHIHAYA
美和綾乃
AYANO MIWA
香椎涼太
RYOTA KASHII
SHARE HOUSE
EVERY MONDAY 11:30P.M. This program is brought to you by TATARA Motors.

「わたしも、ここに来たら
キラキラできると思ったんだよね」

「そうなの?」

「何者でもない自分が何者かになれる……みたいな」

それは、いまにも消え入りそうな声だった。

琴は視線をそらし、ふっといびつに笑った。

されど僕らの幕は上がる。Scene.1

喜多見かなた

角川スニーカー文庫

19298

この作品はフィクションです。
実在の個人・団体とはいっさい関係ありません。

序幕

「ようこそ『シェアハウス』へ!!」

ドアを開けると、パンパンとはぜるクラッカーの音。リビングダイニングに集まった6人の男女が、拍手《はくしゅ》で俺を迎《むか》えてくれた。

ついに来たんだ、ここに。人生のどん底から、まさに一転……夢じゃないんだ。

「はじめまして！　今日からよろしくね!!」

憧《あこが》れの美少女——16歳の人気グラビアアイドル・青葉《あおば》ひなたが、両手を振《ふ》りながらバタバタと勢いよくこちらに駆《か》け寄って来る。

くりくりした目、ぷっくりと熟《う》れた唇《くちびる》、セミロングの栗色《くりいろ》の髪《かみ》。テレビで見るより断然、可愛《かわい》い。実物を前にすると、顔の小ささと抜群《ばつぐん》のスタイルが印象的だ。

……ダメだ、あまりのまぶしさに、いまにも腰《こし》が砕《くだ》けてしまいそうだ。

「じゃあ、早速《さっそく》、自己紹介《しょうかい》をお願いね！」

「俺、香椎涼太《かしいりようた》！　今年中学を卒業した15歳!!　みんなみたいに俺もキラキラしたいって思って、ここに来たんだ！　もう5月だけど入学式みたいな気分で、今すごくドキドキしてます。てことで、よろしく!!」

事前に指示された設定通り、俺は「明るいリーダー少年」らしく、はきはきとこたえる。我ながら、素《す》の自分と乖離《かいり》しすぎていて歯が浮《う》く。が、今は我慢《がまん》するしかない。

「えー!?　てことは涼太君って年下なんだね。全然見えないよ。いい意味で」

「まじで？　初めて言われたよ！　それ超《ちよう》うれしいんだけど!!」

「すごく優《やさ》しそうで、頼《たよ》りがいがあるもん。わたし速攻《そつこう》、頼っちゃおうかな？」

くすくす笑うひなたに、胸がどんと大きく跳《は》ねる。やばい。正気を失いそうだ。

「話はあとあと。せっかくの料理が冷めるよ」

ひなたの隣《となり》から、ひょいと顔を覗《のぞ》かせたのは若宮琴《わかみやこと》。テーブルに並んだ豪勢《ごうせい》なオードブルを前に「ども」と軽く頭を下げてみせる。

長めの黒髪《くろかみ》に、おしゃれ黒縁《くろぶち》メガネ。レンズ越《ご》しの丸っこい目が愛らしい。一見、物静かな印象だが、口調や雰囲気《ふんいき》は男前。通信制高校の3年生——18歳という年齢《ねんれい》の分、落ち着きもある。素敵《すてき》な大人系の美少女だ。

「ていうか、ひなた、優しそうとか頼りがいがあるとかって、彼のこと狙《ねら》ってんの？」

「そこが気になるってことは……琴ちゃんこそ、まさか狙ってる？」

「あ～はいはい。疑問に疑問でこたえるってのは、ま、本気の証拠《しょうこ》だね」

「お～い、２人とも。まずは乾杯《かんぱい》しようぜ、乾杯」

女子２人の他愛《たわい》無いトークに割って入ったのは、ここの最年長、19歳のイケメンフリーター・城浜《しろはま》龍之介《りゅうのすけ》。人なつっこい笑み《え》で「よろしくな」とジュースの入ったグラスをこちらに差し出す。悔《くや》しいかな、イケメンは仕草までイケメンだ。

「で、みんな、グラス行き渡《わた》った？」

龍之介の声を合図に、めいめいグラスを手にテーブルを囲む。ぐるりと見回せば、ひなた、琴、龍之介のほかも、よく見知った顔ばかりだった。

「ばりお腹《なか》空いたぁ。はよ食べようよ」

そうぼやくのは美和綾乃《みわあやの》。13歳にして「天衣無縫流《てんいむほう》」と評されるプロ棋士《きし》の天才美少女だ。中学２年生には見えない童顔と、それとは対照的な大きな胸、そして甘い博多弁《はかた》が男心をくすぐり、ひなたとともに視聴者の絶大な支持を集めている。

「あのサンドウィッチね、ぼくが作ったんだよ」

小首を傾《かし》げ、こちらに微笑《ほほえ》みかけるのは名島拓海《なじまたくみ》。一見、小柄《こがら》な美少女のような美少年だ。「美しすぎるピアニスト」として有名な16歳。「タクミスト」と呼ばれる熱心な女性フアンが多く、視聴率の一部は、そんな彼女たちのものらしい。

「Hi, Guy! Mouth に合うか存ぜぬが、召《め》し上がって頂ければ happy!!」

ハイテンション&英語混じりの妙《みょう》な日本語は千早杏《ちはやあん》。ミドルボブの金髪《きんぱつ》に青い瞳《ひとみ》が映《は》える15歳のハーフ美少女だ。美術系高校の1年生で、専攻《せんこう》は油絵。すでに個展を何度も開いている実力派。最近はここだけでなく、美術関係のイベントなどに出演することもある。

「ねね、涼太君もお腹空いとろう？」

「あ～言われてみれば、めっちゃ腹減ってる！　ていうか、もう食っていいの!?」

綾乃に言われ、料理に手を伸《の》ばそうとする俺に、杏が両手をぶんぶんと振る。

「Please wait a moment!　まだ乾杯致《かんぱいいた》してないよ～」

「涼太君、なんだかもうすっかりなじんでるね。すごいなぁ」

尊敬のまなざしで、俺を見上げる拓海。年上だけど、どこか弟みたいだ。

「ちょっと！　涼太君、そっちばっかりだよ！」

いつの間に隣に来たのか、ぶすっと頬《ほお》を膨《ふく》らませ、ひなたが俺の袖《そで》を引っ張る。その距離《きょり》、十数センチ。ちょっと手を伸ばせば、柔《やわ》らかな唇にさえ触《ふ》れられる。ひなたの小さな顔を目の前にして、俺はあやうく「あぁ……」と素で感嘆《かんたん》の声を漏《も》らしそうになった。いかん。

俺は「明るいリーダー少年」という設定だ。素の香椎涼太ではない。

「悪《わり》ぃ悪ぃ！　てか、俺ももっと、ひなたちゃんと話したいことあるんだ！」

「え〜そうなの？　なんだろ？　ちょっとうれしいかも」

「またそうやって……。あたし知らないよ、どうなっても」

はしゃぐひなたに、琴はやれやれと肩《かた》をすくめてみせ、龍之介は「だから、乾杯だっての！　スルーすんな！」と呆《あき》れ顔。「分かってるよ」と、ひなたはちょっと唇を尖《とが》らせる。

俺を含《ふく》めて計7人。ここで暮らしていく仲間たち。

正直、俺を除けばみんなキラキラしすぎていて、かなりのアウェー感。何一つ誇《ほこ》れるもののない俺と、比べることさえおこがましい面々。はっきり言って、場違《ばちが》いだ。

本当にここで暮らしていけるのか、不安がないわけではない。

でも、この面々とだったら、きっと大丈夫《だいじょうぶ》だという思いもある。

だって、みんないい奴《やつ》そうだから。もちろん俺に設定があるように、みんなも多少は設定なりなんなりで盛っているに違いない。

なにせ、ここは、あの「シェアハウス」だ。

けれど、それらを差し引いても、みんなのあたたかさは本物だと思う。弾《はじ》けんばかりの六つの笑顔が、それを証明している。

気づけば、窓の外は日が沈《しず》み、真っ暗闇《くらやみ》。ここ――リビングダイニングだけが、まぶしいほど明るい。まるで俺の門出《かどで》を照らすスポットライトのようだ。

人生のどん底で、どんより淀《よど》んでいた昨日までの俺よ、さようなら。

「じゃ、わたしから乾杯のまえに一言！」

言い出すと、ひなたは「こほん」と咳払《せきばら》いをして続けた。

「改めて、涼太君いらっしゃい！　どんな人なのか、いろいろ想像してたけど、一目見て安心しました。それで、えっと……みんなで楽しく暮らそうね!!　というわけで乾杯!!」

「かんぱーい!!」

「よろしくな！　みんな!!」

みんなの力強い歓迎《かんげい》に、俺もせいいっぱいの声でこたえる。

そのとき。

「はい、今日はここまででーす。お疲《つか》れ様でーす」

撮影《さつえい》スタッフの一人が、声を上げた。

たちまち、今の今まで俺の正面をとらえていたムービーカメラが、カメラマンの肩から下ろされる。ADと思《おぼ》しきスタッフが柱や天井《てんじょう》の固定カメラをチェックし始め、音声さんに至っては、ガンマイク片手に、大きく伸びをしていた。

……実はこれ、全部「シェアハウス」というテレビ番組だ。

使われなくなった分校の校舎をシェアハウスにして、7人の少年少女が生活。青春のすべてをありのまま映す――という体《てい》のリアリティーショー。そして俺は、キャストの一人が卒業したのに合わせて、新キャストとして晴れてここに足を踏《ふ》み入れたというわけだ。

とはいえ。

「明日《あした》は朝7時から、ひなたちゃんと龍之介君の2人メーンで朝食の撮影でーす。ほかの人は、その前後で食べちゃってくださいね。じゃ、あとは自由にお願いしまーす」

味気ない事務連絡《れんらく》で、先ほどまでの歓迎ムードは雲散霧消《うんさんむしょう》。

水を差され、だらりと緩《ゆる》む室内の空気。

……空気読めよ、スタッフ。

番組だからって、こんな切り方はない。哀《かな》しすぎる。みんなもきっとそう思っているに違《ちが》いない。だって、あんな笑顔の、いい奴ばかりだから。なんなら「最後までやろうよ！」という声が上がるのではないかと期待しつつ、俺はキャスト達の表情を窺《うかが》った。

そんな中、まっさきに動いたのは杏だった。

「個展の準備でbusyなので、これにてわたくし失礼するね。See you!」

金髪を翻《ひるがえ》し、颯爽《さっそう》と部屋をあとにする杏。途中《とちゅう》、ちらとこちらを振り返り「enjoyできればよろしいね、share-houseのlife」と軽いウィンクを残していった。

意味ありげな仕草に、俺は一瞬《いっしゅん》、戸惑《とまど》う。ていうか、あっさりしていて拍子抜《ひょうしぬ》け。

「お……俺も、今日は、すごく……疲れて……人がいっぱいいるの……無理」

続いて、先ほどのイケメンぶりから一転、龍之介がおどおどと逃《に》げるように出ていく。

それはもはや別人で、突然《とつぜん》の展開に、まるで理解が追いつかない。

「気にせんでいいよ。龍之介君は、あれが素やけん」

からあげを頬張《ほおば》りながら、綾乃が教えてくれる。プロ棋士らしく、こちらの胸の内など先の先まで読めるとばかりに、唇のはしっこには小さな笑みが浮かんでいた。

素って……他人様《ひとさま》のことは言えないけど、あれはない。コミュ障にもほどがある。

「たいした尺でもねーのに収録長《なげ》ぇよ！　俺を誰《だれ》だと思ってんだ？　名島拓海だぞ？」

気づくと、隣の拓海がサンドウィッチをわしづかみ。思わず俺は、その様を凝視《ぎょうし》する。

「何か用か？　あ？」

すごむ拓海。まるで輩《やから》だ。こいつもこれが素か？　ひどすぎる。もはやキャラ崩壊《ほうかい》だ。

「あれ？　おまえさ、見た目パッとしねーけど、もしかして、まじの素人《しろうと》なの？」

「……え？」

いきなりの問いかけに、言葉の意味がよく呑《の》み込めず、俺はぽかんとしてしまった。

まじも嘘《うそ》もなく、ただの素人ですが、何か？

「うわぁ、まじ素人だ！　凡人《ぼんじん》のくせに、ここ来たんだ？　身のほど知らずだな、おい」

拓海は唇《くちびる》を歪《ゆが》め、これ見よがしにバカにする。

なんだ、このミニマムサイズ。いくら本当のことでも、言い方ってものがある。

新入りという立場上、俺はぐっと我慢しつつも、胸の内で毒づかずにはいられなかった。

「凡人がキラキラとか、まじうけんだけど」

「……拓海君、そういうこと言うのはやめようね」

ため息混じりに、俺達の間に入ってきたのは琴だった。

「うるせーなぁ。いちいち注意とか、おまえは俺の母ちゃんか？」

「母ちゃんではないけど、凡人ではあるかな？　みんなみたいに才能なんかないから」

「琴は……いいんだよ、べつに」

ちっと舌打ちし、目をそらす拓海。琴は、ちょっと困った顔で「ごめんね」と俺の表情を窺う。こちらを気づかう優しい視線に、思わず胸がどきりとする。

「ちょっと、びっくりしちゃったかな？」

「あ……うん」

「気にしないで……って言っても気にしちゃうよね？」

「まぁ……」

びっくりどころの騒《さわ》ぎではない。ていうか、琴もまるで別人だった。

先ほどまでの男前の雰囲気《ふんいき》は影《かげ》を潜《ひそ》め、代わりに、おおらかな大人の女性の空気をまとっている。これが素《す》らしい。柔らかな表情が、ほんの少しだけ場を和《なご》ませてくれた。

「みんな個性豊かだけど、根は悪い人じゃないんだよ」

「あ……はい」

そう曖昧《あいまい》に頷《うなず》きながら、俺ははたと大事なことに気づく。

俺の、俺の憧《あこが》れのひなたは……そのままだよな？　憧れのままだよな？

見れば、ひなたはオードブルに少し手をつけただけで、あとは手持ちぶさたに１人で黙々《もくもく》とグラスを傾《かたむ》けている。なんだか先ほどより、ずいぶん大人しい。

俺は意を決し、せいいっぱいの笑顔で、おずおずとひなたに話しかけてみた。

「あの、今、いい……ですか？」

緊張《きんちょう》のあまり声が裏返りそうになる。

「……」

怪訝《けげん》な表情で、黙《だま》って小首を傾げるひなた。

さっきと何かが違う。おかしい。でも、もうあとには退《ひ》けない。

「あ、ごめん。俺、実は、素はこんな感じの奴で……。で、その、あの、ほんの数分でいいんだけど、今ちょっと、話してもいいですか？」

せっかく作り込んだ笑顔《えがお》が、ひくひくと引きつっているのが、自分でもよく分かる。

素の俺は、これだ。

設定が「明るいリーダー少年」なら、素は「日陰《ひかげ》のシダ植物」。基本はネガティブ。人と向き合うのは、あまり得意ではない。ていうか、かなり苦手だ。

とはいえ今、目の前にいるのは、あの青葉ひなただ。

俺はなけなしの勇気を絞《しぼ》り出して、言葉を続けた。

「これから、いろいろ……よろしくお願いします」

「……」

いっぱいいっぱいな俺に、しかし、ひなたは声を返してくれない。代わりに、なぜか品定めするような、冷たい視線がこちらに向けられる。俺は慌《あわ》てて言葉を継《つ》ぎ足していく。

「楽しい思い出を……いっぱい作ろうね」

「……」

「俺、ひなたちゃんのファンで、ずっと会いたくて、新キャストのオーディションでも、ひなたちゃんのことをめっちゃ話して……」

「……」

いつまで経《た》っても無言のまま。おかしい。絶対におかしい。俺は焦《あせ》りまくる。

「今年の1月に出たファースト写真集も買って、サイン入りチェキのプレゼントに応募《おうぼ》して、そしたら当たって、すごく大切にしてて……」

「ゴミムシ」

突然、ひなたが忌々《いまいま》しげに吐《は》き捨てた。

「え？　ご、ゴミ……ムシ？」

「誰に断ってちゃん付けとかしてんの？　調子乗りすぎ。ゴミムシのくせに」

射貫《いぬ》くような鋭《するど》い視線。くりくりと大きな瞳《ひとみ》に、どす黒い陰がありありと浮《う》かんでいる。

「非業《ひごう》の最期《さいご》を遂《と》げたいの？」

ヒゴウノサイゴ……って、え？　ていうかゴミムシって……もしかして、俺のこと⁉

想定外すぎる事態に、一瞬、思考が飛ぶ。

何これ？　ドッキリ？　全然、笑えない。そんなバカな。何かの間違《まちが》いだ。だって、ひなたは、俺の憧れの人であり、なにより俺の人生を変えてくれた大切な人だから……。

ありえない。少なくとも、初対面の相手をゴミムシ呼ばわりする人間ではないはずだ。

俺は言葉なく、ただその場に突《つ》っ立っていることしかできなかった。

「で、何？　あんた、ここに遊びに来てんの？」

険しい表情で、ひなたがぐいとこちらに迫《せま》ってくる。

「まぁいいや。とにかくゴミムシにちゃん付けされる覚えはないから。分かったら返事!!」

「……はい」

あまりの剣幕《けんまく》に気おされ、生返事。侮蔑《ぶべつ》に満ちた瞳は、夢であってほしいと願うことさえ許さない。非道、非情、無情。気づけば、膝《ひざ》がかくかくと震《ふる》えていた。

こんなの……ひなたじゃない。俺の青葉ひなたは、こんな奴《やつ》じゃない。

理想と現実。

胸の中の大切な何かが、ポキリとへし折られる音がした。


〈これは少年少女7人が出会って、笑って、泣いて、明日へ向かう物語。

番組が用意したのは、ちょっとレトロなおうちと素敵《すてき》な車だけ。

今夜も『台本のない青春』のはじまりです。

This program is brought to you by TATARA Motors〉

第一幕

ひやりとした寒さに目を覚ますと、俺は布団《ふとん》もかけずベッドの上に転がっていた。
壁《かべ》の時計を見れば午前6時。どうやら寝落《ねお》ちしたらしい。
室内に目をやると、開いた段ボール箱が床《ゆか》に一つ——家からここに送った荷物だ。
昨夜、整理しようとしたものの、歓迎会《かんげいかい》のショックでそれどころではなかった。
「初日に終わるって……どんだけな無理ゲーだよ」
速攻《そっこう》でひなたに無視され、睨《にら》まれ、挙句のゴミムシ認定《にんてい》。こぼれるのはため息だけだ。
段ボール箱から覗《のぞ》く色紙に、つい目を向けてしまう。
卒業式の日、クラスで書いたという寄せ書き。親が入れたらしく、荷物に紛《まぎ》れていた。
（そんなに落ち込むなって。来年、みんな待ってるから）
（気持ちは分かるけど、せめて卒業式には来た方がよかったと思うよ）
（たった1年の回り道なんて、長い人生でたいしたことないって）

寄せ書きなんて文化を考えた奴は、よほどの能天気かリア充《じゅう》に違《ちが》いない。人生のどん底に突き落とされ、卒業式にさえ出られなくなる人間がいることなど、まるで考えていない。ていうか、欠席した理由を知りつつ、それでもなお、そんなものをわざわざ家まで届けるクラスメイトもどうかと思う。ついでに、息子《むすこ》の荷物に、勝手に突っ込む親も親だ。

「どいつもこいつも……爆殺《ばくさつ》してやりたい」

朝っぱらから、そんな呪詛《じゅそ》の言葉が口を衝《つ》く。

そのとき。

「おはようございまーす！」

晴れやかな声がドア越《ご》しに聞こえてくる。ひなただ。

「今日も朝から元気だね、ひなたちゃん」

「元気だけが取り柄《え》ですから！」

スタッフ達と交《か》わす会話は、昨夜の出来事などなかったかのようなさわやかさだ。

俺は恐《おそ》る恐るドアを開け、廊下《ろうか》の先にあるリビングダイニングの方を窺《うかが》ってみる。

忙《いそが》しく撮影《さつえい》の準備をするスタッフ達の間に、落ち着いたブルーのもこもこパーカー姿のひなたが見えた。にこにこと周囲に笑顔を振《ふ》りまいている。

……昨日は、機嫌《きげん》が悪かっただけなのかもしれない。たぶん、そうだ。

淡《あわ》い期待を胸に、俺は一歩ずつ、慎重《しんちょう》にリビングダイニングへ足を進める。

この一歩は人類にとっては小さな一歩でも、俺にとっては大きな一歩だ。きちんと話せば、きっと大丈夫《だいじょうぶ》。少なくとも、この先にいるのが、俺の知っている青葉《あおば》ひなたなら。

「あ、おはよう」

「んはっ‼」

突然《とつぜん》、背後から声。危《あや》うくつんのめりそうになるのをなんとか堪《こら》え、俺は振り返る。

立っていたのは、エプロン姿の琴《こと》だった。

「どうしたの？」

「あ、なんでも……ない、です」

ちらとひなたの方を見れば、こちらを目のはしっこで眺《なが》めている。こんなところで、まさか「ひなたに再アタック中」ともこたえられず、どぎまぎしてしまう。

「早起きなんだね、涼太《りょうた》君」

「その……ここの生活に慣れようと思って、早起きしてみたんです。ていうか、その、これから朝ご飯の準備……ですか？　俺、手伝いましょうか？」

我ながら、かなり機転がきいた方だと思う。

「でも……」

琴の視線が、ドアを開けっ放しにしたままの俺の部屋に向けられる。

「ちらっと見えちゃったんだけど、荷物の整理もまだ終わってないでしょ？」

「あ、えっと、俺……基本、整理とか得意じゃないんで、そのうち適当に……」

「それはダメだよ。わたしも手伝うから、すぐにやっちゃおうね」

腕《うで》まくりをして、いまにも部屋に入ろうとする琴。どうやら、かなりの世話焼きらしい。

俺は慌てて「あとでやりますから！」と立ちふさがり、後ろ手にドアを閉める。男子には、見られて困るものが多い。その場を収めようと、俺は思いつくまま口を動かした。

「そういえば、これから撮影もあるんですよね？　朝ご飯のシーンの。じゃあ、まずはやっぱり、ご飯を作らないと。俺、あの……キャストの一員として、手伝いたいです」

「整理……あとで必ずやる？」

「も、もちろんです、はい」

俺は激しく首を縦に振り、そのあいまに、ちらちらとひなた。撮影の準備が終わったのか、ひなたはこちらには目もくれず、リビングダイニングの奥に消えてしまう。

「荷物の整理がすんだら、段ボールは畳《たた》んで玄関《げんかん》に出してね」

「あ、はい。ありがとうございます。必ず……そうします」

「うん、それならけっこう。じゃあ朝ご飯の準備、ちゃっちゃとしちゃおうか？」

ようやく納得《なっとく》してくれたらしい。琴は鼻歌混じりにキッチンに入っていく。

仕方なく、俺はとぼとぼとその後を追った。


キッチンで洗い物をしながら、俺はちらちらと隣《となり》のリビングダイニングの様子を窺う。

テーブル越しに向き合うひなたと龍之介《りゅうのすけ》。

スタッフ達がカメラを回しながら、息を殺して2人の言葉を待っている。朝食をとりつつ、ときどき無言で視線を向け合う2人。キラキラとした雰囲気《ふんいき》がまぶしすぎる。

「……2人だけで朝ご飯って久しぶりだね」

最初に口を開いたのは、ひなただった。

「確かにそうかも」

ひょうひょうとした龍之介。コミュ障など微塵《みじん》も感じさせない完璧《かんぺき》な素振《そぶ》りだ。

「みんなと一緒《いっしょ》もいいけど、こんな朝も悪くないよな」

「静かなのも、たまにはいいよね」

「え？　それだけ？　……相変わらず冷たいな」

「それだけって……ほかになんかあるの？」

トーストを片手に意味ありげに微笑《ほほえ》む横顔は、俺がよく知っている青葉ひなただった。

可愛《かわい》くて、優《やさ》しくて、元気で、ちょっと生意気で。決して純朴《じゅんぼく》なファンを「ゴミムシ」認定するような人間ではない。……昨夜の出来事は、たぶん幻想《げんそう》だ。疲《つか》れていたんだ。

「ひなたちゃんのことが気になるの？」

すぐ隣で一緒に洗い物をしていた琴が、首を傾《かし》げる。メガネの奥の目が笑っていた。

「あ、いや、べつにそういうのじゃなくて……。なんか、ほんとに撮影してるんだなって、ぼんやりしちゃって。こういうの初めてなんで、まだ現実感がないっていうか……」

その場をごまかそうと適当なセリフを並べる俺に、琴はうんうんと頷《うなず》く。

「そうだよね、最初はいろいろ気になるよね。でも慣れれば全部、日常だから」

「琴さ……いや、若宮《わかみや》さんは、もう慣れましたか？」

「敬語はやめようよ、涼太君」

「……でも俺、年下ですし」

「そんなの関係ないよ、みんな同じキャストなんだから。あと、わたしは『若宮さん』より『琴』って呼ばれる方が好きだな。ちゃん付けでも、誰《だれ》かみたいに怒《おこ》んないけどね」

いたずらっぽい笑《え》み。俺はつい、おずおずと「じゃあ、琴で」と調子を合わせてしまう。

「ただ、俺だけ呼び捨てても変なんで、俺のことも涼太でお願いして……いい？」

「じゃあ、今から涼太って呼ばせてもらうね」

くすっとこぼす笑みが、なぜだかとても心地《ここち》いい。

「で、慣れたかと聞かれると、さすがに半年もここにいると慣れずにはいられないよね」

「確か琴さん……琴って、去年の……12月くらいからだよね？　出演」

「そうそう」

「で、杏《あん》ちゃんも同じくらいの時期だよね？　んで、しばらく経《た》ってから綾乃《あやの》ちゃんで」

「すごい！　よく憶《おぼ》えてるね」

俺の記憶《きおく》が確かなら、番組が始まったのは去年の4月。で、残っているキャストでいうと、龍之介だけが初回から出演していて、ひなた、拓海《たくみ》が後に続き、しばらくして琴、杏がほぼ同じ時期に参加し、最近になって綾乃という順番のはずだ。

「もしかしたら、わたしより涼太の方がくわしいかもね、番組のこと」

「いやいやいやいや、そんなことないよ」

……と謙遜《けんそん》しながらも、正直なところ、その自信はたっぷりとある。

毎週月曜日、午後11時30分から午前0時までの30分。欠かさず番組を見てきた。

テレビがオワコンのこの時代に、番組はそこそこの視聴率《しちょうりつ》らしい。俺らの世代の、特にリア充に人気だ。キャスト達に自分を重ね、共感したり反発したりするのだろう。「だろう」というのは、リア充でない俺にそんなメンタリティーがないからだ。

俺の視聴目的は単純明快だ。ひなただ。

中学3年生の春、勉強のあいまにテレビをつけたら、たまたま第1回を放送していて、初めのころは「情弱向けのヤラセだろ？」とネタ代わりに毎回、半笑いで眺めていた。

でも、夏ごろにひなたが登場してからは一転、目が離《はな》せなくなった。

「この子……ヤバいかも」

俺は、ひなたの虜《とりこ》になった。

その容姿はもちろん、例えば、番組で見せる笑顔、あるいは懸命《けんめい》でひたむきな姿は、「高校こそは絶対に」と鬱々《うつうつ》と受験勉強に勤《いそ》しむ俺の心を支え、癒《いや》し、励《はげ》ましてくれた。

ひなたもがんばってるんだから、俺もがんばらないと。

いまどきテレビの向こう側に思いを寄せるなんて、痛すぎる。自分でも、十分すぎるほど分かっていた。でも、ひなたの前では、そんな理性なんて何の意味もなかった。

気づけば、俺は生粋《きっすい》のひなたファンだった。

写真集のプレゼント応募《おうぼ》で当てたサイン入りチェキだって、ずっと大切にしている。

それどころか、あれがなければ、今、俺はここにいない。

ひなたの笑顔の横に、サインとともに添《そ》えられた言葉。

あの言葉が、俺をここに導いてくれたんだ。

ここでなら――ひなたと一緒なら、人生をやり直せるかもしれない、と。

それなのに。

「ゴミムシ！」

いきなりの怒声《どせい》に、俺はあやうく洗っていた皿をシンクに落とすところだった。

見れば撮影は終わったらしく、ひなたが大股《おおまた》でこちらにずかずかと向かってくる。

「今朝のご飯、あんたが作ったでしょ？　まずすぎ！　味覚ぶっ壊れてんじゃない？」

言葉を挟《はさ》む余地もない。琴を手伝いながら、見よう見まねで俺が作ったのは事実だが。

「ほんと使えない男ね」

「作ってもらっておいて、それはないと思うな」

見かねた琴が、やれやれと俺達の間に入ってくる。

「どうしたの？　そんなひどいこと言うなんて、ひなたちゃんらしくないよ」

「どうもしないわよ。まずいものはまずいの！」

「ごめんね。手伝ってもらったのはわたしだから、全部わたしの責任だよ」

「……琴、こいつをかばう気？」

「かばうもなにも、手伝ってくれたことには、ちゃんと感謝しないと」

「なんでこいつに感謝なんか……」

「そんなに言うなら、ひなたちゃんもお料理当番に入る？」

琴の視線が冷蔵庫に向かう。扉《とびら》に貼《は》られた「今月の当番表」には、琴の名前がずらり。料理、洗濯《せんたく》、掃除《そうじ》。時々、ほかのキャストも申し訳程度に入ってはいるが、基本は琴だ。

「だって、わたしは仕事があるから……」

ばつの悪い表情で、ひなたは視線をそらす。

「……もちろん、琴にはすごく感謝してるよ」

つぶやくような声で、そっとつけ加える。それは、たぶんひなたの本音だろう。

当番表の偏《かたよ》りは、一見、いじめを疑うレベルだ。実際、ついさっき、それを見たばかりの俺も「え？」と一瞬《いっしゅん》、言葉を失った。でも、本人はいたって涼《すず》しい顔だった。

「わたし、家事が苦じゃないから」

そして、こう続けた。

「みんないろいろ忙《いそが》しそうだし、逆にね、こんなことでも役に立ててうれしいんだよね」

番組の絶対条件はここに住むことだが、規則さえ守れば、仕事や学校に通うことは許されている。というより、通っているキャストがほとんどだ。

グラビアアイドル、プロ棋士《きし》、ピアニスト、そして将来有望な画家の卵……そんなキラキラと輝《かがや》く面々が忙しくないわけがない。一方、一番暇《ひま》そうなフリーターの龍之介は役に立たないっぽい。必然的に、通信制で時間に余裕《よゆう》のある琴が、家事担当になったのだろう。

理屈《りくつ》は分かる。でも、それにしたって……。

放送で見る「シェアハウス」は、全員で協力しながら生活しているというのが大前提だ。

結局、番組なんて編集でどうにでもなるということらしい。

「とにかく、わたしが言いたいのは、ゴミムシの作ったご飯は嫌《いや》だってことだから！」

「あんまりわがまま言うと、ひなたちゃんだけご飯抜《ぬ》きになるよ？」

「……」

琴の圧勝。ぐうの音も出ないひなた。

「あ、そろそろお洗濯しなきゃね」

琴は平然とタオルで手を拭《ふ》いている。気づけば食器はすべて洗われ、水切りラックに整列。話している間も手が動いていたようだ。どうやら苦でないどころか、家事無双《むそう》らしい。

「あっちのお皿、お仕事行く前に、シンクに置いておいてね。あとで洗うから」

「……分かってる！」

ぞんざいにこたえると、ひなたはずかずかとリビングダイニングに戻《もど》っていった。

「え？　涼太って高校生じゃないの？」

洗濯物《せんたくもの》を干す琴の手が、一瞬だけ止まった。

「まぁ、そんな感じ、かな？　……いろいろあって」

洗い物のあと、成り行きでそのまま洗濯を手伝っていたら、ふとそんな話になった。

「いろいろって……じゃあ、専門学校生とか仕事をしてるとか？」

「そういうのでも、なんというか……ない感じ？」

「……」

こちらの言葉を待っている琴。だけど自分の口で語るには、まだちょっと重い。

なにより他人に話すようなことではない。ていうか、話したって分かるはずがない。

ほかのキャストと違《ちが》って、琴は一般人《いっぱんじん》だし、性格もとっつきやすい。キラキラしたここの面々の中ではたぶん一番、俺に近い。でも、普通《ふつう》に美少女だ。持てる者と持たざる者。俺の話など聞いたところで、きっと異次元のものに違いない。

俺はつとめて明るく話題をそらした。

「琴って、毎日これを1人でやってるんだよね？　その……たいへんじゃない？」

籠《かご》にうずたかく積まれた7人分の洗濯物は、見るだけで、やる気が萎《な》えるほどだった。

「え？　う～ん。うちって自営業でお店をしててね、親が忙しい分、子どものころから家事をしてたの。だから全然苦じゃなくて……慣れてるんだ」

「もしよかったら……俺、手伝おうか？　これから」

ほとんど思いつきだが、さっきの話を蒸《む》し返されても困るので、とりあえず言ってみた。

「でも……涼太は涼太ですることがあるんじゃないの？」

「時間だけは売るほどあるから。なんというか……ほかにすることなんてないよ」

事実、学校も仕事もない身だと、撮影《さつえい》がない限り、ここではすることがない。

正直、部屋で引きこもるのは慣れたもので、それならそれで平気ではある。しかし、番組の――ひなたの理想と現実のギャップに心折られた今、1人で部屋にいたら、たぶん廃人《はいじん》まっしぐらだ。だから、家事で気を紛《まぎ》らわせるのは精神衛生上、悪い話ではない。

夢破れて「シェアハウス」あり。

昨夜、ひなた本人に希望の灯《ひ》を吹《ふ》き消されたとき、一瞬だけ、家にUターンしようかと考えないでもなかった。が、帰ったところで待っているのは、これまでと変わらないどん底生活。それなら、しばらくここで暮らした方が、まだマシだった。

一緒《いっしょ》にいれば、いずれそのうち、ひなたと打ち解ける日が来るかもしれない。

あの言葉を……もう少しだけ信じてみたかった。

「……」

琴はまだ何か言いたげだったが、これ以上話すと、深いところまで触《ふ》れられてしまいそうで、俺は軽く無視を決め込み、代わりに空を見上げた。

抜けるような青空の下、洗いたてのシャツやタオルが、山から吹き下ろす風にそよぐ。

「東京《とうきょう》にもこんな場所があるんだね」

山々に抱《いだ》かれた景色は、どこか地方のよう。でも実は、ここは東京都。昨夜、スタッフに聞いた話だと、島しょ部を除けば、都内唯一《ゆいいつ》の村である日野原村というところらしい。

そして分校の校舎――「シェアハウス」は、周囲を深い緑に覆《おお》われ、普通の学校の中庭ほどの狭《せま》い校庭を合わせても、緑の中の小さな点に過ぎない。まさしく陸の孤島《ことう》だった。

「いろいろ……か。そうだよね。生きてると、いろいろあるよね」

ふと手を止めて、琴がつぶやいた。急な話の展開に、俺もちょっと手を止める。

「ほんとに……いろいろだよね」

その口調は、どういうわけか、ひどく乾《かわ》いていた。優《やさ》しいメガネ美少女らしくない、棘《とげ》のある感じ。まるで誰《だれ》かを嘲笑《あざわら》うようでもある。聞き流そうにも、いやにひっかかった。

とはいえ、ここでかけるべき言葉をすんなり見つけられるほど、俺は男前ではない。

そもそも、そんな間柄《あいだがら》でもない。おたがい、ただのキャスト――共演者だ。

なんとなく目を合わせづらく、そっと視線をそらすのがせいぜいだった。

そのとき。

琴の手に握《にぎ》られているものに、はたと目が留まる。その手の中にあったのは、ピンク色のふりふりブラジャー。「あ」と思わず漏《も》れそうになるのを、ぐっと呑《の》み込む。

「……これから、じゃあ一緒にがんばろうね」

あやしくなった空気を察したのか、吹っ切るように琴が言う。

「洗濯物が終わったら掃除して……そっか、涼太は荷物の整理もあるよね？」

「そう、だね」

思いっきり生返事。まるで内容が頭に入ってこない。

ふりふり……。誰のか知らないけど、下着くらい自分で洗えよ！

「今日、ちょっと風が強いね」

「あ……うん」

視線を無理やり足下《あしもと》に落とし、俺は平常心を保つ。

「これなら、すぐ乾きそうだね」

琴の動く気配がする。どうやらブラジャーを干したらしい。顔を上げると、「カップ大きいな。誰のかな？」と、つぶやきながらも、琴の手はもう誰かのタオルに伸《の》びていた。

何事もなかったかのように、俺も洗濯物に手を伸ばす。

「なんか……今のわたし達って、ちょっと青春っぽくない？」

こちらの素っ気ない態度をどう思ったのか、ふと琴がそんなことを言い出した。

「青空の下、2人でこうして一緒にお洗濯なんて、ね？」

「……確かに、ちょっと青春っぽいかも」

言われてみれば、そんな気がしないでもない。

「もしかしたら使われちゃうかもね、これ」

「……え？」

意味の呑み込めない俺に、琴はメガネの奥の視線で、ちらと物干し台の陰《かげ》を指す。見ると、カメラが一台、こっそり設置してあった。

「え？　えぇぇぇぇぇぇぇぇ!?」

驚《おどろ》きのあまり、俺はほとんど悲鳴のような声を上げてしまった。


「ごめんね。冗談《じょうだん》のつもりだったんだけど……なんだか驚かしちゃったみたいで」

「ほんとに……大丈夫《だいじょうぶ》なんだよね？　あれ使われないんだよね？」

隠《かく》しカメラの存在より、それを知らずにブラジャーをちら見したという事実が、まずは問題だった。あんな間抜《まぬ》け面《づら》が堂々と公共の電波に乗ったら……末代までの恥《はじ》だ。

「うん、大丈夫。素で内輪の話をしてただけだし、あんなの放送じゃ使えないよ」

ちら見の件は、どうやら安心していいらしい。

動揺《どうよう》する俺とは対照的に、琴はいたって冷静だった。洗濯物を干し終えて校舎に戻る道々、隠しカメラに怯《おび》える俺に、琴は先輩《せんぱい》らしく、いろいろと教えてくれた。

「もし使ったとしても、音を消して画《え》を切り張りして、イメージカットみたいに数秒かな？　だからね、カメラなんか意識する必要ないからね。慣れちゃえば平気だから」

「念のためだけど……カメラがない場所って、あるの？」

「各自の部屋とお風呂《ふろ》、トイレと物置と……校舎の裏手くらいかな？」

「それだけ!?　てことは、逆にカメラだらけってことだよね!?」

「基本、スタッフさんのカメラで撮《と》ったもので番組は作るんだけど、それだけじゃリアル感が足りないから、あんなふうにいろんな固定カメラで日常も切り取ってるらしいよ」

そこまで聞いて、俺はちょっと気になり、声を潜《ひそ》めて尋《たず》ねてみた。

「リアル感っていうけどさ……正直、この番組って台本はあるの？　日常はともかく……例えば、さっきのひなたちゃんと龍之介さんの朝ご飯なんて、スタッフが2人メーンって決めて、画を作り込んでたよね？　あれって要は台本だよね？」

設定なんてものがある以上、「台本のない青春」に台本があっても、おかしくはない。

「う〜ん。スタッフさんは、あれを『演出』って言ってるけどね」

「……さすがマスゴミ。ああ言えばこう言う」

「でも、ああいうのはめったにないんだよ。番組的に盛り上げたいときに、まれにやるくらいで。しかも、あれだってスタッフさんはシチュエーションを決めるだけで、あとはキャストが設定に添《そ》って、アドリブで進めてるんだよ」

そんなめずらしい「演出」が、どうしてひなたと龍之介の朝食風景だったんだ？

まさか龍之介と……。正直、イラっとくる。もちろん、ひなたにではなく、龍之介に。

「でね、普段《ふだん》なんてもっと自由っていうか、アドリブしかないんだよね。『ちょっと撮影いい？』ってスタッフさん達がふらっと現れて、そのままスタート。設定通りなら全ＯＫみたいな。そういう意味では、いちおう台本はないって言ってもいいんじゃないかな？」

言うと、琴は急に立ち止まり、そっと校舎の２階を指さした。

見れば、拓海が２階のはしっこの窓から顔を覗《のぞ》かせ、こちらに小さく手を振《ふ》っている。

昨夜のちびっ子ギャングっぷりはどこへやら、満面の愛くるしい笑《え》みだ。

「手、振ってあげて。自分の設定どおりに」

そう小声で指示する琴は、こちらもいつの間にか設定の琴。大きく手を振っている。

「これって……撮影中ってことだよね？」

急なことに戸惑《とまど》いながらも、俺は「よう！」と「明るいリーダー少年」らしく手を振り返す。すると拓海の脇《わき》から、どういうわけか、ひょっこり龍之介が顔を出した。

「朝から2人で洗濯《せんたく》？　仲いいんだな！」

「まぁね！　俺ら、もうめっちゃ仲いいっすよ!!」

先ほどの苛立《いらだ》ちを胸にしまい、柄《がら》にもなくさわやかな会話を交《か》わす俺。やがて2人は窓から消え、代わりに、忙《いそが》しく動くカメラやガンマイクがちらりと覗く。

「あれもアドリブ？」

「たぶんね。あそこ音楽室だから、拓海君の撮影をしてたら、龍之介君がたまたま通りかかって、じゃあ一緒にって感じかな？　男子2人で新入りの涼太の噂話《うわさばなし》……みたいな」

「なんか、ありがちなシチュエーションだね」

「でも、そういうベタなのがいいみたいよ、実際」

言うと「あ、そういえば」と、琴はぽんと一つ手を打った。

「ベタっていえばね、放送でいっぱい使ってもらえる裏技《うらわざ》があるんだって」

「何それ？」

「固定カメラの画って、生でスタッフさん達も見てるんだって。だから番組が欲しがるシチュエーションとかカップリングとか、そんな画を固定カメラの前で作ると、けっこう気づいてくれて、急きょ撮影って流れになって、使われる可能性が上がるらしいよ」

「らしいって……誰情報？」

「ひなたちゃんだよ。スタッフさんに聞いたみたい。で、やったら、けっこう釣《つ》れたって」

「釣れたって……ひなたちゃん、必死なのかな？」

バカバカしい質問だと自分でも思う。

ひなたは芸能人だ。少しでも前に出たいに決まっている。顔を売るのが商売だ。

でも、俺が今まで見てきた——ときに癒《いや》され、ときに励《はげ》まされてきたひなたの姿が、ただのアピールだったとは、できれば思いたくなかった。

「必死というより、真剣《しんけん》なんだと思うよ」

ふと、こちらの胸の内を察したかのように、琴がぽつりとこぼした。

「真剣？　どういう……意味？」

「う〜ん。そのあたりは、わたしじゃなくて本人から聞く方がいいんじゃないかな？」

これ以上は言えないとばかりに、琴は曖昧《あいまい》な笑みで話をかわした。

「涼太は荷物の整理ね。終わったら声かけて」

半透明《はんとうめい》のゴミ袋《ぶくろ》を手渡《てわた》され、「がんばって」と部屋に押し込まれたのは、午前10時過ぎ。

仕方なく、俺は段ボール箱と向き合う。とはいえ、男子の荷物なんてたかがしれている。

念のため用意してきた参考書や問題集を棚《たな》に放《ほう》り込み、数少ない服をクローゼットに押し込んで終了《しゅうりょう》。ひなたのサイン入りチェキを飾《かざ》るか、ちょっと迷ったものの、万が一、誰かの──それこそひなたの目に触れると面倒《めんどう》なので、参考書の間にそっと挟《はさ》んだ。

(明日《あした》をつかめ)

サインの横に添《そ》えられた、ひなたの一言。俺の背中を押してくれた言葉だ。

チェキが届いたのは、3月末のことだった。応募《おうぼ》したことなどすっかり忘れ、人生のどん底で生きる気力さえ失っていたころだ。

その言葉は、まるで俺に向かって真っ正面から投げられたもののように感じられた。

こんなどうしようもない、ダメ人間の俺にだって、明日はつかめる。

俺の中で、ひなたが憧《あこが》れだけでない、大切な存在になった瞬間《しゅんかん》だった。

そして、ここでなら──ひなたと一緒なら、人生をやり直せるかもしれないと思った。

もちろん、こんなキラキラしたところに出て来る人間でないことは、それこそ拓海に言われるまでもなく、自分が一番よく分かっている。みんなのように何かに恵《めぐ》まれているわけではない。凡人《ぼんじん》どころか、たぶんそれ以下。なにせ「日陰《ひかげ》のシダ植物」だから。

でも、俺はここに来たかった。

「ありがとう」

会ったら必ず言おうと決めていた。

あの言葉が、ひなたにとってどんな意味を持つのか、俺は知らない。あるいは何かの受け売りだったのかもしれない。

ただ仮にそうだったとしても、俺は自分の言葉で、ひなたに感謝を伝えたかった。

それなのに……言えないまま。ていうか、言える気配さえない。

チェキを挟んだ参考書を、俺は本棚《ほんだな》に押し込んだ。

壁《かべ》の時計は、まだ10時30分。段ボール箱を解体し、ゴミを袋《ふくろ》に集めて、ぐるりと室内を見回せば、まずまずの整いっぷり。これなら琴も文句あるまい……と悦《えつ》に入ったところで、例の色紙がぽつんと床《ゆか》に残っていることに、はたと気づく。

「どうしようかな……」

考えること2秒。拾ってそのままゴミ袋へ。黒歴史は忘れ去るに限る。

その後、段ボール箱を畳《たた》んで玄関《げんかん》前に置き、ゴミ袋を手に、さてどこに捨てようかと、廊《ろう》下《か》をふらふら。すると校舎1階のはしっこ——物置代わりらしい荷物に溢《あふ》れた部屋から、なにやら声が聞こえてきた。

「渋滞《じゆうたい》にはまってる!? 言い訳なんか聞きたくない！　ていうか、わたしはどうでもいいの。共演者さんを待たせてるってことが問題なの！　イメージの問題なの!!」

廊下側の窓から中を窺《うかが》うと、奥の方で、ひなたがスマホを握《にぎ》り締《し》めていた。誰《だれ》かを相手に怒《いか》り狂《くる》っている。……さわらぬ神に祟《たた》りなし。俺は一歩、また一歩と後ずさった。

「……どんだけハードモードだよ」

声にならない声が漏《も》れる。ついさっき「本人から聞く方がいいんじゃないかな？」なんて琴は言っていたけれど、そんなの無理。これでは本人に近づくことさえ困難だ。

「ここって山奥で電波が悪いんだけど、どういうわけか、物置のすみっこだけよく入るの」

声に振り返ると、琴が微笑《ほほえ》んでいた。掃除《そうじ》の途中《とちゅう》らしく、片手にモップを握っている。

「カメラもないし、基本、何を話しても大丈夫なんだよ、あそこなら」

「そうなんだ」

「で、もう整理は終わったの？」

「うん。あ、これどこに捨てればいいかな？」

「校舎裏のゴミ置き場に、燃えるゴミ用の……」

言いかけて、琴は言葉を止める。代わりに、メガネの奥の目が一瞬《いっしゅん》だけ険しくなった。

「それって……色紙だよね？」

半透明のゴミ袋から、うっすら透《す》ける色紙。……失敗した。

「クラスの寄せ書き？」

目を凝《こ》らせば、書かれた文字まで読める。琴はじっとこちらを見つめている。

いまさら隠すわけにもいかず、俺は慌《あわ》てて話の方向を変えてみた。

「そういえば、ここってスマホ使ってもいいんだっけ？」

「……原則禁止だけど、あれくらいなら大目に見てもらえるよ」

「けっこう甘いんだね」

「でもTwitterとかInstagramとかはダメだよ。中の事情が漏れるし、炎上《えんじょう》も怖《こわ》いから」

出演決定後、そんな決まり事を、スタッフから教えられた覚えがある。

ほかにも外出は届け出制とか、設定などの秘密を外部に漏らしたり、卒業したキャストと故意に連絡《れんらく》・接触《せっしょく》したりするのは、番組を妨害《ぼうがい》するものとして訴訟《そしょう》の対象になるとか。

正直、たくさんありすぎて覚えていない。とはいえ、承諾《しょうだく》書だか契約《けいやく》書だかに親の印《いん》鑑《かん》を捺《お》して番組に提出したから、たぶん知らなかったではすまないのだろう。

念のためコピーを持ってきているので、そのうち読んだ方がいいかもしれない。

「でね……話を戻《もど》して悪いんだけど、それ捨てちゃうの？」

「いい思い出じゃないんで」

見逃《みのが》す気はないらしい。琴の真っ直《す》ぐな視線を前に、俺は渋々《しぶしぶ》、そう返すしかなかった。

……この後の展開を考えると、正直、かなり面倒だった。

いろいろ事情を聞かれるのはもちろん、知った顔で「思い出は大切に」なんて正論をぶたれたら、目も当てられない。持てる者に、持たざる者の気持ちなんか分からないんだ。

だいたい、琴には——他人には関係のない話だ。

しょせん俺達は、ただのキャスト同士だから。

「捨てちゃうんだね」

そっと目を伏《ふ》せる琴に、俺は身構える。だけど、次に出てきた言葉は意外なものだった。

「ゴミ置き場の横に古い焼却炉《しょうきゃくろ》があるから、今度こっそり焼いちゃおうよ」

「え？」

「そういうのって自分の目の前で処分しないと、なんか気持ち悪いよね？」

「いや、あの、そうだけど……」

まったく予期せぬ成り行きに、戸惑う俺。対照的に、いたずらっぽい笑みをこぼす琴。

まるで、こちらの反応を楽しんでいるみたいだ。

「わたしもね、中学校の卒業アルバム捨てちゃったんだ」

「……ほんとに？」

「ほんとだよ。普通《ふつう》、こんな嘘《うそ》つかないでしょ？」

「そうだけど……ていうか、なんで？」

「いい思い出じゃないんで」

俺の口調を真似《まね》てみせる琴。ちょっと間を置いて、俺達はどちらからともなく、ふふと笑い出してしまう。「似てた？」と照れ笑いを浮《う》かべる唇《くちびる》が、いやに艶《つや》っぽい。

「なんか意外だな……琴がそういうことするって」

正直、俺はまだ少し警戒《けいかい》していた。正確に言うと、琴の持つ柔《やわ》らかさと卒業アルバムを捨てるという暗い行為《こうい》とを、うまく結びつけられないでいた。

だけど。

「ごめんね。そういうことをする人なんだ、わたし……」

その口調は、先ほど干し場で見せたのと同じように、ひどく乾《かわ》いていた。あのときの棘《とげ》や誰かを嘲笑《あざわら》う感じは、あるいは琴自身に向けられたものだったのかもしれない。

……いろいろ、か。その言葉の意味が、いまごろになって、すとんと腑《ふ》に落ちた。

琴って、もしかしたら俺とちょっと似てるのかも。

「……だから、もしかしたら涼太とちょっと似てるのかもしれないね」

そっと琴がつぶやく。たぶんそのとき、俺達はおたがいに目で同意を求めていたに違《ちが》いない。琴が恥《は》ずかしげにうつむくのと、俺が小さく頷《うなず》くのは、ほとんど同時だった。

「やっぱり……琴も焼いたの？」

「わたしはね、資源ゴミに出したんだ。当日、誰かの目に触《ふ》れたら嫌《いや》だなって、収集車が来るまで、朝から家の近所のゴミ置き場を見張って、けっこうたいへんだったんだよね」

「つくづく迷惑《めいわく》だよな、こういうの」

「こういうのを考えた人って、よほどの能天気かリア充《じゅう》なんだよ」

「それ、俺もずっと思ってた」

顔を見合わせ、俺達は再び笑う。ぴたりと重なり合う呼吸が気持ちよかった。

こんなキラキラしたところで、しかも当人は大人びた美少女で、でも話せば話すほど、俺と似てるっぽい……。正直、琴にどんな過去があるのか、気にならないと言えば嘘になる。だけど、そんなものを詮索《せんさく》したところで意味がないのは、よく分かっている。

慰《なぐさ》め合っても、励まし合っても、過去は過去のまま。何も変わらない。

だから今はそんなことより、ぐっと近くなった2人の距離《きょり》を大切にしたかった。

「じゃあ焼くまで嫌かもしれないけど、ちょっと部屋に置いといてね」

「それはいいけど……すぐは無理なんだ？」

「ここね、スタッフさんが夜も必ず1人はスタッフルームに常駐《じょうちゅう》なの。で、人によっては疲《つか》れてすぐ寝《ね》るから、そのときにこっそり、ね？　いちおう焼却炉って使用禁止だから」

「そっか。なら、そのときはよろしく」

やろうとしていることは暗いのに、気持ちはいつになく晴れやかだ。ゴミ袋を部屋に戻すと、俺は「掃除、手伝わせてよ」と琴のモップに手を伸《の》ばした。

2人で手分けすれば早く終わるもので、掃除の後、昼食まで時間が空いた。そこで「案内しようか?」という琴の一言に乗っかり、俺は校舎の中を見て回ることになった。

「いろいろ覚えといた方が、これから生活しやすいと思うから」

「ありがとね」

いつ以来か、素直《すなお》にそう言える自分に気づく。もともと話しやすい雰囲気《ふんいき》の琴だけど、おたがいの秘密を分かち合った分だけ話は弾《はず》む。

「意外に中は新しいんだね」

「すごくお金がかかってるみたいだよ、この番組」

校舎は木造2階建て。テレビで見るより、ずっとこぢんまりして落ち着いている。

廊下を挟んで、1階は旧理科室の物置、旧職員室のリビングダイニング、事務室を造り替《か》えた風呂場《ふろば》、教室を改装した男子部屋が並ぶ。部屋は教室を中で人数分に仕切った個室。2階にはスタッフルームや音楽室、そして琴曰《いわ》く「たぶん男子部屋と同じだよ」という女子部屋などがあるという。

「では、あれが『ラブボックス』だよ」

琴が窓の外を指す。校庭のすみに、シルバーのワンボックスカーが1台停《と》まっていた。

〈番組が用意したのは、ちょっとレトロなおうちと素敵な車だけ〉

スポンサーが「TATARA Motors」という大手自動車メーカーだからか、「ラブボックス」は、日常はもちろん、バーベキューや海水浴などのイベントで大活躍《だいかつやく》。イベントにつきものの友情や恋愛《れんあい》の場面を、これまで何度も彩《いろど》ってきた。

ある意味、番組のもう一人のキャストだ。

「カギは玄関の脇《わき》に掛《か》けてあるけど……わたし達は免許《めんきょ》ないから関係ないか」

「キャストの中で運転できる人って誰だろ？　龍之介さんだけ？」

「運転もできないの？　ゴミムシ。ほんと役立たずね」

いきなりの声に、はっと振《ふ》り返れば、当然のように、ひなたが腕《うで》組《ぐ》みをして立っていた。

ていうか、15歳で車の運転なんかできるわけがない。もはや完全に言いがかりだ。

「あれ？　お仕事はいいの？」

「マネージャーが渋滞で遅《おく》れてるの。こんな山奥だから、タクシーもバスも時間かかるし」

「……それは参ったね」

「今日、ドラマの撮影《さつえい》初日なんだよね」

「え？　ドラマ？」

やばい。反射的に声を出してしまった。たちまち、ひなたににらみつけられる。

「文句ある？」

「いや……グラビアアイドルなのに、ドラマにも出られて……すごいなぁって思って」

「そこ逆。わたしは女優なの。グラビアは女優への一歩なの。事務所の方針で、そんな売り方をしてるだけ。ていうか、今度、順番間違《まちが》えたら、非業《ひごう》の最期《さいご》だからね？」

いまいち意味がよく呑《の》み込めないが、これ以上、何を言っても面倒《めんどう》なことになるだけだ。満々と侮蔑《ぶべつ》の色をたたえる大きな瞳《ひとみ》を前に、俺は曖昧《あいまい》に頷くほかなかった。

「あ、始まったみたい」

不意に、琴が人差し指を唇の前に立てた。つられるように、ひなたの視線も天井《てんじょう》へ。

何事かと怪訝《けげん》な俺に、琴が「ピアノ」とささやく。確かに耳を澄《す》ませば、上からピアノの旋律《せんりつ》が聞こえてくる。何の曲かは知らないけれど、かなり手慣れた演奏……拓海だ。

「静かにしてあげてね。拓海君って、繊細《せんさい》で……キレやすい子だから」

「そうなの？」

「ちょっとだけ見てみる？」

言うが早いか、琴は2階へ。慌てて続く俺。「はぁ？」と呆《あき》れつつ、ひなたも渋々ついてくる。足音を忍《しの》ばせ、音楽室後方のドアのすきまから、俺達はそっと中を覗《のぞ》き込んだ。

大きなグランドピアノの前で、小さな体が傾《かし》いでいる。細い指が鍵盤《けんばん》を叩《たた》く度《たび》に、髪《かみ》が揺《ゆ》れ、旋律が波打ち、押し寄せる。圧倒《あっとう》的な迫力《はくりょく》。それこそ凡人《ぼんじん》には決して手に入れられない才能というものを、まざまざと見せつけられるような、そんな演奏だった。

「普段《ふだん》は都心にレッスンに行くんだけど、そうじゃない日はここで練習するの」

「で、キレるんだよね、あいつ。『学校備品のピアノで練習できるか！』とか『俺はこんなところで演奏する人間じゃねー!!』とかさ。八つ当たりしてどうすんだって話よね」

歓迎会《かんげいかい》での輩《やから》っぷりを思うと、怒《いか》り狂《くる》う姿が目に浮かぶようだ。

「3人そろってなんしようと？　覗き？」

不意に、耳元をなでる甘い博多《はかた》弁。驚《おどろ》きのあまり、俺は危《あや》うく「ひっ」と声を上げるところだった。いつごろからそうしていたのか、俺の斜《なな》め後ろで、綾乃が小首を傾げていた。

そして、もう一度、俺は声を上げそうになる。いや、ちょっと上げてしまった。

「な……ちょ……」

「どうしたと？　涼太君」

つぶらな瞳で俺を見上げるその顔は、昨夜見た童顔の愛らしい美少女のものだ。

だけどその下は、下着姿。まさに「天衣無縫《てんいむほう》流」。

レモンイエローのふりふりブラジャーときわどいパンツの上下。たわわに実った胸と、白くなめらかな肌《はだ》の露出《ろしゅつ》が、俺の目を奪《うば》う。これは……もはや立派な性犯罪だ。

この状態では正直、俺は目のやり場どころか、自分の居場所さえない。

「綾乃ちゃん、静かにしてあげてね。拓海君が演奏してるから」

「それ、おかしくない？　拓海君のピアノの方がずっとうるさいやん」

一番おかしいのは、おまえだ。

いや、そのまえにどうして誰《だれ》も、この痴態《ちたい》に何一つ言及《げんきゅう》しないんだ？　裸《はだか》の王様か？

「あ、もしかして涼太君、いやらしいこと考えよろう？」

不審《ふしん》げな表情で、綾乃がにゅっと顔を寄せてくる。

「ち……違う……早く、服を……」

「……気持ち悪い、ゴミムシ」

ひなたが冷たく吐《は》き捨てる。

「あ、そっか。綾乃ちゃんが裸族《らぞく》なの言ってなかったっけ？」

ぱちんと小さく、琴が両手を合わせた。

「綾乃ちゃんは、自分の部屋ではいつもこの恰好《かっこう》なの。で、ときどき、そのまま出て来ちゃって……。わたし達は見慣れてるんだけど。ほら、綾乃ちゃん、早く服を着ておいで」

「わたしが服着るんやなくて、涼太君がわたしの下着姿に慣れればよかろうもん」

綾乃は唇を尖《とが》らせてみせた。そして「ていうか……」と続ける。

「わたしのブラジャーならもう見とうやん、今朝」

「!?」

「早くこの姿に慣れてもらわないかんけん、洗濯物《せんたくもの》に交ぜとったっちゃけど」

あのピンク色のふりふりブラジャーは……俺が今朝、琴の洗濯《せんたく》を手伝い、その際に目を奪われると読んだ上で、投入したということか？　そんなバカな。

でも、俺があれをちら見したのは、琴だって知らないはずだ。この少女は、いったい何手先まで人の心を読んでいるんだ？　俺はぶるっと悪寒《おかん》を覚えた。

「涼太君って読みやすいっちゃもん、いろいろ」

ぺろりと舌を出してみせる綾乃。

「……し、下着でうろ……つくなよ」

悔《くや》し紛《まぎ》れに、せいいっぱいの抗議《こうぎ》をしてみるものの、説得力がまるでない。

「だって、こっちの方が集中できるっちゃもん。盤面《ばんめん》も浮《う》かびやすいし」

「そんな……えっと……じゃあ……学校は!?　プロ棋士《きし》でも……いちおう中学生だろ!?」

「だって土曜日やん、今日」

「はいはい。分かったから服を着ておいで」

そう琴が促《うなが》すのと、ピアノの音が止《や》むのは、ほとんど同時だった。

「うるせぇぇぇぇぇぇぇぇぇぇぇぇ!!」

バーンと鍵盤を叩く音が響《ひび》き渡《わた》り、俺達はいっせいに首をすくめる。

拓海は椅子《いす》を蹴《け》るや、こちらをにらみつけ、力いっぱいドアを引き開けた。

「あ……ごめんね」

4人を代表して琴が頭を下げる。けれど拓海は怒りが収まらないらしく、眉根《まゆね》を寄せ、顔をしかめて俺達を眺《なが》める。そしてどういうわけか、俺の顔にぴたりと視線を合わせた。

「てめーケンカ売ってんのか？　あ～？」

「……」

正直、拓海には申し訳ないが……全然、怖《こわ》くない。むしろ小さな体といい、美少女すぎる顔立ちといい、セリフとのギャップに失笑《しっしょう》が込み上げる。ほかの3人も同じようなものらしく、琴は困り顔で、ひなたはぷいとそっぽ。綾乃に至っては、口元が震《ふる》えている。

「Hi! Boys&Girls!!」

微妙《びみょう》に淀《よど》んだ空気に、急に割り込んできたのは、杏だった。ちょうど部屋から出てきたところらしく、これから外出なのか、手には大きなキャリーバッグが一つあった。

「何事かWhat's happened?」

「なんでもねーよ!!」

拓海の声に、杏は「Oh!　それはようござった」と、ちょっと肩《かた》をすくめてみせた。

「で、わたくし、これから個展の準備に勤《いそ》しむべくgo out。泊《と》まり込みなので2weekほど帰宅がないけど、悪《あ》しからずね。Everyone! お達者で!!」

「いってらっしゃい」

琴と綾乃が手を振ると、杏は「あ、そうそう、忘れてました」と一つ手を叩いた。

「さっき下でクラクションがsound。わたくしの車ではなく、誰かのpick upでは？」

「それマネージャー！」

言うなり、ひなたは慌《あわ》てて駆《か》けだした。

「あ～わたし服着てこんと。そろそろお昼やろ？　ばりお腹《なか》空いたぁ」

「そうだね。今日のお昼なんにしようか？」

そんなセリフを口々に、綾乃は部屋に戻《もど》り、琴は昼食を考える体《てい》でその場を離《はな》れ、そして杏は「Well...わたくしも」と荷物を抱《かか》えて階段へ。しかし重すぎるのか、うまく踏《ふ》み出せない。「手伝うよ」と俺もこの機会に、退散させてもらう。

「Thank You!　康介殿《こうすけどの》」

「俺、涼太なんですけど……」

名前を憶《おぼ》えてもらえていないことに軽くショックを受けつつ、でもこの際、ささいな間違いはどうでもいい。この面倒なシチュエーションから、一刻も早く解放されたかった。

「ちょ……てめーら、俺の話まだ終わってねーよ！　聞けってば!!　聞けよ!!」

振り向くと、最後に残った拓海が一人、必死に吠《ほ》えていた。

結局、事実上の初日は、ずっと琴と一緒《いっしょ》だった。

夕食の片づけを終え、俺と琴はソファーに腰《こし》かけて、コーヒーで一休み。部屋には綾乃もいて、大型テレビの前を陣取っている。床《ゆか》に寝転《ねころ》がり、先週の「シェアハウス」の録画を、ちょうど再生しようとしていた。

コーヒーに角砂糖を二つ入れ、くるくるかき回すと、ふと甘い香《かお》りが鼻先をなでた。

「涼太って、もしかして甘いもの好き？」

「う〜ん、けっこう好きな方かな？」

こたえる俺に、琴は「わたしも」と角砂糖を二つコーヒーに入れてみせる。

「なんかいろいろ似てるね、わたし達」

「ほんとだね。あ、でも、似てるとか言っちゃったら、逆に失礼か。ごめん……」

「そんなことないよ」

「いやいやいやいや、俺なんか『日陰《ひかげ》のシダ植物』だから、実際。シダ科ヒト属、育て方は『根腐《ねぐさ》れ』注意。花言葉は『百年の孤独《こどく》』。ガルシア・マルケスも卒倒《そっとう》って話だよ」

「言葉いっぱい知ってるんだね、涼太って」

卑屈《ひくつ》に饒舌《じょうぜつ》な俺を、ふふと琴が笑う。

「え？　食いつくところ、そこ？」

「すごいね」

「あ……うん。ありがとう」

真っ直《す》ぐな琴の視線に、調子が狂う。妙《みょう》なところで褒《ほ》められたものだ。

俺は黙《だま》ってコーヒーをすすり、その場をやり過ごそうとした。

「言葉をいっぱい知ってる人って尊敬するな」

ぽつりと琴がこぼした。

「言葉ってね、知ってる分だけ表現の幅《はば》が広がるでしょ？　その場を明るくしたり楽しくしたり……思いや気持ちも伝えられて。そういうのって、いいなぁって思うんだよね。わたし、そういうのが……苦手だから」

「そう……なの？」

戯《ざ》れ言《ごと》がいやに尾《お》を引く。やけにしんみりとした琴の口調も気になった。

「だから涼太は、すごいなって思ったんだ」

「それ、勘違《かんちが》いだよ。俺の言葉なんて性格上、どんなに用法用量を正しく守ってもネガティブ作用だし、そもそも風邪薬《かぜぐすり》の注意書きと同じで誰も気にしてないっていうか、聞いてないよ。なんせ主成分が『日陰のシダ植物』だから……って、こんな具合だよ、俺？」

その場の空気を変えようと、俺はちょっとがんばって、笑いを挟《はさ》んでみた。

「でも、わたしはちゃんと聞いてるよ」

「……え？」

「ネガティブでもポジティブでも、わたしは涼太の言葉を聞いてるよ。だって、それが涼太の言葉なんでしょ？　つまり、それが香椎《かしい》涼太なんだから」

ふっと微笑《ほほえ》む琴に、俺はどうこたえていいものか、視線をそっとそらし、手の中のコーヒーに目を落とす。正直、居心地《いごこち》が悪い。それこそ返す言葉もなかった。

でも……こんなふうに人から認められたのって、いつ以来だろう。

そこそこ成績はよかったから、教師に褒められるなんてことなら時々あった。だけど、こう面と向かって、誰かに認められるなんて……たぶん初めてかもしれない。

しかも、あんな戯れ言で。

　正直、照れる。ていうか、慣れない。頬《ほお》が熱を帯びているのが、自分でも分かった。

「ねねね、2人でお楽しみのところあれやけど、これね、知っとった？　涼太君登場の煽《あお》り回なんよ。ほらほら、ナレーションがめっちゃ煽りよう」

　突然《とつぜん》、綾乃が首だけでこちらを振《ふ》り返る。にやりと浮かんだ口元の笑《え》みがわざとらしい。

「へ……変な言い方するなよ！　ていうか、ちゃんとリアルタイムで見たから、俺！」

　念のためにいうと、さすがに綾乃も場所をわきまえてか、今は白のワンピース姿だ。ただし丈《たけ》はかなり短い。それでいて、床《ゆか》に寝転《ねころ》がるものだから、危《あや》うくいろいろ見えそうになる。気づかないふりをして、俺はテレビに視線を向けた。

　流れていたのは、俺が番組に参加すると知った女子キャスト達が、ここ——リビングダイニングで、女子会っぽくいろいろ話している風景だった。

〈来ちゃうんだね、ついに〉

　テレビの中で、見慣れたひなたが大げさに腕組《うでぐ》みしている。

〈男子ってことだけど、どうなんだろ？　ま、どんな子でもあたしはいいけどさ〉

　今、隣にいる琴とは、まるで雰囲気《ふんいき》の違《ちが》うテレビの中の琴が、さばさばとこたえる。

〈そう？　わたし気になって絶対に眠《ねむ》れないんだけど、今夜〉

〈と、言う人に限ってhave a good sleepだったりするのが世の常。Haha!!〉

〈なんだかんだで、ひなたちゃんは奥手やけん、どうせなんもないよ〉

　杏と綾乃が、突《つ》っ込みを入れる。綾乃は今と同じように床の上でごろごろし、杏は相変わらずのハイテンション&英語混じりの妙な日本語だった。

　どちらも俺や琴と違って、テレビの中と現実と、そう大差ないように見える。

「……そういえば、綾乃ちゃんは設定とかないの？」

　ちょっと不思議に思って、俺は聞いてみた。

「琴ちゃんは琴って呼び捨てなんやけん、綾乃でよかよ。その代わり涼太って呼ぶけど」

　くるりと向き直ると、綾乃はにんまりと笑ってみせた。

「な……なんだよ？」

「べつになんもないよ。それより設定やろ？　わたしはなんもないよ。好きにしていいって言われとうし。多少はテレビ用に作ったり隠《かく》したりはするけど。で、杏ちゃんも同じみたい。逆に、琴ちゃんとかひなたちゃんに設定があるって聞いて驚《おどろ》いたもん」

「わたしも驚いたよ。だって、こんなわたしが『からりとした男前少女』だよ？」

　琴も話に入ってきた。

「いやいやいやいや、俺なんて『明るいリーダー少年』だよ？　どんな罰《ばつ》ゲームだよ？」

「なんでミスマッチばっかりっちゃろうね？　ひなたちゃんは『よく笑う元気少女』、拓海君は『心優《やさ》しい愛され少年』、で、龍之介君は『気さくなお調子者』ってよ、確か」

強烈《きょうれつ》なラインナップに、聞けば聞くほど番組側の悪意すら感じる。

見ると、番組は俺達を置いてどんどん先に進み、いつの間にかレッスン帰りと思《おぼ》しき拓海が、女子会に強制参加させられた体《てい》で、ちょこんとソファーに座っていた。

〈拓海君はどんな子だと思う？　新キャスト〉

ひなたが、さもおもしろそうに尋《たず》ねている。

〈そんなの分かんないよ。ただ、どんな人でも仲良くやっていきたいな、ぼくは〉

〈ほら、この態度を見習いな、ひなた。同い年とは思えないよ〉

〈そこは男女の差じゃない？　やっぱり女子だもん。男子のことが気になるよ。それにわたし、来月が誕生日でしょ？　それまでには……ね？〉

画面の向こうでは、設定に添《そ》った、さわやかな青春群像が繰《く》り広げられている。

先週見たときは、それがすべて真実とは思わなかったものの、少なくとも、それぞれのキャラクターに疑いなど持たなかった。が、まさか、現実はこんなだとは……。

〈気になるなぁ。すごい待ち遠しいよ、新キャストの男子〉

ふふふ、と胸に抱《だ》いたクッションに頬を寄せるひなた。胸の谷間がちらりと映った。

そのとき。

「いい感じにそろってるみたいだから、どう？」

ドアが半分開いて、スタッフの１人がひょっこり顔を覗《のぞ》かせた。立てた親指で後方を指す。どうやらカメラを率いているらしい。撮影《さつえい》したいということのようだ。

今朝、琴が言っていたやつだ。俺達３人の様子が、番組の欲しい画《え》になったらしい。

「全然よかよ」

「ていうかさ、撮影待ってたしね、あたし達」

早速《さっそく》、設定に変わる琴。先ほどまでの柔《やわ》らかな雰囲気は、すっかり影《かげ》を潜《ひそ》めていた。

「じゃ、やっちゃうね」

声とともに、スタッフががやがやと入って来て、機材をセット。そのまま撮影になだれ込んでいく。その間も琴は設定どおりで、大きな伸《の》びをしながら「さ、がんばろ！」と、いつもよりやや低い声で気合いを入れていた。

正直、違和感《いわかん》はハンパない。

でもこれは番組で、俺達はキャストだ。ここにいる限り、設定に添わなければならない。

そして俺はといえば、もう、あのどん底の日々には、絶対に戻りたくない。

新しい人生は始まったばかりだ。今はまだ、ここを去るわけにはいかない。

「で、どうだった『シェアハウス』初日は？　うまくやっていけそう？」

準備が終わったのを見計らい、ざっくばらんな体で琴が尋ねる。

慣れない俺を案じてか、その雰囲気とは裏腹に、視線はいつもと変わらず、どこか柔らかい。「ちゃんとフォローするから」と微笑まれている感じだ。

「みんなすげーいい奴《やつ》だから、初日からすげーテンション上がるよね！」

多少のぎこちなさはあるものの、自分としてはかなり懸命《けんめい》なアドリブだった。

「そういえば、今日は琴ちゃんと一緒にご飯作ったり、いろいろしよったよね？」

ごろりと横になったまま、綾乃は床に頰杖《ほおづえ》をついていた。

「そそ。今日はさ、まじ琴ちゃんに助けられっぱなしだったよ、ありがとね！」

「それ逆。涼太がいてくれて、すごく助かったよ」

軽く手を振って否定してみせる琴に、カメラがゆっくりと向けられる。

「あ、見て見て、ほらほら、これ涼太君やろ？」

綾乃の声を受け、カメラは瞬時《しゅんじ》にテレビ画面へ。

番組終盤《しゅうばん》、次週予告に映ったのは、俺の後ろ姿だった。新キャストに選ばれた後、テレビ局で設定のことや規則を教えられ、その最後に「予告で使うかも」と撮《と》られたものだ。

〈いよいよ参加するわけだけど、今の気持ちを教えてくれるかな？〉

聞き役は、確かタハラだかタカラだかいう女性の番組プロデューサーだ。画面はずっと俺の背中のまま。分かりやすいほどの次回への引きだ。

〈やばいっすね。楽しみ半分、緊張《きんちょう》半分って感じかな？〉

初めての設定に、戸惑《とまど》っているのがありありと分かる声。ていうか、テレビを通して聞く自分の声は、何度聞いてもキモい。しかも設定が設定だ。正直、聞くに堪《た》えない。

〈でも、俺、こういう緊張感って嫌《きら》いじゃないんすよね。わりと気持ちいいっていうか〉

聞いているこっちは、ひどく気持ちが悪い。いっそ、このまま消え入りたいくらいだ。

〈次週、ついに新キャストの正体が明らかに〉

ナレーションが終わるより早く、「あ〜涼太君が凹《へこ》んどうよ」と綾乃が俺を指さした。

「……これきついって。テレビで自分見るの、まじハンパないな」

なんとか設定を守りつつ、でも凹むものは凹む。思わず、頭を抱《かか》えてしまった。

「初めはみんなそうだよ。恥《は》ずかしくてさ。だから涼太も気にしないでいいって」

ぽんと琴が俺の肩《かた》を叩《たた》く。気づかいが設定の内側から透《す》けて見える。

そうだ、いつまでも凹んではいられない。俺は「明るいリーダー少年」なんだ。どんなときも、明るく、さわやかに。せいいっぱいの空元気で、俺は「だよな！」と顔を上げた。

「その調子、その調子」

「おう！　任せろ！　俺の活躍《かつやく》に乞《こ》うご期待だ!!」

カメラに向かって、俺はバカみたいに、そう決めてみせた。

「今夜、焼こうか？」

琴がこっそりそう言ったのは、翌日《よくじつ》の昼だった。

「夜、迎《むか》えにいくからね」

そして深夜1時過ぎ。約束通りドアが小さくノックされ、そっと開けると琴がいた。

「眠くない？」

「大丈夫《だいじょうぶ》。俺、ここに来るまで昼夜逆転の生活だったから」

俺達はゴミ袋《ぶくろ》と着火剤代わりの新聞紙を手に、そろりと玄関《げんかん》を出て、校舎の裏手に回る。

満天の星の下、ゴミ置き場の脇《わき》に、古びた焼却炉《しょうきゃくろ》はぽつんとあった。

鉄製の扉《とびら》は錆《さ》びかけ、開くと重くきしむ。誰《だれ》かが物音で目を覚まさないかと一瞬《いっしゅん》、ひやりとしたが、琴は慣れたもので「入れちゃう？」と余裕《よゆう》の笑みを浮《う》かべていた。

「最後にもう一回見る……くらいなら捨てたりしないよね？」

「ほんと、こういう感動の押し売りって勘弁《かんべん》してほしいよ」

俺はゴミ袋を炉《ろ》に放《ほう》り投げた。ライターで新聞紙に火を点《つ》け、炉に置く。やがて火が回り、色紙が焦《こ》げ始めたのを確認《かくにん》してから、ゆっくりと扉を閉めた。

「はい終わり」

「あっさりしてるね」

「全力で思い出したくないし、中学時代とか」

「『気持ちは分かるけど、せめて卒業式には来た方がよかったと思うよ』だっけ？」

「あ〜読んでたか、そこ」

「一番最初に見えたのがそれだったから。もし気に障《さわ》ったなら……ごめんなさい」

ぺこりと頭を下げる琴が妙《みよう》におかしくて、俺はちょっと笑い出してしまう。

「いまさらだよ。一緒《いっしょ》にこんなことしてるんだし……」

「……行かなかったんだね、卒業式」

「ていうか、行けなかったんだ。俺、実はね、高校全落ちの中学浪人なんだよ」

自分でも不思議なくらい、すんなりと言えた。

普段《ふだん》だったら、間違《まちが》いなく言葉にしないし、できないのに。

そもそも言う必要なんてどこにもない。だけど、言わない必要もなかった。

なぜなら、相手が琴だから。

たぶん、俺と似ている琴だから。

「あのさ、なんか、くだらない話なんだけど……。ちょっと話してもいい？」

おずおずと切り出す俺に、琴は黙《だま》って、こくりと一つ頷《うなず》いてくれた。

あるいは、俺はずっと誰かに話したかったのかもしれない。

分かってほしいとは言わないまでも、せめて聞いてほしかった……とか？

正直なところ、琴なら、きっと大丈夫、という安心めいたものがあった。

俺の言葉を——俺を真っ直《す》ぐに受け入れてくれる琴だから。

自分でも、ちょっと卑怯《ひきょう》だと思う。でも一度堰《せき》を切ると、言葉は溢《あふ》れ、止まらなかった。

「笑うよね、いまどき中学浪人とか。第1から第3まで、志望した高校全落ちでさ。あ、でも、成績はそこそこいいんだ、昔から。いつもクラスで2、3番くらい」

言うほどに空《むな》しくなる。でも言わずにはいられなかった。

「それなのに……落ちちゃったの？」

「要は本番に弱いというか……第1志望の受験で解答欄《らん》ミスって、そのショックを引きずってたら、第2、第3と熱は出るわ、腹は痛いわで、全落ちしちゃったわけで……。なんかよくある言い訳っぽいけど、これ本当だから。嘘《うそ》じゃないからね」

神だろうが仏だろうが、誓《ちか》って嘘ではない。

「大事なときに必ず失敗するんだ、俺。始まりは中学受験の失敗なんだけど……」

あの日のことは忘れられない。

乗っていた電車が急にトンネルの中で停《と》まり、停電で真っ暗に。閉じ込められているうちに、どういうわけか鼓動《こどう》が速くなり、気づいたら病院のベッドの上。原因不明の発熱が続いて、しばらく入院した結果、志望校すべて受験できなかったというオチだ。

「結局、地元の公立中学に通うことになっちゃってさ。今回はそのリベンジだって力みすぎたみたいで……。なんだかんだでダメ人間なんだよ、俺」

「……いろいろたいへんだったんだね」

弱り切った表情で、琴がつぶやく。

「いやまぁ、そう改まって言われるとなんだけど、でも、さすがに高校全落ちが決まったときは……人生ぶん投げようかと思ったよ、実際」

誇張《こちょう》でもなんでもなく、あのときはすべてが終わったと思った。

「もともと受験に失敗して渋々《しぶしぶ》通った中学だから、愛着がないっていうか、成績がよければいいだろくらいの気持ちで、それこそ『日陰《ひかげ》のシダ植物』らしく、ひっそり生きてたら、結果がこれだもん。成績だけがそれなりの取り柄《え》だったのに、立つ瀬《せ》ないよ」

全落ち後、周囲に合わせる顔がなく、家から一歩も外に出なくなった。

ほんの少しだけいたLINEの「友だち」は削除《さくじょ》。「中学浪人って、そうめずらしくないよ」とかなんとか、気をつかう親や教師がうざかった。浅はかな善意に、胸がふさいだ。

そして卒業式は欠席。

キラキラした青春の日々——高校生活に胸躍《おど》らせる同級生の顔など見たくなかった。誰もが普通《ふつう》に持っているものを、自分だけが持っていないという現実は、人をひどく追い詰《つ》める。しかもそれが、今回こそはと必死にがんばった末の結果とくれば、なおさらだった。

結局、俺は何をやってもダメ人間なんだ。

気づくと、俺の手元に残ったのは、たった一つ——自分への絶望だけだった。

「ほんと、人生のどん底だったんだ」

「……」

こちらの気持ちに寄り添《そ》うように、琴は黙って、そっと目を伏《ふ》せる。その姿は、こちらがかえって申し訳なくなるほど、柔らかく、優《やさ》しい。俺はしばらく口をつぐんだ。

しんと静かな山奥の夜に、ゴミのはぜるぱちぱちという音だけが、やけに響《ひび》く。

「てことで俺、この番組に応募《おうぼ》したんだよね」

雰囲気《ふんいき》を変えようと、俺はつとめて明るく話を変えた。琴が「ん？」と首をひねる。

「ここってキラキラしてるよね？」

「キラキラ？」

「うん。普通に高校生活を送るより、こっちの生活の方が、ずっとキラキラ。たぶん日本の同世代の中でも屈指《くっし》のキラキラ。で、ここでなら、俺なんかでもキラキラできて、なんならキュンキュンもありかなって。そしたら、人生をやり直せるかなって思ったんだ」

番組終わりに、いつも流れる告知がある。

〈キャストを募集《ぼしゅう》します。13歳～20歳の男女ならどなたでも。くわしくは番組HPで〉

それまでずっと何の気なく見ていたそれが、3月末のあの日、ひなたのチェキを――

〈明日《あした》をつかめ〉という言葉を手にした瞬間《しゅんかん》、色彩《しきさい》を帯びた。

まだ、人生はやり直せる。俺にだって、明日はつかめる。

あの「シェアハウス」でなら――俺の背中を押してくれた、ひなたと一緒なら。

幸い来年の受験まで1年ある。立ち上がるなら今だ。なりふりなんか構っていられない。

ダメ人間に与《あた》えられたラストチャンス。ていうか、どん底をひっくり返せるのは「シェアハウス」だけ。明日をつかむため、俺は藁《わら》にもすがる思いで、キャスト募集に応募した。

そして、今ここにいる。

「……分かるな、それ」

ようやく、琴の口元が柔《やわ》らかく綻《ほころ》んだ。

「わたしも、ここに来たらキラキラできると思ったんだよね」

「そうなの？」

「何者でもない自分が何者かになれる……みたいな」

それは、いまにも消え入りそうな声だった。琴は視線をそらし、ふっといびつに笑った。

「わたし……自分が嫌いなんだよね」

一瞬、意味を呑《の》み込めず、でも聞き返すのはちょっとためらわれた。

自分が嫌い。

言葉としては分かる。俺だって、こんな自分、決して好きではない。だけど琴は、そこにいろいろな意味を込めているような気がした。言葉が、言葉以上に重く、苦しい。

ほんのわずかな間だけど、2人の時間だけが、ぴたりと止まったように感じられた。

「あ、ごめんね。変なこと言っちゃって」

苦笑《くしょう》でごまかそうとする琴に、俺は慌《あわ》ててぶんぶんと首を横に振《ふ》る。

「全然。ていうか、俺ばっかり話して逆にごめん」

「……あのね、わたし中学校って後半ほとんど通ってないんだ」

不意に琴が話を切り出した。

「設定はあんなだけど、わたしね、素《す》はこんな地味で、華《はな》もなければ、自分の意見もないというか……。クラスのすみっこで、人の話にただ黙って、頷いているような子なんだよね、昔から。通知表に『もっと積極的になりましょう』って書かれるくらいの」

せいいっぱい明るい声で話そうとしているのが、聞いていてちくりと胸に痛い。

「うちが店してるって話したっけ？　親からも冗談《じょうだん》混じりに言われるんだ。『あんたは商売に向かない』って。こんなのが店に立ってたら、お客さんも引いちゃうって」

落ち着かないのか、レンズ越《ご》しの視線が、あてどもなく宙をさまよっている。

その視線を受け止めるように、俺は黙って琴の話に耳を傾《かたむ》けた。

「で、中学校くらいからかな？　そのうち人と交わるのが、そんな自分を見せつけられるみたいで苦痛になってきて、不登校気味になっちゃって。通信制の高校を選んだのも、誰とも会わなくていいかなって思って。だから、そんなわたしだから……」

言うと、琴は視線を地面に落とし、やがて俺の顔色を窺《うかが》うように言葉を続けた。

「涼太とやっぱり似てるね。ここに来たら、キラキラできると思ったんだよね」

「……そっか」

うまく返せない自分がもどかしい。言いたいことはたくさんあった。「琴は今でも十分、素敵《すてき》だ」とか「じゃあ一緒にキラキラしよう」とか。そんなふうに明るく返せれば、どんなに楽だろう。でも、そんな言葉で解決するのなら、琴は過去を捨てなかったはずだ。

だから。

「今はどう？　やっぱり、まだ自分のこと嫌《きら》いなまま？」

「……やっぱり好きには、なれないかな」

こたえると、琴は下唇《したくちびる》を噛《か》み、やがて意を決したように口を開いた。

「ごめん。こんなの来たばっかりの涼太に言うことじゃないかもしれないけど……」

言いかけて、急に口を閉《と》ざす琴。代わりに視線が、ちらと校舎の方に向けられる。

見れば、いつの間にかトイレの窓に小さな明かりが灯《とも》っていた。

「声、聞こえてたかな？」

幸い、少し距離《きょり》がある。聞き耳でも立てない限り聞こえないはずだ。俺達は向こうの気配をさぐるように口をつぐみ、やがて、明かりが消えたところで、琴が静かに口を開いた。

「もう時間も時間だし……戻《もど》ろうか？」

促《うなが》され、こくりと一つ俺は頷く。

本当はもう少し——せめて、さっき何を言いかけたのか知りたかった。

だけど、琴はまるで何もなかったかのように、先を歩きだす。尋《たず》ねようにもそんな雰囲気はすっかり失われ、むしろ言おうとしたこと自体が間違《まちが》いだったように足早だった。

華奢《きゃしゃ》な背中をちょっと後ろで眺《なが》めながら、俺はゆっくりと校舎に引き上げた。

「うわっ！　冷たい！」

「逃《に》げても無駄《むだ》だって、ひなたちゃん！」

オレンジ色の濃《こ》い光が、俺達の影《かげ》を地面に描《えが》く夕暮れどき。

玄関《げんかん》横の花壇《かだん》で、俺はひなたにホースの先を向けていた。

白シャツをふわふわ揺《ゆ》らし、水びたしで逃げ回るひなた。肌《はだ》に貼《は》りつくシャツと髪《かみ》からしたたる水滴《すいてき》とが、可愛《かわい》らしさに華を添えている。

「ははは は、涼太！　もっとやんなよ!!」

いつもより3割増しの大声で、琴がけしかける。俺は視聴者サービスとばかりにホースの先をちょっと握《にぎ》り、ひなためがけて再び水を浴びせかけた。

「あん！　もう！　涼太君！　琴ちゃんも!!」

「盛り上がって参りました！」

傍《そば》で見ていた龍之介が、絶妙《ぜつみょう》のタイミングで合いの手を入れる。とたんに「あんたまで……ひどくない？」と、ひなたの冷ややかな視線が、龍之介に向けられる。

「ごめんごめん。ノリだよノリ」

そうわびると、龍之介は大人の対応よろしく、俺が握ったホースに手を伸《の》ばし「じゃあ涼太も」と、いきなりその先を俺に向けた。「ぶはっ!!」と、たちまち俺も水びたしだ。

「ま、ケンカ両成敗ってね」

コミュ障を微塵《みじん》も感じさせない姿で、その場を収めようとする龍之介。……なんだ、こいつ。ひなたの彼氏気取りか？　苛立《いらだ》つ俺をよそに、カメラはひなたにフォーカス。ひなたは微妙《びみょう》にカメラから視線をそらして、ぷっくりと頰《ほお》を膨《ふく》らませてみせる。

ここに来て、今日で実質3日目。撮影《さつえい》にもなんとなく慣れてきた。

ちなみに、俺はさっきまで琴と2人で、花壇にホースで水を撒《ま》いていただけだ。

そこに仕事帰りのひなたが通りかかり、明るく元気な姿——設定で参加してきたので、カメラ狙《ねら》いだと踏《ふ》んで俺達も設定でこたえた。するとスタッフが集まり、どこからか龍之介も参戦。結果、水遊びに発展したというのが事の顚末《てんまつ》だった。

「はいＯＫでーす。いい画《え》頂きましたぁ～!!」

スタッフの声を合図に、めいめい素《す》に戻る。ハンカチで雫《しずく》を拭《ぬぐ》いながら、撮《と》ったばかりの映像をモニターで確認《かくにん》するひなた。その横顔は、心なしか疲《つか》れているように見えた。

実際、今日はドラマ撮影のため、朝食の時間にはすでにここを出ていた。どうやら、けっこうなハードスケジュールらしい。ちょっと心配になって、俺はそっと声をかけてみた。

「あの……大丈夫《だいじょうぶ》？」

「何が？」

間を置かず、不機嫌《ふきげん》な声が返ってきた。

「いや……なんか、その……きつそうだったから……」

「ゴミムシには関係ないでしょ」

そう吐《は》き捨てると、ひなたは「寒いから先に戻ります」とスタッフに一声かけて、そのまま引き上げてしまう。小さなその背中に、かける言葉が見つからない。

「早く拭《ふ》いた方がいいよ、風邪《かぜ》引いちゃうから」

呆然《ぼうぜん》と立ち尽《つ》くす俺に、琴がそっとハンカチを差し出してくれた。

「あ、ありがとう。これ……今度、洗って返すね」

「気なんかつかわなくてもいいのに」

髪や顔を軽く拭き、しっとり湿《しめ》ったハンカチを、俺は畳《たた》んでポケットにしまう。

「そういえば、今夜はいよいよ涼太登場回の放送だね」

俺を励《はげ》まそうとしてか、ふと琴が、明るい口調でそんなことを言い出した。

「う〜ん。見るのが怖《こわ》いよ、正直」

「慣れだよ、慣れ。もうすっかりキャストが板についてるし、すぐ慣れるよ、涼太なら」

「まぁ……でも、やっぱりまだ躊躇《ちゆうちよ》はあるよね、設定とかさ」

設定に添《そ》うのはある意味コスプレみたいなもので、正直、慣れれば苦ではない。恥《は》ずかしさというより、新しい自分になったような、妙《みよう》な錯覚《さつかく》を覚えることさえある。

は多少残るものの、みんなもやっているし、番組だと思えばたいしたことではない。

けれど、どこか割り切れない。

一言で言うなら「これじゃない感」。番組だからと分かっていても、まがいもののメッキに彩《いろど》られたキラキラ感が、どうにも腑《ふ》に落ちなかった。

実際、先ほどまでひなたと戯《たわむ》れていたのは、素の俺ではなくて、設定の俺だ。

収録が終われば、ご覧のとおりの有様。手元には、何一つ残らない。俺は相変わらずゴミムシのまま。これじゃ、ただのごっこ遊びだ。正直、空《むな》しい。もちろん俺なんかが、べつに、たいそうなものを求めるつもりはないのだけれど……。

設定と現実の折り合い——そのあたりのもやもやを、ふと琴に相談してみたくなった。

でも。


「ここここ、琴ちゃん、俺、頭痛い。さっき、むむ、無理にがんばって……」

「お薬あるけど飲む？　いつものやつでいい？」

「今日のご飯って……この匂《にお》いは、もしかしてカレー？　琴ちゃんのカレーばり好き！」

「もうすぐだから、ちょっと待っててね」

「なぁ琴、このシャツ、ボタン取れそうだから頼《たの》むわ。今度、コンサートで着るからさ」

「これ、お気に入りだもんね。じゃあ、あとで縫《ぬ》っとくね」

「……琴、忙《いそが》しいとこ、ごめん。わたし、ちょっと疲れたんで寝《ね》る。夕飯いらない」

「ひなたちゃん……顔色悪いよ。大丈夫？　おかゆでも作ろうか？」

琴はいつだって忙しい。

ひなたや拓海でさえ、琴の言うことは聞くのだから、ある意味、琴はここのリーダーだ。

個性的な面々の信頼《しんらい》を一身に集める琴。誰《だれ》もが琴を頼《たよ》りにしていて、手の空く暇《ひま》がない。

結局、ゆっくり話ができたのは、夕食後のキッチンでだった。


「そういうの、悩《なや》まないようにしてるんだ、わたし」

設定云々《うんぬん》という俺の話に、琴は洗い物をしながら、さらりとそうこたえた。

カレー皿に残った汚《よご》れを、俺はスポンジで丁寧《ていねい》に拭い落とす。

「番組だから？」

「それもあるけど……夜のこと覚えてる？　キラキラのこと」

言われて、俺はちょっと身構える。昨夜の重い空気がふと思い出された。

洗い物の手を止めると、琴は「生ゴミ出しに行こうか？」とゴミ袋《ぶくろ》の口を縛《しば》った。ここでは――カメラのあるところでは話したくない、話せないことらしい。

俺達はゆっくりと校舎の裏手に回りながら、ぽつりぽつりと言葉を交《か》わした。

「設定に添ってる間は、わたしでもキラキラできるっていうか、設定があるから、こんなキラキラした場所にわたしなんかでもいられるっていうか。だから設定くらいでよければ……って感じかな？　わたしの場合」

「……けっこう潔《いさぎよ》いっていうか、割り切ってんだね」

「涼太よりちょっと年上だけど、いちおう『みとり世代』だから。って……冗談だよ」

たいしておもしろくもなさそうに、琴は唇《くちびる》のはしっこで小さく笑う。

それは、俺達の世代を指すときによく使われる言葉だった。

衰退《すいたい》するこの国の最期《さいご》を看取《みと》る世代という意味らしい。「ゆとり」でも「さとり」でもなく「みとり」。物事を最初から諦《あきら》めているという文脈なんかで使われることが多い。

「キラキラなんて……わたし達には無理なんだよ」

琴はぽつりと漏《も》らした。無理って……。不意のことに、俺は一瞬《いっしゅん》、面食《めんく》らってしまう。

「そのへんのことって、実は昨日、言おうとしたことなんだ」

「え？」

「来たばっかりの涼太には申し訳ないけど、ここにいるのは才能のかたまりみたいな人ばかりで、何者でもない人間はキラキラなんて無理だと思う、って。それがここに半年住んでみた、わたしの結論。結局、人はどこに行っても変われないし、変わらないいんだよ」

そんなつもりはないのだろうけれど、ずいぶん苛立たしげな口調だった。

「だから設定で我慢《がまん》してる……ってこと？」

なぜだか自分のことのように胸が苦しくなって、つい言い返してしまう。

「そんなのって、おかしいよ」

もちろん俺にだって、というより俺だからこそ、琴の言いたいことはよく分かる。

才能はおろか見た目だっていまいち。唯一《ゆいいつ》の取り柄《え》だったそこそこの成績でさえ高校全落ちで、もはや機能不全。何をどうあがいてもダメな、立派なダメ人間だ。

挙句、一縷《いちる》の望みだったひなたはあんなだし、もう詰《つ》んでいると言ってもいい。

でも、まだ諦めきれない。せっかく明日《あした》をつかむために、ここまで来たんだ。

昨夜、琴は言った。「わたしも、ここに来たらキラキラできると思ったんだよね」と。

自分のことを好きになれないという琴。ここに来るのだって、きっと生半可な気持ちではなかったはずだ。なのに、そんな琴が、そんな結論を受け入れるなんて、おかしい。

「おかしくないよ、事実だから」

いつになく険しい表情で琴が言う。気づくと、俺達は昨夜と同じ場所で足を止めていた。

「琴、なんか変だよ。どうしたの？」

「……ごめん、ちょっと言いすぎちゃったね」

はたと思い直したのか、ややあって琴はそっと目を伏《ふ》せた。

「わたし……たぶんうらやましいんだね、涼太のことが」

「え？」

「設定とかキラキラとか、そんなので悩む涼太が、うらやましいんだと思う。長くここにいて……そんなの、もうすっかり忘れちゃってたから。思い出しちゃったのかもね」

うつむき気味の横顔が、ひどく痛々しい。

「歓迎会《かんげいかい》のとき、拓海君が言ってたの覚えてる？　凡人《ぼんじん》がキラキラとか身のほどを知らないって。琴はいい、なんて言ってくれてたけど、あれが、たぶん真実なんだよ。何者でもない者は、結局、何者でもないままなんだよ」

俺の知らない――番組には映らなかった日常。

そこで琴が何を感じ、思ったのか。なんとなく分からないではない。

実際、あんなキラキラした連中を前にしたら、何者でもない俺達はただのモブ。近くにいられるだけ、ありがたく思えという話だ。

だけど。

「何者でなくても、琴は琴だと……俺は思うよ」

ほとんど反射的だった。いつの間にか、俺はそんな言葉を口にしていた。

「どういう……意味……？」

「えっと……その、俺から見る琴は、こんな俺にさえ優《やさ》しくて、面倒見《めんどうみ》がよくて、家事無《む》双《そう》でみんなからめっちゃ頼りにされて……。何者ってのが何者かは知らないけど、俺の中ではそんな奴《やつ》より琴の方が全然、すごいっていうかさ」

「そんなの、べつにたいしたことじゃないから……。逆に、そんなことしかできないんだよ、わたし。頼りになんてされてないよ。きっと、ただ便利なだけで……」

「いやいやいやいや、絶対にたいしたことあると俺は思うよ」

必死になって何が言いたいんだ、俺は。たった3日、一緒《いっしょ》にいるだけ。なのに知ったような口をきくなんて「明るいリーダー少年」気取りか？　くだらない。

ていうか、あまりに傲慢《ごうまん》だ。

だいたい、自分で自分をどう思うかなんて当人の問題だ。傍《はた》が口を出すことではない。大きなお世話だ。俺が琴の立場なら「おまえに言われたくない」って感じだ。

……分かっている。分かっていてなお、俺はそう言わずにはいられなかった。

こんなところで出会えた、たった2人の、何者でもない俺達だから。

琴は無言のまま生ゴミを所定の場所に置くと、ふぅと一つ吐息《といき》を漏らす。苦笑《くしょう》混じりにこちらを見て、再び吐息。遠く山奥から、木の葉が風にすれ合う音が聞こえてくる。

おたがいに、なかなか次の言葉を見つけられなかった。

「……涼太って甘いもの好きなんだよね？」

淀《よど》んだ空気を気にしてか、琴ががらりと話を変えた。

「こんなわたしだけどね、お菓子《かし》作りには少し自信があるんだ。来月のひなたちゃんの誕生日もね、わたしがケーキを焼くって約束してるんだ。涼太は、お菓子だと何が好き？」

「えっと……クッキーとか？」

「じゃあ今週、クッキー焼くね」

「……あ、うん。楽しみにしてるよ」

たぶん、流れのまま話をそらした方がいいし、琴もそう望んでいることは俺も分かっていた。せっかく変えてくれた空気だ。だけど、このまま終わってしまうのは嫌《いや》だった。

なのに。

肝心《かんじん》の言葉が出てこない。

今、琴に伝えるべき言葉――こんな俺だからこそ伝えるべき言葉が、出てこない。

浮《う》かんでは消える言葉。「自分が思うほど、琴はつまらない人間じゃない」とか「自分をもっと大切にしてほしい」とか。でも、どれも俺の言葉じゃない。誰かの借りものだ。

じゃあ、俺の言葉って……。

『ネガティブでもポジティブでも、わたしは涼太の言葉を聞いてるよ。だって、それが涼太の言葉なんでしょ？　つまり、それが香椎涼太なんだから』

ふと琴の言葉が思い出された。

こんなとき、人と向き合えない自分を、つくづく思い知らされる。

大切なときに、うまく気持ちを伝えられない。

思いばかりが空回り。俺の言葉を――俺を真っ直《す》ぐに受け入れてくれた琴に、返すべき言葉を見つけられないなんて。もどかしさだけが重なっていく。

「俺ね……」

開きかけた口を、俺はゆっくりとつぐむ。口を開けばなんとかなるかと思ったけれど、やはり続く言葉を形にできない。琴が小さく首を傾《かし》げる。俺はそっと目をそらした。

「ごめん。なんか、頭がうまく整理できなくて……また今度、言うよ」

結局、出てきたのは、そんな情けない先延ばしの言い訳だけだった。

でも。

「……待ってるね」

琴はそんな俺の言葉にさえ、笑顔《えがお》でこくりと一つ頷《うなず》いてくれた。

「あら、雨……？」

不意に、琴が漏らした。言われてみれば、ぽつぽつと頬《ほお》や手に小さな雨粒《あまつぶ》が降りかかる。山から吹《ふ》き下ろす風も妙《みよう》に冷たい。さすがは山の天気。昼間の晴天が嘘《うそ》のようだ。

「今夜は冷えそうだね。ひなたちゃん……大丈夫《だいじようぶ》かな?」

言うと、琴は「あ、洗い物やっちゃわないと」と1人で校舎に戻《もど》ろうとする。でも、思い直したように足を止め、こちらをくるりと振《ふ》り返った。

「いろいろあるけど、明日もがんばろうね」

かすかな笑みを残し、琴は再び歩きだした。

一緒に戻るのはどこか気が引けて、琴の背中を見送ってから、俺は校舎に戻った。

みんな部屋に引き上げてしまい、俺は一人、リビングダイニングでオンエアを見た。

〈おう!　任せろ!　俺の活躍《かつやく》に乞《こ》うご期待だ!!〉

設定の俺は安定のキモさで、歓迎会の挨拶《あいさつ》といい、女子との会話といい、背伸《せの》び感がハンパない。誰《だれ》かに突《つ》っ込みでも入れてもらわなければ、とうてい見ていられない。途中《とちゆう》ザッピングを挟《はさ》み、そのうちチャンネルを変えて、気づくと午前1時をすっかり回っていた。

俺はちょっと気になって、スマホを覗《のぞ》いてみた。

初登場の俺に対する視聴《しちよう》者の感想……どうせディスられているとは思いながらも、とはいえ、少しくらいは好意的な意見があるかもと、かすかな希望を捨てきれないでいた。

が、そこではたと気がついた。

ここは電波がほとんど入らない。スマホの画面には「ページが開けません」の表示。ありえないでしょ、いまどき。俺はソファーに深く腰《こし》を沈《しず》めて、一つため息をこぼした。

気づくと、いつの間にか雨音は激《はげ》しさを増し、いまにも校舎を撃《う》ち抜《ぬ》きそうな勢いだ。

「あ、でも物置なら……」

初日に教えてもらったことを思い出した。物置のすみっこだけ、なぜか電波がよく入るという話。べつにそこまでして……と思わないでもないが、このままベッドに入っても悶々《もんもん》として眠《ねむ》れそうにない。さっきの琴とのやりとりが、まだ胸に引っかかったままだった。

あのとき、俺はどんな言葉を伝えるべきだったのだろうか。

考えれば考えるほど、自分の不甲斐《ふがい》なさが嫌になる。言葉をよく知っているなんて褒《ほ》められておいて、これだ。「……待ってるね」と言われて、甘える始末。しょせん俺の言葉など、その程度。戯《ざ》れ言《ごと》くらいがお似合いというわけだ。

俺は重たい腰を上げ、そろりと廊下《ろうか》に足を踏《ふ》み出した。

そのとき、音もなく電気が消えた。

「え？」

リビングダイニングはもちろん、廊下も玄関《げんかん》も、明かりという明かりが消えている。停電か、あるいはブレーカーが落ちたか。この天気だと前者だろう。いずれにせよ、どうすることもできない。俺は仕方なく、スマホの明かりで足下《あしもと》を照らし、慎重《しんちょう》に廊下を進む。

中学受験の日、真っ暗な車内に閉じ込められて以来、暗闇《くらやみ》は苦手だ。

特にこういう閉《と》ざされた場所だと、なぜだか胸がドキドキして、手のひらが汗《あせ》ばむ。

「……誰か、いる？」

不意に、風呂場《ふろば》の方から、かぼそい声が聞こえてきた。女の声だ。

「ねえ……誰か……」

ぞぞぞと背中に冷たいものが走る。ここはもともと分校の校舎だ。その手のものには事欠かない。季節外れの……幽霊《ゆうれい》？　足が震《ふる》えているのが、自分でも分かった。

「なんにも……見えない」

切羽詰《せつぱつ》まったような、深刻な声。ドアがぎ――っと鈍《にぶ》い音をたてて、ゆっくりと開く。

「え……え――っ!!」

俺はその場にしゃがみこみ、無我夢中でスマホの明かりを風呂場に向けた。

「あ……」

ほのかな明かりに浮かび上がったのは、手にしたタオルで前身だけを隠《かく》した女子……ひなただ。「え？」と、おたがい目が点になり、一瞬《いっしゅん》、言葉がなかった。

闇にぼんやり白く映《は》えるひなたのボディラインに、俺の目は釘《くぎ》づけ。その柔《やわ》らかい肌《はだ》感を前にすると、さすがの「日陰《ひかげ》のシダ植物」も、男子であることを思い出さずにはいられない。ごくりと唾《つば》を飲み込む。そして、そんな俺に、ひなたは容赦《ようしゃ》なかった。

「ゴミムシ!!」

顎《あご》を一撃《いちげき》。蹴《け》り飛ばされた俺は、壁《かべ》に頭を強打。一瞬、意識が飛ぶ。気づくと、タオルを体に巻いたひなたが、目の前で仁王立《におうだ》ち。冷たい目で、こちらを見下ろしていた。

「スマホ」

右手を差し出すひなた。貸せということか。いくらなんでも人を蹴っておいて、その態度はないだろう。顎の痛みに耐《た》えながら、俺は気づかないふりで小さな抵抗《ていこう》を試みる。

「……貸して、スマホ。部屋に戻りたいから」

意外に素直《すなお》だ。もしかしたら、まだ体調がよくないのかもしれない。鼻先を撫《な》でるシャンプーの甘い香《かお》りに、こちらもちょっと大人げなかったと反省しつつ、俺はゆっくり立ち上がる。そして「案内するよ」とスマホの明かりを頼《たよ》りに、そろりそろりと歩きだす。

後ろに、ひなたの足音がペタペタと続く。暗闇が苦手なのか、怯《おび》えているのが分かる。

「よくあるのかな？　その……停電って」

「……さぁ？」

「俺もね、暗いのが、あんまり得意じゃないんだよね、実は」

「……で？」

気をつかって話しかけても、ひなたはまるで食いつく気配すらない。

「えっと……まだ気分悪い？」

「……べつに」

「あ、夕方はごめんね。調子に乗って俺、水かけすぎたかも。なんかいまいち設定の……」

「ちょっと待って」

物置の前で、急にひなたが足を止めた。

振り返ると、ひなたは物置の中を覗いていた。視線の先には、ぼんやりと闇に浮かんだ顔が一つ。雨音の間から漏《も》れ聞こえる声。スタッフだ。スマホで誰かと話しているようだ。

「こっちの明かり消して」

言うが早いか、ひなたはドアに耳を当て、中の声を聞き取ろうとする。俺は慌《あわ》ててスマホをポケットに突っ込み、同じようにドアに耳を押しつけた。

「え〜ちょっと聞き取りづらいんですけど〜」

雨音のせいで、本人が思う以上に、かなりの大声になっている。一方のひなたは、一言一句聞き漏らすまいと、いつになく緊張《きんちょう》気味の横顔だった。

「あのさ、俺も一緒にやっててなんだけど、こういうのは、ちょっと……」

「黙《だま》って！」

ふと琴が言っていた「真剣《しんけん》」という言葉が思い出された。

スタッフの話の内容は、俺だって気になる。だけど、ひなたはあまりに必死すぎだ。

「撮影《さつえい》はそこそこ順調です。明日《あした》は和気藹藹《わきあいあい》な感じを、もう少し撮《と》ろうと思ってます」

会話の内容から考えると、おそらくテレビ局の偉《えら》い人への報告だろう。

「え～⁉ 卒業ですか⁉ だって、また入れ替《か》えって、サイクルが早すぎるっていうか、いや、自分が言うことじゃないんですけど、それで、卒業させるのは……えっ⁉」

たぶん、そのあとに卒業するキャストの名前が続いたはずだ。

だけど俺達の耳に、それは届かなかった。

突然《とつぜん》鳴り響《ひび》いた雷《かみなり》に、声がかき消されてしまったからだ。

卒業って……どういうこと？

俺はひなたの表情をそっと窺《うかが》う。下唇《したくちびる》をぎゅっと噛《か》み締《し》め、黙ったままのひなた。

結局、誰が卒業するのか分からないまま、スタッフの話がべつの話題に移っても、俺達はしばらくの間、その場から離《はな》れることができなかった。

第二幕

「琴《こと》ちゃんが……卒業ってこと？」

「まじで？　なんで？　昨日まで普通《ふつう》に生活してたよな？　ありえないって」

「……何か思うところがあったのかな？　ぼく、訳が分かんないよ」

「もう一回、わたし琴ちゃんの部屋ば見てくるけん！」

　翌朝、俺達を待っていたのは、琴の卒業という現実だった。

　朝食の時間になっても、いっこうに2階から下りてくる気配がなく、「変じゃない？」と、ひなたと綾乃《あやの》で部屋を見に行ったら、荷物はそのままに、置き手紙が一つ、ぽつんと置いてあったという。

（卒業します。今までありがとう）

　突然《とつぜん》のことに、みんなはリビングダイニングで琴の手紙を囲み、ああでもないこうでもないと騒《さわ》ぎ立て、やがて集まってきたスタッフ達が、その様子をカメラに収め始めた。

「……泣きそうだよ、ぼく」

「そういうのやめてよ！　泣いても琴ちゃんは戻ってこないんだよ!!」

茶番だ。

最初からずっと、俺は一言も口を挟めないでいた。

今まで一緒《いっしょ》に生活して、あれだけ頼っていたというのに、こいつらの日常っぷりは何？

撮影なんかしている場合か？　なにより、ひなたは昨夜のスタッフの会話を聞いていた。

これが、ただの卒業でないことは分かっているはずだ。

それなのに……。

「はいＯＫでーす！　次は夕飯の撮影で、いる人は午後7時にまた集まってくださーい！」

「おかしいって……こんなの」

スタッフの声とほぼ同時に、俺は静かに、でもはっきりと声を上げた。

しんと静まりかえる室内。キャストだけでなく、スタッフ達まで、こちらを凝視《ぎょうし》する。

「なんで琴がいなくなってんの？　卒業ってなんだよ、そんなわけないよね？」

できるだけ感情を抑《おさ》えて、ゆっくり話す。

怒鳴《どな》ってどうなるわけでもない。俺は「日陰のシダ植物」だ。地味に、静かに……。

けれど、どういうわけか言葉は言葉を呼び、知らぬ間に感情を昂《たか》ぶらせていく。かすかに手が震えているのが、自分でも分かった。

「昨日、俺、普通に話してたんだよ。ていうか俺、聞いちゃったんだよ、スタッフの電話。卒業って局が決めるわけ？　勝手に卒業させんの？　そんな話、聞いてないよ」

俺の声など聞こえないかのように、スタッフ達は黙々《もくもく》と機材の片づけを始める。キャストの誰《だれ》も目を合わせてくれない。

「おまえら、なんとか言えよ!!」

つい、かっとなって声が大きくなる。

「なぁ！　ひなたちゃ……ひなたもなんとか言えよ!!　聞いたよな!?　スタッフの電話」

ひなたはそっぽを向いて無視。こいつ……。俺は、ほかのキャストにも語りかけた。

「俺なんかより、みんなの方がずっと琴と一緒にいたよな？　なんでそんなにしれっとしてんだよ!?　なんか言うことないのかよ!?」

「……うぜーよ、おまえ」

返ってきたのは、ひどく冷めた拓海《たくみ》の声だった。

「卒業って言ったら卒業なんだよ、ここでは」

「な……何言ってんだよ!?」

「あれか？　まさか卒業は自己申告《しんこく》とか、そんな視聴《しちょう》者向けの戯言《たわごと》を信じてんのか？

これ番組だぞ？　民放の。視聴率なりスポンサーの意向なり、大人の事情があんだろうが」

俺だって、そんなことは分かっている。でも、こんな幕切れ、あんまりだ。

「……よくあることだし」

ひなたが吐《は》き捨てるようにつぶやいた。

「だからって、そんな急に……」

昨夜「明日もがんばろうね」と振《ふ》り返った琴の姿が、不意に思い出された。

何者でもない、たった2人の俺達。

こんなことになるなら、どうしてもっと話さなかったのだろう。おたがいの考えとか思いとか、話すことはたくさんあったはずだ。俺達は、もっともっと分かり合えたはずだ。

なのに、俺は言葉一つ伝えられないまま。

今だって、伝えるべき言葉がどんなものだったのか、分からないまま。

俺の言葉を——俺を認めてくれた琴に、俺は俺の言葉を返せないまま、さようなら。

やり場のない感情に、拳《こぶし》をぎゅっと握《にぎ》り締める。

「だいたい気持ち悪《わり》ぃーんだよ、おまえ。番組に感情移入とか。嫌《いや》なら視聴者に戻《もど》れば？」

「うるさい！」

「……りょ……涼太《りょうた》君……たたた、拓海君……」

龍之介《りゅうのすけ》が俺と拓海の間で、あわあわとうろたえている。

そこへ、琴の部屋を改めて見に行っていた綾乃が、ふらりと戻ってきた。

「こういうときに限って、いや、こういうときやけんかな？　いいお客さんが来たよ」

意味ありげな言葉に、ちらと入り口に目をやれば、見覚えのある女性が立っていた。年《ねん》齢《れい》は20代後半くらいか。前髪《まえがみ》ぱっつんが印象的な、きれいな黒髪《くろかみ》の女性だった。

とたんに室内がざわつき、緊張が走る。

あれだけ好戦的だった拓海でさえ「ちっ」と舌打ち混じりに矛《ほこ》を収め、ひなたに至っては、ソファーから立ち上がって「おはようございます！」と最敬礼だ。

「若宮《わかみや》さんは卒業を希望し、番組は了承《りょうしょう》した。それだけのことだよ、香椎《かしい》君」

みんなの態度と、どっしり構えた当人の雰囲《ふんい》気《き》で思い出した。この人はタハラだかタカラだかいう番組のプロデューサーだ。予告で、俺に意気込みなんかを聞いていた人だ。

「で、何か不服があるのかな？」

「琴は……昨日そんなこと言ってなかったし、俺は電話を聞きました、スタッフの会話を。卒業『させる』って言ってました。こんなのおかしいでしょ？　突然すぎるでしょ？」

どれだけ偉いか知らないが、偉いのなら卒業を撤回《てっかい》してほしい。俺は懸命《けんめい》に訴《うった》える。

「だから、こんな卒業……絶対にありえません。ていうか、理不尽《りふじん》ですよ」

「要するに君は、彼女が無理に切られたと疑い、そしてそれは無効だと言いたいのかな？」

「……はい」

「仮にそうだとして、何か問題かな？　これはリアリティーショーという名のバラエティ番組だ。報道ならともかく、番組の手が入って何が悪い？　それがテレビというものだ」

「……」

堂々とした開き直りに、俺は返す言葉もなかった。

「来て数日でいろいろ驚《おどろ》くことも多いだろうが、そのうち慣れるよ」

言うと、プロデューサーはスタッフ数人とともに、2階のスタッフルームに向かった。握った拳の下ろしどころがなく、俺はただ黙って、その背中を見送るしかなかった。

「……今日はさすがに平日だから学校だろ？　ちゃんと通えよ」

「気分が乗らんけん、休み」

朝の騒動《そうどう》後、ソファーでふてくされていた俺に声をかけてきたのは、綾乃だけだった。

「だって学校行っても、なんもおもしろくないっちゃもん」

鼻で笑うと、綾乃は膝《ひざ》を抱《かか》え込むような姿勢で、ちょこんと俺の隣《となり》に座った。

「琴ちゃんおらんくなったの、やっぱつらいと？」

「当たり前だろ！」

「ねね、それって友達やったけん？　友達やったけん、つらいと？」

「そんなの……」

変なところにこだわる奴《やつ》だ。でも、問われてはっとしたのも、また事実だった。

結局、俺と琴の関係はなんだったのか？

しょせんは、たった3日、同じ番組のキャストとして生活をともにしただけ……。

「……ていうか、綾乃はどうなんだよ？　琴がいなくなって平気なの？」

「平気やないよ。もう会えんと思うとさびしいよ。ばり好きやったけん、琴ちゃんのこと。こんなのあんまりやんって思うもん。絶対に認めたくないもん」

「……だよな」

率直《そっちょく》な言葉に、俺は少しだけ安堵《あんど》する。変わり者の綾乃だって、感情は同じだ。

「でも、やけんって涼太みたいに騒ごうとは思わんけどね」

皮肉っぽい口調にカチンとくる。けれど綾乃は、こちらなどお構いなしに平気な顔だ。

「騒いだら琴ちゃんが戻ってくると？　だいたい騒いだって共感してくれる人げな、ここにはおらんやろ？　心の中は知らんよ。でも表面はね？　みんな、いろいろあるけんね」

「いろいろって……どういう意味？」

「みんなが涼太と同じやないってこと」

持って回った表現が、いまいちよく理解できない。綾乃は続ける。

「例えばね、わたしやったら、棋士連盟《きしれんめい》から将棋の普及《ふきゅう》のために番組出演をお願いされて出とうっちゃけどね。みんなも、それぞれ目的があるっちゃない？」

「目的？」

「とにかく、何があっても、ここにおらないかん目的が。だけん、そのためならなんでもするし、なんでも切り捨てるっちゃない？」

建て前では、キャストはみんなオーディションで選ばれることになっている。実際、俺はそう。だけど、それが建て前にすぎないことは、どんな情弱だって薄々《うすうす》感じているだろう。それこそ、これは番組だ。綾乃のような裏からの手回しだって、あるに決まっている。

だから、いまさらそんなこと、教えられるまでもない。

ただ……。

目的という言葉が、琴の言っていた、ひなたの「真剣《しんけん》」という言葉と重なった。

俺が人生のやり直しをかけてここに来たように、みんなにも何か目的があるはずだ。

「でもさ、みんな琴の世話になったよな？　それなのに、琴がこんな降ろされ方して……それでも平然としていられるって、やっぱりおかしいよ！　どんな目的があるにしても」

綾乃の指摘《してき》はよく分かる。だけど素直《すなお》に頷《うなず》くのが悔《くや》しくて、俺は思いつくまま反論した。

「それは価値観の問題やろ？　何度も言うけど、みんながみんな涼太基準で生きとうわけやないとよ。琴ちゃんがこんな辞《や》め方するんやったら俺も辞めようかなと思いつつ、でも踏《ふ》み切れない……みたいな、心の葛藤《かっとう》を抱えた涼太みたいな人ばっかりやないとよ」

「おまえって奴は……本気でそら恐《おそ》ろしいよ」

それは完全に、俺の心の軌跡《きせき》だった。こんな理不尽な番組もう辞めてやると思う一方で、辞めたところで琴の卒業が覆《くつがえ》るわけでもない。再び人生のどん底に戻るのも嫌だ。できれば、ここで人生をやり直したい。悶々《もんもん》とする俺の胸の内を、綾乃は的確に見抜《みぬ》いていた。

まるで口だけだと責められているみたいで、俺は一言も言い返せない。

「……ねぇ、話の途中《とちゅう》やけど脱《ぬ》いでいい？」

「な……」

まじめな話のど真ん中にもかかわらず、そんな脱衣《だつい》宣言をぶっ込んでくるあたり、さすがは「天衣無縫《てんいむほう》流」。次の一手が、まったく読めない。

「脱いだ方が話しやすいけん、ね？」

「ね、じゃないよ！」

焦《あせ》る俺を無視して、綾乃は「じゃ、ちょっとだけ」とワンピースの裾《すそ》をパンツギリギリにめくる。この下着っ娘《こ》、どこまで男子の純真を弄《もてあそ》ぶ気だ？　俺は慌《あわ》てて目をそらした。

「と、とにかく、俺は絶対に納得《なっとく》しないから!!　こんな卒業ありえないから!!」

「それならそれでいいっちゃない？　番組へのねじれた思いを心に抱えながら、今後どう出演していくのか、どう乗り越《こ》えていくのか。わたし的に、すごい興味が湧《わ》くところやね」

「俺は……おまえの観察対象か？」

「がんばりぃね、ショボ太」

「なんだよ、それ？」

……ショボ太？　聞き覚えのないフレーズに小首を傾《かし》げる俺。

そんな俺を、綾乃は膝小僧《ひざこぞう》に頰《ほお》を寄せ、しげしげと上目づかい。明らかに遊ばれていた。

「涼太のあだ名。昨日が初登場やったろ？　視聴者の感想ば検索《けんさく》してみ？」

言われてみれば、昨夜は結局、視聴者の感想を見ないままだった。卒業という言葉の重さに押しつぶされ、それどころではなかった。

で、ショボ太という音から考えるに、評価は……俺はぶんぶんと大きく頭《かぶり》を振った。

自分の目で見ていないものを想像したところでなんになる？　俺はがばっとソファーから立ち上がると、いつの間にか下着姿になりつつある綾乃を置いて、物置に急いだ。

(キラキラのあいつしょぼくね？　そのくせ粋《いき》がってる感がうざい)

(今なら光の速さで言える。しょぼい。ショボ太)

視聴者の感想は、番組の開始直後から拡散を重ね、開始4分で俺はショボ太確定。

しょぼい涼太で、ショボ太。

ストレートなネーミングが、集合知の正しさを証明しているようだ。

(香椎涼太ってあの香椎涼太だよね？　7組の地味な奴)

(頭はそこそこよかったけど……要は記録にも記憶《きおく》にも残んない奴だよ)

中には小、中学校時代の同級生もいるようで、当時のしょっぱい写真やポエムな卒業文集とともに、そんなありがた迷惑《めいわく》な説明まで加えられていた。

(高校落ちて中学浪人《ろうにん》の巻)

(無職ショボ太はシェアハウスじゃなくてハロワ行けって)

……指先活動家どもめ。どいつもこいつも熱量の使い方を間違《まちが》っている。

もちろん、俺が視聴《しちょう》者だったら、俺なんか見たくないし、こいつらと同じ意見だろう。

でも自分がされる側になると、かなりこたえる。新キャストを射止めた時点で、いちおう覚悟《かくご》はしていたものの、現実は恐ろしい。ある意味、地獄《じごく》だ。

手が震《ふる》え、うまくスクロールできなくなる。キラキラどころか、ヘタヘタの俺。

「じゃま！」

「うわっ！」

急な声に驚くあまり、俺はあわあわとスマホを落としてしまった。床《ゆか》を滑《すべ》ったスマホは声の主——ひなたの足先でかつんと止まる。ひなたの視線が、ちらと画面に向けられた。

「……ゴミムシでも自分の評価が気になるんだ？」

画面には、リアルタイム検索の結果がしっかりと表示されている。「関係ないだろ」と俺は慌ててスマホを拾い、ポケットに突《つ》っ込んだ。

「それ見てよく分かったでしょ？　テレビに出るってことが、どういうことか」

「……」

「覚悟がないなら、ここから出てってくれない？　ほんと目障《めざわ》りなんだよね」

鼻で笑うひなた。昨夜の暗闇《くらやみ》での借りなどなかったかのように、高飛車な態度だ。

で、昨日までの俺なら、このへんで折れる。これ以上、ひなたに嫌《きら》われたくない。いつかは仲よくなりたい。そのためにここに来たんだ。だけど、今日は黙《だま》っていられなかった。

今朝、興奮のあまり「ひなた」と呼び捨てにしてしまったときもそうだ。

うわべを取り繕《つくろ》っている場合じゃない。

琴の卒業をスルーして、黙って静かに暮らして……それで仮にひなたと仲よくなったとして、めでたしめでたし？　俺がここに――「シェアハウス」に求めたのは、そんな見せかけか？　ていうか、そんなのありえない。

「さっきさ、よくあることって言ったよね？　今回の琴みたいな、急な卒業が」

「……さぁ？」

「今までも、こんなのがあったの？」

「取り調べかなんかのつもり？　偉《えら》そうに」

「琴に感謝してるって言ってたの、誰《だれ》だよ？　いつもいろんな当番してもらってさ」

「あんたに関係ないでしょ？」

「あ……あるよ！　俺だってここのキャストなんだから!!」

退《ひ》くな、俺！　ひなたの冷ややかな視線に、いまにも圧倒《あっとう》されそうだ。

「で？」

「……『で』とか『さぁ』じゃなくて、会話しようよ！」

「ゴミムシと会話？　冗談《じょうだん》でしょ？　ていうか、あんたって琴の何なの？」

「それは……」

まただ。俺は琴の何なのか。たちまち言葉に詰《つ》まってしまう。

「ちょっと仲良くしてもらったからって、いい気になってさ」

「いい気になんかなってないよ。ただ……」

「ただ何？　まさか恋《こい》したとか？　番組でまじ恋愛《れんあい》とかバカじゃない？」

「……伝えられなかったから、言葉」

問われて、言葉にしてみて、はたと気づく。

俺は琴に伝えたいんだ。昨夜、伝えられなかった俺の言葉を。

それがどんな言葉なのか、まだ分からない。でも、伝えたいという気持ちだけは確かだ。

俺の言葉を――俺を認めてくれた琴に、誰の言葉でもなく自分の言葉で伝えたいんだ。

そして、それがたぶん、認めてもらったことへの俺のこたえだ。

こんなところで出会えた、何者でもない、たった2人の俺達だから……。

『……待ってるね』

そう言ってくれた琴を、裏切るわけにはいかない。

だから、こんな卒業、許せない。

このまま、さようならというわけには、いかないんだ。

「……会って、真っ直《す》ぐに伝えたいんだ、琴に」

「はぁ？　告白したいってこと？　ほんと、あんたってゴミムシね」

「違《ちが》う、そんなんじゃない！」

びくりとひなたの肩《かた》が震える。気づくと、俺はひなたをにらみつけていた。

「何それ？　ま、あんたのことなんか、どうでもいいけどね」

さげすむひなたの顔が、しかし一瞬《いっしゅん》で引きつる。口元に硬《かた》い作り笑い。視線は窓の外。その先を追うと、ちょうど車に乗り込もうとするプロデューサーの姿があった。

自家用車なのか、真っ黒なスポーツカーを背に、こちらを見つめている。

「……いつでもプロデューサーには笑顔《えがお》なんだね」

俺はぎゅっと唇《くちびる》を噛《か》む。琴があんなことになったのに、プロデューサーに媚《こび》を売るなんて。これが、俺の大切な人？　(明日《あした》をつかめ)と添《そ》えてくれた、青葉《あおば》ひなたか？

「黙って、ゴミムシ」

笑みはそのままに、ひなたは低い声でつぶやく。プロデューサーは軽く手を振《ふ》り、やがて車は走り出した。ひなたは車が見えなくなるまで、微動《びどう》だにしなかった。

「なぁ、それで、こんな卒業が今までも……」

「うるさいっっっ!!」

怒鳴《どな》り声に、びんと空気が震えた。

ひなたは一歩前に踏み出すと、俺のTシャツをつかんで、ぐいと力尽《ちからず》くで引き寄せる。突然《とつぜん》のことに、されるがままの俺。目と鼻の先にひなたの顔。吐息《といき》まで感じられる距離《きょり》だ。

声が裏返る。ひなたの鋭《するど》い視線が俺を射貫《いぬ》く。その瞬間《しゅんかん》、本当に殺される気がした。

「こっちはさ、人生かかってるんだよね」

「……」

「分かれとは言わない。だけど、じゃましないで」

そのとき、ほんのわずかだけど、ひなたの目に哀《かな》しげな色が浮《う》かんだように見えた。

「琴には感謝してる」

「それなら……」

「でも、それだけだから」

ぽんと俺の胸を押し、静かに突き放すひなた。もう俺など相手にしないという意思表示か、ポケットからスマホを取り出して、どこかへ電話をかけ始めた。

意味深な言葉が、俺を戸惑《とまど》わせる。

もしかしたら、ひなたはひなたで、琴の卒業に葛藤《かっとう》があるのかもしれない。

だったら……とは思うものの、これ以上、何を言ったところで、どうしようもないのは目に見えていた。仕方なく、俺はひなたを置いて、とぼとぼと物置を後にする。

「取材をやめさせればいいでしょ!? なんなら、あんたが出版社に乗り込みなさいよ!」

「な、何すんだよ！」

途中《とちゅう》、またマネージャーを相手にしているのか、苛立《いらだ》たしげな声が聞こえてきた。

琴がいなくなったその日から、早速《さっそく》、当番表は崩壊《ほうかい》した。

掃除《そうじ》は多少手を抜《ぬ》いても生きていけるし、洗濯《せんたく》は各自でやればいい。問題は食事だった。

「なんで⁉　俺がやるって誰が決めたんだよ？　みんな平等だろ⁉」

「平等？　おまえごときと？　んなわけあるか。ていうか、ネットに書いてあったけど、おまえ高校全落ちの無職なんだよな？　暇《ひま》持て余してんだろ？」

「うるさい！　この豆粒《まめつぶ》サイズのエセ美少女‼」

「あぁ⁉　豆粒サイズって……身長は……身長のことは……てめーまじ殺すぞ⁉」

とりあえず、昼食はめいめい好き勝手に冷蔵庫のものを漁《あさ》ってしのいだが、夕食は撮影《さつえい》も入るということで、さすがに適当とはいかない。在宅の俺、綾乃、拓海、龍之介の４人でジャンケンをして、結果、負けた俺と拓海が今晩の当番になった。

が、拓海は口ばかり動かして何もしない。それどころか、俺に丸投げしようとする。

「凡人《ぼんじん》のくせに調子乗ってんじゃねーぞ‼」

「いいから黙って手を動かせって！　おまえは口から生まれた口太郎《くちたろう》か⁉」

売り言葉に買い言葉とばかりに、俺は声を荒《あら》げた。

こっちだって琴のことで頭がいっぱいで、正直、なりふりなんか構っていられない。

だいたい、どれだけ才能に溢《あふ》れているか知らないが、才能云々《うんぬん》の前に、琴の卒業をすんなり受け入れてしまうような奴《やつ》らに、引け目なんて感じていられなかった。

拓海の言葉を借りるなら「凡人」で何が悪い。凡人にだって、意地くらいあるんだ。

「早く包丁出せよ！　野菜くらい切れるだろ？」

「はぁ？　俺の指はな、至高の音楽を奏《かな》でるためにあんだよ！　料理なんかできっか‼　万が一、包丁でケガしたらどうすんだよ？　責任とれんのか？　国家的損失だぞ⁉」

「そんなことが損失なら早々に滅《ほろ》びてるっての、この国は！」

渋《しぶ》る拓海を横目に、俺はフライパン片手に、唯一《ゆいいつ》無二のレパートリーであるチャーハンを炒《いた》める。受験勉強の夜食にと、適当に覚えた自己流だ。

で、1日くらいなら、これでいい。問題は明日以降だ。毎日チャーハンとはいかず、このままでは早晩、餓死《がし》か栄養失調かの2択《たく》だ……と、そこまで考えて、俺はふと思った。

「あのさ、琴が来る前って、誰が料理やってたの？」

俺の記憶《きおく》が確かなら、拓海は琴より先にキャストになっていたはずだ。

「前のキャストにもいたんだよ、家事の得意な奴が」

面倒《めんどう》くさげに拓海がこたえる。聞けば「紗枝《さえ》」という番組初期のキャストがそうだという。今はタレントをやっていて、時々バラエティ番組で見かけるくらいの女の子だ。

ちょっと意外だった。テレビで見る限り、紗枝はどちらかといえば活発だけど不器用なイメージで、それこそ設定の琴に近い。確か、年齢《ねんれい》も同じはずだ。

「あーあ。早く家事できる子入ってこねーかな、こんな無職野郎《やろう》じゃなくてさ」

「おま……家事は誰がやるとかじゃなくて、みんなで分担するもんなの！　ていうか、今は俺を手伝え！　あと無職は無職だけど中学浪人《ろうにん》だから、そこは間違《まちが》えるな！」

「しかしさ、ここもいろいろ出入りあったけど、まぁ、おまえが一番、底辺だよな」

俺の声など完全無視で、しみじみと拓海。ほんのりピンク色の唇に、侮蔑《ぶべつ》の色が浮かぶ。

「たぶんおまえさ、卒業しても行き先ねーよ」

「……」

「ほら？　普通《ふつう》は紗枝もそうだけど、ここで有名になってタレントとか芸人とか起業家とか、いろいろステップアップだろ？　でも、おまえショボ太だもん。取り柄《え》ねーし。せいぜい来年は高校に入れるといいなって感じ？　で、高校で、調子乗んなってボコられてな」

「……おまえのチャーハンだけ、調味料を間違えてもいいんだぞ？」

あながちありえない未来でもなく、強く否定できない自分が哀しい。

「まぁ、だからってわけでもないけど、琴なら卒業してもすぐやってけると思うんだ」

「え？」

「あいつ、見た目も可愛《かわい》いし、どういう道を選ぶにしても、ここの経験が生きるっていうかさ。たぶん、そんな気がするんだ。少なくとも、おまえよりはずっと明るい未来だな」

すれた口調とは裏腹に、どこかしんみりとした拓海の雰囲気《ふんいき》に、少し戸惑う。なんだかんだ言っても、実は琴の卒業に思うところがあるらしい。正直、かなり驚《おどろ》きだった。

そして、拓海にさえ、そう言わせてしまえる琴の存在の大きさを、改めて思う。

「で、その点さ、俺は約束されてるようなもんだからな、未来は」

自分でも柄《がら》でないと思ったのか、拓海はせいいっぱい胸をそらせて粋《いき》がってみせる。

「ピアノの天才だし、人気はあるし、成功以外が見えなくね？」

「……あのさ、そもそも疑問なんだけど、その天才が、なんで番組に出てんの？　こんなとこでピアノ弾《ひ》くの嫌《いや》なんだよな？　むしろピアノだけに専念した方がよくない？」

「それは……あれだよ、俺の人気を盤石《ばんじゃく》にするためだよ」

こたえるまで、やや間があった。何か隠《かく》しているのかもしれない。

「妙《みょう》な設定を我慢《がまん》してまで？」

「表と裏があんのは、どんな商売でも当たり前だろうがよ。まぁ、ここのはちょっと訳が分かんねーっていうか、最初はすげー驚いたけど……って、おまえほどじゃねーよ!!」

胸の内を明かす気はないらしい。拓海が切り返してきた。が、チャーハンを取り分けながら、俺は聞こえないふうを装う。いちいち突っ込んでいてはきりがない。

そして、そんな態度をどう思ったのか、拓海は急に「あれ？」と声を上げた。

「……変なこと聞くけど、おまえさ、俺と前にどっかで会ったことあったっけ？」

「はぁ？」

突拍子《とっぴょうし》がなくて、どうにもこたえようがない。

「なんか急に、どっかで会った気がしてきたんだよな」

「いやいやいやいやいや、ないでしょ？」

こんなに個性的な人間と、もし以前会っていたなら、絶対に忘れるはずがない。

「う～ん。だよな、おまえみたいなショボ太と俺の間に接点なんかねーよな」

「豆粒サイズだから見落としたのかも」

「だ～か～ら～身長には触《ふ》れんなって言ってんだろうが!!　殺されてーのか!?」

「あ、バカ、暴れるなって!!」

加減を知らない拓海の勢いに、あやうくスープ用のお湯をひっくり返しそうになる。

そのとき。

「あ、あ、あ、あ、あ、スマ、スマ、スマ……」

リビングダイニングの方からひょっこりと龍之介が顔を覗《のぞ》かせた。ひどく慌《あわ》てた様子で、ソファーの方を指さしている。「スマ、スマ、スマ」と、まるで念仏のようだ。

「スマ……って、サプライズでSMAPsでも来たか？　あ、この番組で、そりゃ無理か」

「何で？」

「いろいろあんだよ、この世界は。だいたい裏番組が関ジャ……」

「スマホ!!」

喉《のど》のつかえが取れたみたいに、龍之介はやっとのことで言い切った。

「で、スマホがどうしたって？」

俺達は料理も話もそこそこに、龍之介の指さす方に歩み寄り、ぽつんと一つソファーに転がったスマホを見つけた。窓から差し込む夕陽《ゆうひ》に、青いカバーがキラキラと輝《かがや》いていた。

「俺らのじゃねーよな？」

「てことは、女子の？」

「で、でで、でも、杏《あん》ちゃんは……ずっといな、いないし。琴ちゃんは……そそ、卒業」

ということは、綾乃か、ひなたのものだろう。触《さわ》っていいものか躊躇《ちゅうちょ》する俺をよそに、拓海はスマホに手を伸《の》ばすと、しげしげと眺《なが》め、いきなりカバーをぱかっと外した。

「おま……大胆《だいたん》すぎるだろ!?」

「ただのスマホだろ？　しかも落とし物だし。あ、これ……ひなたのだ」

見れば、隠れていた本体の裏面に、プリが貼《は》られていた。プリ独特の補整がきついものの、確かにひなたの顔がある。どういうわけか、幼い子どもたち数人に囲まれていた。

「これ……どういうシチュエーション？」

「あ、あ、あ、ひな、ひなたちゃんの、兄弟かも」

「え？　そうなの？　あいつこんなに兄弟いんの？　ビッグテディん家《ち》みたいだな」

確かによく見ると、どの顔もひなたにどことなく目鼻立ちが似ている。

「ずっと前の、さささ、撮影のとき言ってた。５人兄弟って。つ、使われなかったけど」

「龍之介さん、よく知ってるんですね」

「俺、こここ、ここ……長いから」

そうなんだ……とは素直《すなお》に頷《うなず》けない自分に、俺はちょっと驚いた。

俺が知らないひなたのことを、龍之介は知っている。

そう思うと、妙に苛々《いらいら》する。現実はあんな奴でも……結局のところ、俺はまだ、なんだかんだでひなたを信じているらしい。大切な人。そこは譲《ゆず》れないみたいだ。

「じゃあ龍之介から渡《わた》しとけよ、これ」

「おお、俺、いいい、嫌だよ。どどど、どうして分かったたか……せ、説明できない」

「いいじゃん、どうせこれからひなたの彼氏みたくなってくんだろうし、番組的に」

……彼氏？

実際、ここのところ、ひなたと龍之介の絡《から》みが多い。しかも、かなり親密っぽい。濁《にご》った俺視点でなくても、そう見えているのは拓海の言葉からも明らかだ。もちろん、ただの設定、そして番組の意図を汲《く》んだ芝居《しばい》だ。それで2人がどうなることはない……けど。

スマホを押しつけ合う2人の間に、俺は横から「じゃあ俺が」と割って入ろうとした。

すると。

「うわ、着信だ!!」

拓海の声に、思わず手を引っ込める。ちょうど龍之介の手に渡ったところで、スマホがブルブルと震動《しんどう》音を立て始めた。普段《ふだん》は全然入らないくせに、どんな気まぐれ電波だ。

「ああ、あ、あ、あ、あ、あ……ふふふ、震《ふる》えて、る」

「無視しろよ、無視」

「ででで、でも……」

まるで熱いものでも扱《あつか》うように、両手でスマホを右往左往の龍之介。そのうち、手のひらが当たったらしく、通話のスライドが右に流れ、たちまち相手とつながってしまう。

「あ、あ、あ、ああ、あ」

液晶《えきしょう》画面に浮《う》かぶ通話時間の表示。ますます龍之介はパニック。見ていられなくなり、俺はスマホを奪《うば》い取る。とりあえず本人でないことを告げ、早々に通話を切るしかない。

「えーっと……あの……」

「こちらカレハヒカゲ様のお電話でしょうか？　わたくし『TATARA Motors』のお客様センターの者ですが、今朝ほど頂きましたご指摘《してき》につきまして……」

聞こえたのはそこまでで、通話は唐突《とうとつ》に、ぷつりと切れた。電波が途《と》切《ぎ》れたようだ。

「あ～あ、勝手に出てんの。俺、知らねーぞ、ひなたがキレても」

「おおおお、俺、俺、俺、わる、わる、悪くない……」

「……」

カレハヒカゲ？　枯葉《かれは》ひかげ？　青葉ひなたの偽名《ぎめい》？

しかも相手は「TATARA Motors」。番組のスポンサーだ。お客様センターって、免許《めんきょ》もないのに？　偽名とスポンサーという組み合わせが、いやに生々しかった。

この件には軽々しく触れない方がいい。直感でそう思った。

「とりあえず、これは俺が預かってひなたに返すから、そんなことよりご飯にしよう。龍之介さんは綾乃を呼んできてください」

ポケットにスマホを突っ込むと、俺は何事もなかったようにキッチンに引き返した。

結局、ひなたにスマホを返したのは、その夜——深夜0時を回ったころだった。

撮影《さつえい》から帰って来たひなたは疲《つか》れた様子で、事情を話そうとする俺を「明日《あした》にして」の一言で切り捨て、スマホを持って部屋に一直線。その後、朝まで姿を見せなかった。

そして翌朝、改めて朝食の前に話そうとしたけれど……それどころではなくなった。

〈あたし龍之介が好きだったんだけど、全然思いが伝わらなくて。で、一緒《いっしょ》にいて苦しい思いをするくらいなら、きっぱり卒業した方がいいって思ったんだ〉

リビングダイニングのテレビに映し出されたのは、琴だった。

突然《とつぜん》の卒業を受け、急きょ、スタッフが真意を確かめた……という体《てい》のVTR。

そしてスタジオらしきところで語っているのは当然、設定の琴。未練はないとばかりに、淡々《たんたん》とした口調だ。卒業から1日しか経《た》っていないのに、見慣れた琴の姿が、ひどく遠い。

「俺、琴の気持ちに気づかなくて……謝っても謝りきれないっていうか……」

「そういうのやめてよ！　謝ったりしたら、逆にそれって琴ちゃんに失礼だよ!!」

VTRを受けて、話し合うキャスト達。ひなたと龍之介を中心に、不在の杏以外の全員が集まっている。そして、その様子をスタッフ達が撮影している。

俺はといえば、昨日と同様、一切《いっさい》、口を挟《はさ》まない。

それこそ、こんな寸劇に加わるのは、琴に失礼だと思った。

それなのに。

「涼太君も言いたいことあるやろ？　黙《だま》っとらんで何か言ぃよ」

こちらの胸の内を知っていて、それでもあえて話を振《ふ》るのは、さすが「天衣無縫流《てんいむほう》」。

綾乃はいつもと変わらない様子で、俺を見つめる。その目には、試《ため》すような色があった。

ひなた、拓海、龍之介がいっせいに俺の方を向く。

たぶん、今ここで俺が琴のことをまた言い出せば、そんなものを放送で流せるはずもなく、撮影はストップになるはずだ。で、それはそれでありだとは思う。

だけど、それがなんだとも思う。

俺が騒《さわ》いだところで、何も変わらない。番組はいつだって平常運転。琴の卒業がひっくり返ることはない。昨日そのことは思い知った。

「琴ちゃんが卒業してから、ずっと黙ったままだよね？　涼太君。それってどうなの？」

ひなたが被《かぶ》せてきた。からかっているのか、それとも……。さすがは女優というべきか、表情からはまるで心が読み取れない。

真剣《しんけん》、そして目的。

琴や綾乃の言葉が、胸にずっと引っかかったままだ。

俺の感情はきっと間違《まちが》ってない。だけど、ひなたや綾乃、あるいは拓海や龍之介には、それぞれの番組への思いがある。それらをぶち壊《こわ》す権利は、たぶん俺にはない。

でもやっぱり、そのまま会話に参加するのは、どうしても嫌《いや》だ。

「俺さ……琴ちゃんってああ見えて、たぶん根はすごく女の子だと思うんだ」

突然、俺が放《ほう》り投げた変化球に、その場の空気がぴんと張りつめるのが分かった。

「かなり強がってるっていうか、本当はもっと言いたいことあるんじゃないかな？　龍之介さんへの思いだけではないと思うんだよな、きっと」

「こっちが言えって言っといてなんだけど、涼太君ってここに来てまだ1週間も経ってないよね？　どうしてそんなことが言えるの？　琴ちゃんの何を知ってるの？」

俺の意図を察し、牽制《けんせい》のためか、ひなたが打ち返してきた。

「逆に長いから分かるってものでもないと思うけど、こういうのって」

「じゃあ、琴ちゃんの本当に言いたかったことってなんなの？」

「それは俺じゃなくてさ、自分の胸に聞いた方がいいと思うよ。ひなたちゃんが……ひなたが一番よく分かってんじゃない？」

「分かんないから聞いてんの！」

「嘘《うそ》でしょ？」

「ほんとだよ！」

「琴ちゃんが聞いたらどう思うだろな、今の」

「そんな言い方しないでよ！」

苛立《いらだ》って声を荒《あら》らげるひなた。半分は本気のはずだ。

俺はべつに設定のことも演出のことも、とにかく何も明かしていない。

ただ知っている人間が聞いたら、暗に意味深に聞こえるように言ったまでだ。視聴者《しちょう》が気づくとは思わないし、この部分が使われるとも限らない。

だけど、琴と、そしてキャスト達には伝えたかった。

俺は琴の卒業を、絶対に黙っては見過ごせない、と。

「俺らで話しても何も解決しないから……でも、琴のことはずっと忘れないでいようぜ」

カメラが回ると空気まで読めるようになるらしい。龍之介が割って入った。

「琴ちゃんがいなくなってさびしいのは、みんな一緒なんだから、ね？」

「ごめんね、拓海君」

早々に話を切り替《か》えたいらしく、ひなたも流れに乗っかった。

「で、こっちも考えないと……」

ほとほと参ったという口調で、龍之介はテーブルに置かれた1枚の手紙に目を落とした。

赤い縁取《ふちど》りの白い便箋《びんせん》1枚に、書かれているのはたった1行。

(新しい女子との出会いを、青春の1行に書き足してください)

新キャストの登場直前に、「シェアハウス」の郵便受けに入る「案内状」だ。キャストはこれを開いて初めて、新キャストの参加を知る。当人の名前や素性《すじよう》はなく、ただ男女どちらかが記されているだけ。視聴者の気をもませるには十分すぎるギミックだった。

で、設定や演出があるのだから、てっきり俺達には事前の告知があるかと思っていたら、この点は律儀《りちぎ》で、今朝、手紙を見るまで、誰《だれ》も新キャストのことは知らなかった。

「さすがに気持ち、切り替えづらいよな……」

「ぼくは……新しい人より琴ちゃんに戻《もど》ってきてほしいな」

「こんなに間が空いてないのって初めてやない？」

「でも、新しい子は何も悪くないっていうか、その子はその子でいろんな思いでここに来るわけだし、きちんと切り替えて、歓迎《かんげい》してあげないとダメだよね……」

弾《はず》まない会話。次の女子を喜べる雰囲気《ふんいき》は、さすがに設定とはいえなかった。

そして。

「はいOKでーす！　ありがとうございまーす!!」

スタッフの声で、たちまち空気が緩《ゆる》む。

「とりあえず新キャストは火曜日の夕方に来る予定でーす！　それまでに歓迎会《かんげいかい》の準備をみなさんよろしくお願いしまーす！」

言うと、スタッフの一人が、間髪《かんはつ》を容《い》れずに紙を配り始めた。見れば歓迎会の当番表と、おまけに料理のメニューとレシピまである。俺は会場準備で、ひなたと一緒だった。

「これなんすか？　ていうか、俺、料理とかまじ勘弁《かんべん》なんすけど」

舌打ち混じりに、拓海が苦々しげに尋《たず》ねる。

「琴ちゃんが卒業してから、生活がうまく回らない感じなんで、とりあえず歓迎会はこんなふうに、こっちで考えてみました。当番は適当なんで、融通《ゆうずう》し合っても構いませーん」

このままだと歓迎会の開催《かいさい》が危《あや》ぶまれ、それでは番組が作れないということらしい。

「誰かさぁ、俺と料理代われよ。ていうか、俺、こういうの全部したくねーし」

「ここ、こんなとき、こ、琴ちゃんがいてくれたら……。あの卒業はへ、変だよ。困る」

「わたしサプライズってなっとうけど、なんすると？　脱《ぬ》ぐと？」

「うるさいよ、あんた達！」

椅子《いす》から腰《こし》を上げ、ひなたはきっと周囲をにらむ。

「やれないんなら、あんた達も卒業すれば？」

「……んだと、こら」

「今まで琴にさんざんやってもらっておいて、自分はできないとか何様なわけ？　ていうか龍之介さ、今の何？　琴を家政婦かなんかと勘違《かんちが》いしてんの？　こんなときにいてくれたらってさ、じゃあ、こんなときじゃなかったら卒業していいってこと？」

「……ちが、ちが、お、俺は、琴ちゃん大好きだし、おおお、思い出しただけで……」

「思い出したら琴が戻るの？」

苛立たしげに、ひなたは吐《は》き捨てた。

「いい？　やれって言われたら、わたし達は何でもやる。これは……番組なんだから」

誰も何もこたえられない。ひなたはふっと一息吐《つ》くと、部屋から出ていってしまった。

もしかして今のは……。

俺は少し躊躇《ちゅうちょ》し、でもやっぱり追いかけなければと、慌《あわ》てて走りだした。


「……何？」

こちらの足音に、ひなたはくるりと振り返り、冷たい視線。

階段の踊《おど》り場と1階の廊下《ろうか》で、向かい合う俺達。

「琴のことなら話したくないから」

「……」

出鼻をくじかれ、とっさには言葉が出てこない。

そもそも、俺はひなたに何を言おうとしたのだろうか。「さっきの言葉って、もしかして琴のことを、実はかなり思ってのものなんじゃない？」とか？　そんなことを聞いてどうする気だろう、俺。琴の代わりに礼を言えるほど、傲慢《ごうまん》にもなれないくせに。

ぎこちない沈黙《ちんもく》が、俺達の間に落ちる。

「ほら、あれ……スマホのことなんだけど」

ふとスマホのことを思い出し、言葉のままに続ける。

「ああ、昨日の。で？」

「えっと……誰のか分からなくて、拓海がカバー外したら本体にプリが貼《は》ってあって……」

「それがどうかしたの？　子だくさんを笑いたいわけ？」

唇《くちびる》のはしっこに、乾《かわ》いた笑《え》みが浮《う》かぶ。

「いや、そういうんじゃなくて……実は、俺と拓海と龍之介さんでいろいろやってたら、いきなり電波が入ったらしくて、で、かかってきた電話に間違って出ちゃって……」

「はぁ!?」

声が裏返り、ひなたは勢い余って1段だけ階段を下りた。

「あの……でも、すぐに切れたんだ。それは絶対だから！　知ってるよね？　電波めっちや悪いんだよ、ここ。拓海も龍之介さんも見てたから！　本当だって‼」

「どこからの電話？」

「……なんとかお客様センターって言ってたけど、途中《とちゅう》で切れちゃって……」

「お客様センター？　どこの？」

「えっと……どこだったっけ？」

あやうく乗せられて「TATARA Motors」と、こたえそうになった。正直に話すことも考えたが、それは今でなくていいと思う。こんなところでは誰が聞いているか分からない。

「ほんとに覚えてないの？」

「覚えてないっていうか、よく聞き取れなくて分かんないんだよ、ほら、電波が……」

そんな俺の言い訳をどう思ったのか、ひなたはちらと何事か考える素振《そぶ》りをみせた。

「でさ、歓迎会の当番のことなんだけど、俺ら一緒《いっしょ》で……」

「スマホを忘れたのはわたしの責任だから、今回のことは忘れる。でも、次に同じことしたら非業《ひごう》の最期《さいご》だからね？　あんただけじゃなくて拓海も龍之介も。分かった？」

「あ……はい」

「あとは何？　歓迎会のこと？　一緒だから？　それで？」

「……一緒に、がんばろうね」

「当たり前。番組なんだから」

言うと、もう用はないとばかりに、ひなたはこちらにくるりと背を向けた。

「クラッカーでお迎えより、やっぱみんなが裸《はだか》でお迎えの方がおもしろいやん？」

「速攻《そっこう》でＢＰＯに訴《うった》えられるぞ、それ」

当日はギリギリまで忙《いそが》しいというひなたや拓海の都合もあって、歓迎会の準備は前日の昼過ぎから始まった。きっちりと画《え》を押さえておきたいという番組側の希望だった。

俺とひなたはリビングダイニングで会場準備。拓海と龍之介はキッチンで明日《あした》の料理の仕込み中。そして綾乃はソファーに転がって、サプライズのネタを悶々《もんもん》と考えている。

先ほどまでこちらを撮影《さつえい》していたスタッフ達は、キッチンで拓海達の姿を追っていた。

「いろいろ考えよったら……なんか服が……むずむずする。脱いでいい？」

「……おまえは露出狂《ろしゅつきょう》か？」

ひたすら折り紙で輪かざりを作り続ける俺に、綾乃が絡《から》んでくる。

一方、ひなたはテーブルクロスやランチョンマットにアイロンがけ。慣れた手つきで黙々《もくもく》とこなしていく。下に兄弟がたくさんいるからか、実は家庭的なのかもしれない。

意外な一面に、ちょっとだけ頬《ほお》が緩みそうになる。

だけど、ひなたは完全無視で見向きもしない。どこかぴりぴりとさえして見える。

いつものことと言えばそうだけど、今日はなんだか「うまいね」とかなんとか、そんな声をかけることさえ、はばかられる感じだ。まして琴を巡《めぐ》るいろいろが頭から離《はな》れず、きっかけもなく話しかけるのは、俺も気が進まない。妙《みょう》に息苦しく、落ち着かない。ていうか、そもそも「シェアハウス」の空気そのものが変だった。

「……」

「サプライズって難しかね」

みんないやに静かで、綾乃一人、その場をあえてかき乱すように笑っていた。

きっと誰もが、いびつな空気を感じているはずだ。

「やべ」

もう何度目かの失敗。切り損じた折り紙を、くしゃくしゃと丸める俺。

「痛っ」

包丁の扱《あつか》いでも間違《まちが》えたのか、キッチンから龍之介の声が聞こえてくる。

「指なんか切んなよ！　血がテレビNGなの知ってんだろ⁉　また撮《と》り直しだよ‼」

「きき、切りたくて、切ったわけじゃ……」

「あ？　フリーターのくせに口ごたえか⁉」

「そそそ、そんな言い方って……もう嫌《いや》だ。たたた、拓海君だけでやや、やればいい」

「はぁ？　てか、てめーがやらねーなら、俺もやらねーよ！」

めずらしく、龍之介が口ごたえ。挙句、拓海は床《ゆか》をどんどんと踏《ふ》み締《し》め「まじ誰だよ、琴を卒業させたの⁉　くそが！」とキッチンを飛び出してしまう。おろおろとするスタッフを横目に、でもキャストは誰《だれ》も止めに入らない。みんな、ただの傍観《ぼうかん》者だ。

ここの――「シェアハウス」の歯車が空回りしている。まるで主軸《しゆじく》を失ったみたいだ。

主軸は、もちろん琴だ。

琴がいなくなって、みんな噛《か》み合わない。誰もが怒《おこ》りっぽく、よそよそしい。キラキラどころかムカムカ、バラバラ。正直、俺もいっぱいいっぱいだ。殺伐《さつばつ》とした雰囲気に、気が滅入《めい》る。こんなのが……俺の求めた「シェアハウス」か？

「琴ちゃんおらんと、すさむね」

床をそっと撫《な》で、指に付いた埃《ほこり》を見つめながら、綾乃がつぶやいた。琴がいたときなら、埃なんて探しても見つからなかった。ていうか琴なら、さっきのような騒《さわ》ぎなんてすぐに収めただろうし、そもそも騒ぎになる前に、みんなをうまく回していたはずだ。

「なんもおもしろくない……」

綾乃は指先の埃を、ふっと吐息《といき》で吹《ふ》き飛ばした。

「で、涼太はどんなことしたら驚《おどろ》くと？　サプライズの参考までに」

にやりと口元を緩める綾乃。急な問いかけに、俺は思わず「はぁ？」と声を漏《も》らした。

「そんなの、いきなり聞かれても分かんないよ」

「う～んとね、例えば、ひなたちゃんが素《す》も元気でよく笑う子やったら驚く？」

突然《とつぜん》のことに、どきりとする俺。一方の綾乃は平気な顔。幸い、ひなたはぴくりとも反応しない。俺は「そうだなぁ……」と曖昧《あいまい》に首を傾《かし》げてみせた。

「やっぱ最初は驚いたやろ？　素と設定が違《ちが》うの見たら」

「そりゃ……そうだけど」

「誰《だれ》の素が一番驚きやった？」

どうあっても、ひなたのことを持ち出したいらしい。でも、この雰囲気《ふんいき》では、俺が無理。

「誰だろう？　みんなかな？」

「そんな大人な回答とか、涼太に似合わんよ。おかしかぁ」

「……俺、おまえより年上で、ちょっとだけ大人の階段のぼってんだけど」

「ごまかさんでいいけん、ね？　素直《すなお》に言った方がよかよ」

「わたし、ちょっと物置行ってくる」

ふらりとひなたが立ち上がった。雑音がうるさいとでも言いたげな、険しい表情で、窓辺のレモンイエローのカーテンに、ちらと視線を向ける。

「カーテン替《か》えないと。これ春物なんだけど……もう春も終わりだから」

「あ、じゃあ、その……俺も一緒に取りに……」

ちょうどいい機会とばかりに、俺はおずおずと声を上げた。

「あんたに手伝われるとか、わたしが嫌」

一刀両断。そう吐き捨てると、ひなたは足早に出ていってしまった。

……立つ瀬《せ》がない。

ここに来て1週間あまり。いろいろ言われて凹《へこ》んだけど、さすがに「嫌」はきつい。けっこうな破壊力《はかい》だ。えぐられた傷の深さに、俺はただぽかんと口を開けるしかなかった。

「ひなたちゃんも、そこまで嫌《きら》わんでもいいやろうにね」

あえて傷口を押し広げようというのか。綾乃がぺろりと舌を出した。

「おま……だいたい、おまえが変な話を振《ふ》るから……」

「大人の階段のぼっとう人が、下におる人のせいにしたらいかんよ。大人げなかよ」

無駄《むだ》に速い頭の回転がにくらしい。

「そもそも涼太が地雷踏《じらいふ》んだのが原因やん？　嫌われたのって」

「何それ？」

地雷というフレーズに、俺は当惑《とうわく》する。進んで地雷を踏んだ覚えはない。

「え？　ほんとになんも思い当たらんと？」

「まったく。ていうか俺、何したの？」

こたえる俺に、綾乃はやれやれと額をおさえる。

「涼太って……いろいろおもしろかね」

「いやいやいやいや、そんな感想いいからさ、俺が何したのか教えてよ」

「……ヒントはね、最初の日の歓迎会《かんげいかい》」

「えっと……ちゃん付けしたこと？」

あの日のことでいえば、それくらいしか思いつかない。そして、そんな俺のこたえに、綾乃は「……はへ？」と口をあんぐり。どうやら、ひどく的外れらしい。

「あのさ……俺、ほんとのところ何したの？」

「ていうか、嫌って言われて、黙《だま》ってこんなとこに残っとっていいと？」

言われて、はたと気づく。そうだ。今は過去より目の前の現実だ。

「どうせ嫌われとっちゃけん、今より悪くなることもなかろうもん」

ここぞとばかりに、綾乃はぽんと俺の背中を一つ叩《たた》く。

なんだかうまく丸め込まれたみたいで釈然《しゃくぜん》としないけれど、確かに「嫌」の一言で折れていては何も始まらない。まだ、少しでもひなたを信じているなら……。

「……地雷ってやつ、あとで絶対に教えろよ」

「いいけん、はよ行きぃって。チャンス逃《のが》すよ」

食い下がる俺に、綾乃はしっしと手を振ってみせた。


「手伝うよ」

そう一言、声をかければいいだけだ。物置の前で、俺は呼吸を整えた。

中を覗《のぞ》くと、カーテンを捜《さが》しているのか、奥の方で段ボール箱の陰《かげ》にしゃがみこむ、ひなたの後ろ姿があった。そっとドアを開き、距離《きょり》を計りつつ、俺はタイミングを探す。

そして。

「あの、て……」

「だからですね、変じゃないですか、そもそも番組が」

いきなりのことに、俺はごくりと声を呑《の》み込んだ。

「一視聴《しちょう》者として、いつも同じようなキャラだと飽《あ》きるんですよ、正直。今度来た男子だって前とキャラ一緒でしょ？　変にリーダーぶって、バカみたいに明るいっていうか」

ひなたはスマホを握《にぎ》り締め、鼻をつまみ、妙に作り込んだ声で、誰かと話していた。

相手は……「一視聴者」と名乗っているところを見ると、テレビ局？　ていうか、今度来た男子……俺のことだろうか？

前と同じというのは、俺の前にいた男子キャストのことだろう。確か、年齢《ねんれい》は俺と同じ。バスケが得意で、明るい奴《やつ》だった。俺のキャラと一緒と言われれば、そんな気もする。

「で、そんな中で、あの子だけは違うんですよね、若宮琴ちゃん。あの子も前にいた紗枝って子とキャラが似てるんだけど、でも、その奥にある感じというか、すごく可愛《かわい》らしくて、わたしたちの間で大人気なんですよ」

突然の琴というフレーズに、俺ははっとする。

「それなのにね、今朝の番宣見ましたよ!?　あれなんですか？　琴ちゃんが卒業ってどういうこと？　ありえないでしょ？　わたし？　ただの一視聴者ですよ。そんなこと聞いてどうするの!?　それより琴ちゃんを戻《もど》してよ！　認めないからね、卒業とか！」

最後の方は、ほとんど泣き声に近かった。

「いい？　戻らなかったら、もう二度と番組見ませんからね。で、スポンサーであるおたくの車も買わないっていうか、不買運動しますよ!?　ネットの力、見せつけますからね!!　はい？　名前？　オチバです。えっと……オチバコカゲです！　33歳、主婦です！」

オチバコカゲ……落葉こかげ。

昨日、電話で聞いた「枯葉ひかげ」然《しか》り、ひなたの偽名《ぎめい》だろう。話の内容からして、相手は「TATARA Motors」。どうやらひなたは、偽名を使って電凸《でんとつ》を繰《く》り返しているらしい。

琴の卒業を、ひっくり返すために……。

「あ？　バカにしたでしょ？　視聴者バカにしたでしょ？　わたし本気ですからね!!」

変な声といい、隠《かく》れて電話をしている後ろ姿といい、見ていて正直、間抜《まぬ》けだ。

確かにスポンサーなら、琴の卒業を覆《くつがえ》せるかもしれない。でも、ほとんど言いがかりに近いこんな声に、まともに耳を傾《かたむ》けるとは思えない。ていうか、立派に威力《いりょく》業務妨害《ぼうがい》だ。

普通《ふつう》なら、ちょっと呆《あき》れて、鼻で笑いたくなるシチュエーションだった。

でも、全然、笑えない。

むしろ俺には、その懸命《けんめい》なひなたの姿が、すごく恰好《かっこう》よく見えた。

少なくとも、騒ぐしか能のない俺なんかより、ずっとましだ。

こんな卒業はおかしいとあれだけ騒いで、俺は何かやったのか？　ひなたの胸の内を理解しようともせず、責め、詰《なじ》っただけ。そんなの……ただの自己満足だ。

俺は一歩、後ずさる。

合わせる顔がない。それにたぶん、ひなたはこんな姿、誰にも見られたくないはずだ。

足音を立てずに戻ろうと、俺は一歩、また一歩と、ゆっくり引き返した。

そのとき。

「あ……」

段ボール箱に足が触《ふ》れ、その拍子《ひょうし》にがさっと音がした。栗色《くりいろ》の髪《かみ》を揺《ゆ》らし、慌《あわ》てて振り返るひなたと、ばっちり目が合ってしまう。たがいに、まったく声が出ない。

「……あんた」

顔色を失ったひなたは、スマホを持ったまま、ようやくそれだけの声を絞《しぼ》り出した。

「ちょ……ちょっと電話代わって!!」

とっさに叫《さけ》ぶと、俺は「はぁ!?」と拒《こば》むひなたからスマホを取り上げ、裏声を作った。

「オチバさんだけじゃなくて、俺も琴ちゃんの卒業、認めませんからね！　いつもおたくの車に乗ってますけど、もうよそのに買い換《か》えますよ!?　え？　俺は……オチバさんと同じマンションの住人です！　名前は……ショ・ボタです！　ベトナムから来ました!!」

一気にまくし立て、通話を切る。言葉に任せて言いたい放題。我ながら訳が分からない。

「……返してよ、スマホ」

「あ、ごめん」

言われて、俺は慌てて、ひなたの手にスマホを戻した。

「あの……」

「……何よ？」

「ほかにかけるところあったら、俺も手伝うよ。ていうか……俺にもやらせてよ」

「……局にクレーム入れれば、視聴率《しちょうりつ》が気になる局が動くかもしれない」

「くわしいんだね、さすがは芸能人。あ、で、スポンサーの方はどんな感じ？」

「……あの子がいなくなった日から、あの子推《お》しの視聴者のふりして、もうけっこういろいろやってるんだけど、なかなか……ていうか！」

急に立ち上がるや、ひなたは一歩踏《ふ》み込んで、ぐいと俺をにらみつける。

「だいたい、わたしは番組に四の五の言うつもりなんてないんだからね！　ただ、琴にケーキを焼いてもらう約束をしてたから、それだけなの!!　わたしの誕生日は、あの子のケーキじゃなきゃ嫌《いや》なの!!　まずい市販《しはん》のなんて嫌なの！」

顔を真っ赤にして声を荒《あら》らげる姿が、普段《ふだん》とのギャップもあって、ひどく幼い。

「あの子の焼いたケーキが食べたいだけ！　分かった？」

そういえば、そんなことを琴が言っていた。来月のひなたの誕生日にケーキを焼く、そして俺には近々クッキー。ひかえめな琴の笑顔《えがお》が、ふと思い出された。

「分かったよ、分かったから落ち着けよ」

なだめる俺に、ひなたはばつの悪そうな顔でぷいとそっぽを向く。

「誰《だれ》にも言わないから。実際、俺も共犯なわけだし」

「……当たり前。ていうか、その……あんた、全部聞いてたわけ？　さっきの会話」

「ごめん。えっと……ぶっちゃけると、このまえ間違《まちが》って電話に出ちゃったやつも『TATARA Motors』だって分かってた。でも、こんなことだとは知らなかったんだ」

「よりによって、ゴミムシに聞かれてるなんて……人生の汚点《おてん》そのものね」

「あのなぁ」

「でも、ほかの子に比べたら、ましか……」

思い直したように、ひなたはつぶやく。

ていうか……ましってなんだよ、ましって。

喉元《のどもと》まで出かかった不満を我慢《がまん》する俺をよそに、ひなたはそのまま眉間《みけん》にしわを寄せ、なにやら深く考え込み、やがて踏ん切りがついたのか、真っ直《す》ぐに俺と向き合った。

「あんた、しょせんゴミムシなんだから、失って怖《こわ》いものなんてないよね？」

「その表現やめない？　たいがい傷つくよ、こんな俺でも」

「でさ、あんた、この番組どう思う？」

こちらの訴《うった》えになど耳も貸さずに、ひなたはいきなり尋《たず》ねてきた。

「どうって、そりゃ訳分かんない設定とか、いろいろ変だとは思うけど、でもテレビだし。

琴の卒業だって、俺は絶対に認めたくないけど、結局は、それだってテレビだから……」

「わたしが言いたいのは、その逆なんだよね。テレビなのに……ってこと」

言うと、ひなたは大げさにきょろきょろと周囲を見回してから、やがて口を開いた。

「例えばさ、設定一つとっても、すごくおかしいの」

素《す》とまるで違《ちが》う設定を各人に与《あた》えていることなら、俺もそう思う。

もし俺が番組側なら、設定に近い人間を採用する。そちらの方がリアルなはずだ。それに、設定がない綾乃や杏の存在も、妙《みょう》といえば妙だ。

テレビということで、なんとなく呑み込んではいるものの、やはり違和感《いわかん》は拭《ぬぐ》えない。

ところが、ひなたは、そんな俺の想像を、はるかに超《こ》えることを言い出した。

「設定が引き継《つ》がれてるの」

「え？」

「あんたの設定って、どうせ『明るいリーダー少年』でしょ？」

突然《とつぜん》、事実を突《つ》きつけられ、俺は思わずたじろいでしまう。

「あんたと、あんたの前の男子もそうだし、琴と、その前の紗枝もそう。わたしや拓海もそうだし、設定のない綾乃や杏だって、前にいた子達はまるで2人をパクったような、同じような設定だったの。最初からいる龍之介以外、要はキャラが変わんないんだよね」

単純な話のはずなのに、理解が追いつかない。

「これテレビだよ？　いなくなったキャストと同じキャラの子を毎回補充《ほじゅう》して、そんなの誰が見たいの？　何のための入れ替《か》え？　無理な設定を引き継がせてどうすんの？」

言われてみれば、これまで入れ替わったキャスト達はみんな、俺も含《ふく》めて性格は――つまり設定は似ている。一視聴者として見ている分には、容姿や雰囲気《ふんいき》がまるで違うので惑《まど》わされがちだが、改めて指摘《してき》されると、確かにそのとおりだ。

しかも、ひなたは龍之介に次ぐ古株だ。そのひなたが言うからには、間違いないだろう。

「そもそも引き継ぐぐらいなら、そのまま残した方がいいわけじゃない？　視聴率だって悪くないし、番組始まってまだ1年で、マンネリってわけでもないし。それが琴みたいに突然、訳分かんないまま卒業させてさ。こんなのばっかりだよ、ずっと」

「偶然《ぐうぜん》ってのは考えられないかな？」

「入れ替わった子達は年齢も一緒《いっしょ》。あと男女比も変わらず3対4。こんな偶然ありえる？」

「……それにしても考えすぎっていうか、そもそもそんな小細工を弄《ろう》して、誰得《だれとく》なわけ？」

「だから変だって言ってんのよ！」

物分かりの悪い俺に苛立《いらだ》ち、ひなたは舌打ち混じりに吐《は》き捨てる。そして、ふと何を思ったのか、小さな笑みを口元に浮《う》かべ、いたずらっぽくこちらを見つめる。

「じゃあ賭《か》ける？」

「はぁ？」

「明日《あした》来る女子、また同じ設定だよ。絶対に」

意味深な笑み。ぷっくりと熟《う》れた唇《くちびる》が、いびつな形にゆがんだ。

第三幕

「西戸崎優奈《さいとざきゆうな》っていいます。高校3年生、18歳です。ずっとサッカーやってて、よく周りからは女子らしくないって言われるんだけど、あたし的には全然女子なんで、ここでは……恋愛《れんあい》とか、めっちゃしてみたいです！　みんな、よろしく!!」

黒髪《くろかみ》ショートカットに、すらりとした長身。しなやかな手足。少年っぽい顔立ちは、しかし凛《りん》としてきれいだ。優奈はぺこりと頭を下げると、口元をぎこちなく綻《ほころ》ばせた。

「え〜!!　まさかの恋愛宣言!?」

すっとんきょうな声で、ひなたが驚《おどろ》いてみせる。

「ここでってことは、男は3人だけだから……俺か、拓海《たくみ》か、涼太《りょうた》ってことだよね!?」

「ぼ、ぼく……緊張《きんちょう》してきた」

「すごかぁ。ばりかっこいいね、男前やん」

「これって、もしかして俺のターン!?」

大仰《おおぎょう》な身振《みぶ》りを交え、俺も会話に乗ってみせる。が、胸の内はそれどころではなかった。

ひなたがにらんだとおり、新キャストは確かに「からりとした男前少女」だった。

始まったばかりの歓迎会《かんげいかい》。

カメラが回る中、ひなたは、ほんの一瞬《いっしゅん》だけ「ほらね」と俺に目配せしてみせた。

「じゃあ、優奈ちゃん、これからよろしくってことで、かんぱーい‼」

優奈の到着《とうちゃく》、そして挨拶《あいさつ》と続く歓迎会は、俺のときと同じように、しばらくして乾杯《かんぱい》へ。

ところが、スタッフのＯＫがなかなか出ない。そのまま撮影《さつえい》は続き、どういうわけかキッチンに向かった綾乃《あやの》が「サプライズ、サプライズ」と鼻歌混じりに、何か準備し始めた。

そういえば、あいつ、サプライズ担当だったっけ……。嫌《いや》な予感しかしない。

やがて、綾乃は握《にぎ》り寿司《ずし》らしきものを載《の》せた紙皿を手に、意気揚々《いきようよう》と戻《もど》ってきた。

「はわっ⁉」

いきなり、何もない床《ゆか》で足を滑《すべ》らせ、見事にすこっと転ぶ綾乃。

「ちょ、大丈夫《だいじょうぶ》か⁉」

「いててて」

しりもち姿で、綾乃はぺろりと舌を出してみせる。たいしたことはないらしい。

しかし、せっかく用意した寿司は床で大惨事《だいさんじ》。見れば、数は全部で六つ。不在の杏《あん》を除

き、ちょうど人数分だ。しかも、その中の一つは、大量の緑の汁《しる》をしたたらせている。

つんと鼻をつく匂《にお》い——ワサビだ。

ロシアンルーレットでも考えたのだろう。ベタすぎる。まるで昭和だ。

「これじゃあ……もうサプライズできんね」

「ていうか、どれにワサビ入ってるか一目瞭然《いちもくりようぜん》すぎだって！」

寿司を見下ろし、さびしげな綾乃に、俺は軽くフォローを入れてみた。

「でも、めっちゃサプライズだったよ、綾乃ちゃん」

いつの間にか、綾乃の隣《となり》に優奈が立っていた。

「いきなり転んでワサビ寿司って、すごいサプライズだよ」

綾乃の肩《かた》を一つ叩《たた》くと、優奈はゆっくりとその場にしゃがみこむ。

「ありがとね。すごく考えてくれたんだよね、きっと」

一つひとつ手に取って、紙皿に戻していく優奈。綾乃もしゃがみこみ、ひなたも「手伝うよ」と、ふきんで床を拭《ふ》く。「モップ持ってこよっか？」と俺も声をかけた。

そこへ。

「はいOKでーす！　歓迎会は以上で終了《しゆうりよう》でーす！」

スタッフの声が上がる。たちまち、みんな素に戻り、ひなたはぽんとふきんをテーブルに投げた。龍之介はいつものように早々に消え、拓海はテーブルの上の料理に手をつけながら「こけるとか、間抜《まぬ》けにもほどがあんだろ？」と輩《やから》っぽく、がさつに笑っていた。

「ちょっと……やりすぎたかいな？」

綾乃は、いたずらっぽく頭をかいてみせる。

「おまえ……もしかしてわざとなの、今の？」

「ばりサプライズやったろ？」

「綾乃……恐《おそ》ろしい子。ていうか、策士にもほどがあるぞ」

ひなたが投げたふきんで床を拭きながら、俺はほとほと呆《あき》れかえる。

「あのさ、ちょっといい？」

ふと俺達の間に、優奈が入ってきた。先ほどのからりとした雰囲気から一転、やけにぼくとつとした口調で、やはりあれは設定だったようだ。

「これ、どこに捨てればいい？」

手元には、紙皿に載せた寿司の残骸《ざんがい》があった。

「あ、キッチンの生ゴミ用のゴミ箱なんだけど……俺が捨てとくよ」

「ありがと」

紙皿を俺に渡《わた》し、こくりと小さく頭を下げる優奈。そのまますっくと立ち上がると、くるりと周囲を見回し、突然、ひょいとテーブルの料理に手を伸《の》ばした。

「もらうよ、これ」

返事も待たずに、つまみ始める優奈。からあげ、サンドウィッチ、カナッペ……。呆気《あっけ》にとられる俺達をよそに、手近なものから平らげていく様子は、ある意味、男前だった。

「いきなり食い始める奴《やつ》ってのは……さすがに初めてだぞ、おい」

意外すぎる展開に、さすがの拓海も、それ以上の言葉はなかった。

「食べちゃいけないわけじゃないし、いいじゃない、それくらい」

「さっさと食べようかいな、わたしも」

そうは言いながらも、ひなたも綾乃も、ちょっと引き気味だ。

正直、俺も呆然《ぼうぜん》。初めてここに足を踏《ふ》み入れた人間なら当然あるべき驚きだったり、緊張だったり、そんなものが優奈からは、まるで感じられなかった。

「おい！　そのフライドポテト、俺まだ食ってねーぞ！　ちょっとは残しとけよ！」

「あ、ごめん」

「てめー空気読めよな！」

「そういうの、なんかできないんだ、あたし。開き直って申し訳ないんだけど」

人心地《ひとごこち》ついたのか、優奈はぼそりとそう言うと、困った顔で小首を傾《かし》げてみせた。

「あたし、不器用だから」

その夜、みんなが寝静《ねしず》まった午前2時。俺は物置のすみで、こっそりひなたと会った。段ボール箱に腰《こし》かけ、星明かりとスマホの液晶《えきしょう》画面だけを頼《たよ》りに、俺達は向き合う。

「言ったとおりでしょ？　設定」

「……あ、うん」

胸がドキドキして、話がなかなか頭に入らない。事の大きさに戸惑《とまど》ってか、単純に暗いのが苦手だからか、あるいは、ひなたと暗闇《くらやみ》で2人きりだからか……たぶん、その全部だ。

「ほんと、こんな番組ありえない」

ひなたが力なく首を横に振《ふ》る。

「ぶっちゃけ、いつから気づいてたの？　ひなたは」

「けっこう前からだよ。だいたい、普通《ふつう》いるはずの構成作家がいないでしょ、この番組。設定守ればアドリブで全ＯＫって変だよ。遊びじゃないんだよ？　しかも、このテレビ冬の時代に、あれだけのスタッフを毎日張りつけてさ。変だと思ってたら案の定って感じ」

「そういうもんなんだ……テレビって」

「ただ、電凸《でんとつ》なんかするのは今回が初めて。琴《こと》のことはほんと、わたしも頭に……って、

「……バースデーケーキだよね？　ものすごい執着《しゅうちゃく》してるんだよね、ケーキに」

「悪い？　ていうか、あんたなんか琴に告白したいんでしょ？　普通にキモいんだけど」

「いやだから、俺が伝えたいのは、そんなんじゃなくて……」

「じゃあ何よ？」

俺の言葉……なんて説明できるはずがない。

「べつに、それは、その……ひなたに言うことじゃないよね？」

「こっちだって、あんたのことなんかどうでもいいわよ、べつに」

そういえば俺、ちゃん付けどころか、いつの間にか、普通に「ひなた」って呼び捨てだ。

しかもタメ口。

こうして2人で向き合えているし、当人はどうか知らないけれど、少なくとも俺には、ずいぶん距離《きょり》が縮まったように感じられた。あとはゴミムシ呼ばわりさえなくなれば……。

「ああ、そういえば電凸のことで、ゴミムシに伝えることがあったんだ」

「……」

「スポンサーのやつ、まったく意味がなかった」

「え？　どういうこと？」

みなさまのＮＨＫはともかく、民放にとって、もっとも恐れるべきはＣＭを入れてくれるスポンサーだ。効果の大小はべつにして、まったく意味がないなんてありえないはずだ。

「プロデューサーの名前、覚えてる？」

「タハラだっけ？　あれ？　タカラ？」

「……そんなんだから高校全落ちするんだよ、ゴミムシ」

「そ、それとこれとは関係ないだろ！」

俺の過去は、すっかりキャスト達の共通認識《にんしき》になっているらしい。

「多々良《たたら》だよ。多々良美香子《みかこ》」

「た、た、ら……多々良って、もしかして」

さすがの俺でも、そこにはピンときた。

「そう。スポンサーは『TATARA Motors』で、あの人も多々良。めずらしい名字で前から気になってたんだ。で、今朝、スタジオで知り合いの局の人に会ったから、聞いてみたの。そしたら大正解。創業者一族なんだって。しかも直系。会長の孫だって」

多々良の、前髪《まえがみ》ぱっつんのキレ者顔は、なるほど大企業《だいきぎょう》のお嬢様《じょうさま》らしくはある。

「……てことは、いくら電凸したところで、そんな人が作ってる番組となると、そっち方面からは絶対に圧力なんて無理ってことか」

「それどころか、局への電凸も意味ないっぽい。『TATARA Motors』って大企業でしょ？　ほかの番組にもＣＭをたくさん入れてるわけで。要は、そこのお嬢様を、局が預かってる形だからね。お嬢様のご機嫌《きげん》を損《そこ》ねるわけにはいかないんだよ、今後を考えると」

「……マスゴミらしい話だね」

「で、彼女、もとは報道局の記者らしいんだけど、一昨年《おととし》、急にバラエティに異動して、この番組を企画《きかく》したらしいんだ。自分の家をスポンサーにつけるから、やらせろって」

かなりの強権を発動したということか。生臭《なまぐさ》い。ひどく匂う。

この番組は、やはりどこかおかしい。そして、そのカギは彼女が握っている。

でも。

「難攻不落《なんこうふらく》、か」

プロデューサーという地位に加え、特権階級にも等しい出自。そんな彼女の決断を——

琴の卒業をひっくり返すなんて……と、そこまで考えて、俺ははたと気づいた。

「あの……逆にさ、琴に聞けば、なんか知ってるかもしれなくない？」

「は？」

「卒業にあたって、なんで卒業なのかとか、スタッフからいろいろ裏話を聞いてるかもしれないだろ？　そこまで直接的でなくても、なんかヒントがあるかもしれないし。俺、結局、琴の番号とかアドレスとか教えてもらう時間がなくて……ひなたは知らない？」

「バカじゃないの？」

少しは乗ってくるかと思いきや、ひなたはひどく冷めた表情だった。

「卒業したキャストとの連絡《れんらく》や接触《せっしょく》は訴訟《そしょう》の対象って、最初に聞かなかった？　番組を妨害《ぼうがい》する行為《こうい》だって。かなり重い違反《いはん》だよ」

確かにそんな話を聞いた覚えはある。だけど、本当にそこまでするだろうか。保護者の印鑑《いんかん》を捺《お》したとはいえ、俺達は未成年だ。そして、そのあたりは、ひなたも理解していた。

「もちろん、本気で訴訟を起こすとは思えないけどね」

「だったら……」

「でも、たぶん卒業だよ、わたし達も。バレたら」

「いやいやいやいや、そこまでは……」

「絶対にないって言い切れる？　そこまで脅《おど》すってことは、要は元キャストと現キャストを交わらせたくないってことだよね？　そうなると困るんだよ。そりゃそうだよね、こんな変な番組だもん。探《さぐ》れば探るほど、いろいろ出てくるんだよ」

「……」

「で、そんな番組が——あれだけあっさりキャストを切り捨てる番組が、タブーを破ったキャストに何もしないと思う？　自分だけは安全だと思ってんの？」

「ていうか、そんなの黙《だま》ってればバレないよね？」

「バレたら誰《だれ》が責任取るの？」

ぴしゃりと言い返され、何も言い返せない俺。

「わたし絶対に、まだ卒業できない。こんなところで終われない。せっかくつかんだチャンスなんだから。やっとドラマにだって……」

ひきつった声。しゃべり過ぎたと思ったのか、ひなたはそこで口をつぐみ、代わりに、鋭《するど》い目で俺を見つめる。気おされそうになるのを、俺はなんとか踏ん張り、堪《こら》える。

「いや、べつに無理《むり》強《じ》いする気はないんだけど、ただ……」

独りよがりに騒《さわ》ぎ立てることの愚《おろ》かしさは、ここ数日で十分、分かったつもりだ。

ひなたにはひなたの、ここに来た目的がある。真剣《しんけん》である理由が。

ドラマにだって……か。

なんとなく、それは前に拓海が言っていた「ステップアップ」に近いような気がする。

芸能界で生き残るとか、そういうものを、ひなたはここに求めているのかもしれない。グラビアアイドルは女優への一歩と言い張るひなたなら、たぶんそうだ。

とはいえ、そんなに神経質になるようなことだろうか？　あの青葉《あおば》ひなたが……。

「ただきさ、冷静に考えてだよ、俺みたいな一般人《いっぱんじん》ならともかく、ひなたは超《ちょう》有名な芸能人なわけで、そう簡単に卒業なんてあるかな？」

「代わりなんていくらでもいるんだよ、この世界には」

ひなたは鼻で笑う。わざと斜《しゃ》に構えたような口ぶりが、どこか痛々しかった。

「でも、今のひなたなら……」

「買いかぶりありがとう。だけど、あんたがこの世界の何を知ってるの？」

「そんな言い方は……」

言いかけて言葉を呑《の》み込む。ひなたの表情が、いつになく険しい。

長い沈黙《ちんもく》が、俺達の間に落ちた。

とたんに、ここが俺の苦手な暗闇であることを思い出してしまう。

話に夢中ですっかり忘れていたのに、思い出すや否《いな》や、胸がまたドキドキしてくる。気づけば手のひらも汗《あせ》びっしょり。できるだけ意識しないよう手元のスマホや星明かりを見ながら、俺は雰囲気《ふんいき》を変えようと、つとめて明るく、別方向に話を振ってみた。

「……じゃ、じゃあさ、俺達みんなで抗議《こうぎ》ってのはどうだろう？」

それは、ほとんど思いつきだった。俺は言葉のままに続ける。

「綾乃も拓海も琴のことはすごく気にしてるみたいだし、龍之介《りゅうのすけ》さんも杏ちゃんも話せば分かってくれると思うんだよ、あと優奈さんも」

「……」

「で、多々良さんに、琴を戻《もど》さないと俺達みんな卒業するって言い出せば、さすがに手の打ちようがないと思うんだ、あっちも」

言ってみて、我ながら妙案《みょうあん》だと思う。全員に卒業されては、そもそも番組が成立しない。仮にひなたが言うように、代わりがたくさんいるにしても、これだけの人数の代わりを、一度に探すなんて無理な話だ。この手なら多々良さんにも勝てそうな気がする。

けれど。

「……勝手に思えば？」

冷え冷えとした声に、一瞬《いっしゅん》にして空気が凍《こお》りつく。

「少しでも、あんたみたいなゴミムシを信用したわたしがバカだった」

やおら立ち上がり、こちらを冷ややかに見下ろすひなた。

突然《とつぜん》のことに、俺はただただ面食《めんく》らい、言葉さえ見つからなかった。

「この話、もう終わりだから」

「ちょ、あの、ちょっと待ってよ」

「あんたみたいなのが、本当に嫌《きら》いなんだ、わたし」

「……な、なんだよそれ？」

傷つくより先に、あまりに理不尽《りふじん》な物言いにカチンときた。意味が分からない。

「一生、友達ごっこやってろってこと」

言うと、ひなたは一度もこちらを振《ふ》り返ることなく、出ていってしまった。


「そっか、そういえば今日も仕事だったね。朝早くからたいへんだね」

「……」

「ドラマすごく楽しみにしてるんだ、俺。絶対見るよ」

「……」

こちらと目も合わせずに、ひなたは仕事に行ってしまった。朝日の差し込む廊下《ろうか》に、一人残される俺。ひなたはあの夜を境に、撮影《さつえい》を除いて、俺と言葉を交《か》わさなくなった。

正直、かなりつらい。

ようやく距離《きより》が縮まったと思ったら、「振り出しに戻る」だ。いや、それ以下。完全に嫌われてしまった。このままでは共通の目標——琴の卒業だってひっくり返せそうにない。

本来なら、仲違《なかたが》いなんてしている場合ではないはずなのに。

……いったい俺の何が悪かったんだろう？

「おはよう」

声は優奈だった。振り返れば、のっそりとキッチンに入っていく後ろ姿。俺も後を追う。どんなに傷ついても日常は続く。今朝は、俺と優奈が朝食当番だ。

「俺が目玉焼き作るから、優奈さんはご飯炊《はんた》いてくれる？」

琴の卒業後、スタッフがレシピを用意し、とりあえずは誰が当番に入っても最低限の料理はできるようになった。が、忙《いそが》しいキャストに無理をさせるわけにもいかず、結局、俺、そして優奈が、そのほとんどを担当するハメになった。

優奈は今、高校3年生だけど、聞けば休学中らしい。

「サッカーで高校入って、でも古傷が悪化して続けられなくなったから、ここに来たらなんかあるかと思ったんだ。どうせほかにすることもないし、休学届を出してきたんだ」

当番で毎日、顔を合わせているのに、話してくれたのはそれくらい。もともと口数が少なく、ぶっきらぼう。しかも不器用。容姿とのギャップが、いろいろもったいない。

「無洗米って水いらないんだっけ？」

「いやいやいやいや、とがなくていいだけで、水はいるから。前にも言ったけど」

何度教えたところで、これだ。なんだかいたたまれなくなって、俺は話を変えた。

「そういえば今日って、実質、俺達2人だけなんだよね？」

朝食の後、拓海は音楽番組の収録、綾乃は対局で、それぞれ深夜まで帰らない予定になっていた。龍之介は基本、引きこもりなので、カウントしていない。

「俺、このあと掃除《そうじ》するから、洗濯《せんたく》任せても大丈夫《だいじょうぶ》？　洗剤《せんざい》入れて回すだけだから」

「ごめん、話しかけないで。水の分量が分かんなくなる。えっと……洗剤は30リットル分1回につき大さじ1杯《ぱい》で、ご飯は1合につき……水3リットル？」

目玉焼きの手を止め、仕方なく、俺がご飯の方も手伝う。そして、そうこうしているうちに、廊下からパタパタとスリッパの軽い足音が聞こえてくる。綾乃だ。

「おはよう。早速《さっそく》お腹《なか》空いたっちゃけど」

キッチンに顔を出すなり、開口一番、笑顔《えがお》の空腹宣言。見れば、さすがに今日は対局とあって、いつもより丈《たけ》の長いワンピースに、薄《うす》いニットという普通《ふつう》の恰好《かっこう》だった。

「あと30分くらいでできるから、あっちの部屋で時間つぶしててよ」

「じゃあ、その間だけ……」

「脱《ぬ》ぐのは不可」

「だって服着ると、体がもはもはするっちゃもん」

「俺はおまえの育ちを知りたいよ。どこの大自然で育ったんだ？」

「福岡《ふくおか》は大自然やないもん！」

「そうそう修羅《しゅら》の……って、とにかくあっち行ってろって！」

綾乃の相手をしながらも、目玉焼きの様子を見つつ、味噌汁《みそしる》の準備にとりかかる。

正直、ちょっとでも気を抜《ぬ》くと頭がこんがらがりそうで、日々、これを苦もなくこなしていた琴のすごさを、改めて実感せずにはいられない。

「ショボ太が相手してくれんし、あっちで考え事でもしよっと」

言うと、ようやく綾乃はリビングダイニングに移っていった。

「う〜ん、じゃあね、ひなたちゃんの誕生日プレゼント、何がいいかな？」

明らかに、こちらの反応を試《ため》す大きな声。それが綾乃のいつもの手だと分かってはいても、俺の意識と耳は、ついついそちらに吸い寄せられてしまう。

ケーキの件でぼんやりとは頭にあったものの、よく考えれば、その日はすぐそこだ。

ひなたの誕生日は6月の初旬《しょじゅん》——6月9日だ。

番組では、キャストの誕生日にはパーティーを開き、全員でお金を出し合ってプレゼントを贈《おく》ることになっている。その様子はもちろん、キャスト達が集まってプレゼントを何にするか相談するところからカメラが回され、放送される。

ひなたの番組参加は去年の7月だから、番組内で誕生日を迎《むか》えるのは、これが初めてだ。

「ひなたちゃん、何が欲しいっちゃろうか？　優奈ちゃんはどう思う？」

こちらを牽制《けんせい》するように、綾乃が声をかけてくる。

「ごめん、考える余裕《よゆう》ない。手が離《はな》せないんだ」

優奈はサラダの盛りつけに奮闘《ふんとう》中で、それどころではなかった。

「そっか。ごめんごめん。わたしやったら何が欲しいかいな？」

話を引き取ると、綾乃はわざとらしく「う～ん」と唸《うな》ってみせる。

みんなで贈るとはいえ、これはチャンスかもしれない。

ふと、俺は思いついた。

幸い、俺の設定は「明るいリーダー少年」だ。近々開かれるであろう話し合いの場を引っ張り、俺主導でプレゼントを決めて、ひなたを喜ばせて……仲直り。完璧《かんぺき》な台本だ。

でも、ちょっと待て。肝心《かんじん》のひなたの喜ぶものが、まるで分からない。

ていうか、俺……ひなたのことを何も知らない。

そこに気づいて、愕然《がくぜん》とする。

グラビアアイドルとしてのひなたのことなら、たいていのことは知っている。誕生日は
もちろん、スリーサイズは上から85、55、80とか、イチゴが大好物とか。でもそれは公公《おおやけ》のものばかりで、こんなに近くにいるのに素《す》のひなたのことは何も知らない。

だから。

例えば、歓迎会《かんげいかい》で俺が踏《ふ》んだという地雷《じらい》。結局、綾乃は教えてくれないままで、いまだに何だったのか見当もつかない。このまえ物置で、ひなたがキレた理由だってそうだ。あるいは琴のことだって。

琴の卒業をひっくり返そうと真剣なひなた。

ケーキ云々《うんぬん》はともかく、そこには、ひなたの思いや琴との関係がきっとあるはずだ。俺が、俺の言葉を、琴に伝えたいみたいに。でも、ひなたのそんなこんなを、俺は……。

結局、ひなたのことを何も知らないから、何も分からないんだ。

「一緒《いっしょ》に住んどっても、人って分からんもんやね。欲しいもの一つ、思いつかんって。結局、わたし達って、番組でしかつながってないキャスト、ただの共演者なんかね？」

綾乃の声がいちいち胸に刺《さ》さる。

詰《つ》まるところ、俺は大切な人、憧《あこが》れの人としてのひなただけを見て、素のひなたをまるで見ていなかったのかもしれない。人としての、青葉ひなたを……。

これでは、ただの共演者どころか、視聴《しちょう》者だ。

……ダメじゃん、俺。自然と力が抜けて、がっくりとうなだれてしまう。

「なんか焦げ臭《くさ》くない？　燃えよらん？」

「うおおお!?」

気づくと、いつの間にか味噌汁が沸騰《ふっとう》し、その脇《わき》では俺のエプロンのはしっこがコンロに引っかかり、黒焦《くろこ》げ。いまにも燃え上がろうとしていた。

「あ、水！　ていうか、火止めて、優奈さん！」

「いろいろいっぺんに言わないで！」

「……燃える恋心《こいごころ》？　人間って、ばりおもしろいね」

キッチンで慌《あわ》てふためく俺達をよそに、綾乃はくすくすと口元をおさえて笑っていた。


掃除のあいまにこっそり物置に隠《かく》れ、俺はスマホでいろいろ検索《けんさく》してみた。

(事務所のゴリ押しうざい。子役崩《くず》れのくせに)

(子役↓開店休業↓枕《まくら》営業↓グラビア↑イマココ)

(学校一緒だったけど暇《ひま》そうだった、仕事なくて)

Google先生を駆使《くし》し、あらゆるサイトを巡《めぐ》って、ひなたのことを調べてみた。だけど新しく知ったのは、昔、子役をやっていたという噂《うわさ》くらいで、それを除けば、あとは正真正銘《しょうしんしょうめい》のゴミばかり。俺の求めているものは何もなかった。

……ダメじゃん、集合知。ネットに頼《たよ》った俺がバカだった。

ていうか、ネットに落ちているようなことを知って、俺はどうするつもりだ？　そういうものではないひなたを、俺は知りたかったはずだ。正直、ひどく後味が悪かった。

結局は、ひなた本人と向き合うしかない。

うまく向き合えないから相手のことを知ろうとして、でも知るためには相手と向き合うしかない。単純なようで、けっこう難しい真理だ。

「お～い涼太君！　洗濯物《せんたくもの》、干し終わったよ！　次、何すればいい？」

遠くから俺を呼ぶ声がする。廊下に目をやれば、優奈の姿。スマホをポケットに収め、俺は「こっちこっち」と声をかけた。

「じゃあ、次は掃除を手伝ってもらえる？」

そのまま2人で廊下のモップがけ。時々、先輩面《せんぱいづら》で「物置のすみっこは電波が入るしカメラもないから」とかなんとか、優奈に教えている自分が、どこか面映《おもは》ゆかった。

ほんの少し前まで、俺が教えてもらう側だったのに。

そして、教えてくれた琴はもういない。

2階の廊下をモップ片手に歩きながら、ちらと女子部屋が気になった。

琴の荷物は卒業後、業者が引き取りに来て家に送り返された。今、その部屋には優奈が入っていて、たぶんもう琴の痕跡《こんせき》は何一つ残っていないだろう。すべては過去だ。

若宮《わかみや》琴という存在が、やがて忘れ去られてしまいそうで、ふと怖《こわ》くなる。

「女子部屋、気になる？」

ぼんやりしていたら、優奈にぽんと肩《かた》を叩《たた》かれた。

「あ、いや、そ、そ、そんなことは……」

まるでエロいことを考えていたみたいな慌てっぷりが、我ながら情けない。

「ま、部屋なんてどこも一緒だからね」

「……うん」

こちらの胸の内などお構いなしに、優奈はそう言って、あっさり話を打ち切った。

いちおう男子は女子部屋に、女子は男子部屋にそれぞれ入室禁止という規則があるものの、そこは「見てみる？」とかなんとか、そんな一言を期待するでしょ、普通。

いびつな沈黙《ちんもく》が、ぽつんと落ちる。

「あ、えっと……そうだ。設定にはもう慣れた？」

その場の空気を変えようと、俺は適当に投げてみた。

「どうだろ？　そこそこかな」

こたえると、優奈はモップにちょっと寄りかかって、めずらしく言葉を続けた。

「案外、違和感《いわかん》ないっていうか、そんな感じ。なんかなじむんだよね、設定が」

「なじむ？」

「昔のあたしって、設定みたいだったらしいんだよ。今みたいに、ただのぶっきらぼうじゃなくてさ。よく言われるんだ、あのころのチームメイトから」

「あのころって？」

「小学校……くらいかな？」

たまたまそうだった、ということだろう。ふと自分はどうだったかと考えて、親切に昔の俺のことを話してくれる友達というものが、周囲にいないことに気づく。さすがは俺だ。

「で、それって、なんかきっかけとかあるの？」

「自分ではよく分かんないんだ。ただ、みんなが言うには、あたし小学6年生のときにケガしちゃって、そのあたりからだって言うんだよね、変わったの」

確か優奈は、古傷の悪化でサッカーを諦《あきら》めたと言っていた。そのときのケガかもしれない。あまり触《ふ》れるのも申し訳なく、俺は「じゃ、そろそろ昼の準備する？」と話を変えた。

「まぁ、ケガで性格変わるのかって話もあるけどね。実際、その後もとりあえずはサッカー続けてきたわけだし、思春期とか成長期とか、そんなもんかな？」

こちらの気づかいなどお構いなしに、優奈はまだ話を引きずろうとしていた。

「で、涼太君は設定どうなの？　なじんでないの？」

とりあえずケガから離れ、ほっと一息。俺は肩をすくめて、吐息《といき》を漏《も》らしてみせた。

「俺は……ほら、普段《ふだん》はこんなだし、全然ダメだよ」

「そっかな？　けっこう違和感ないように見えるけど？　実は昔はそうだったとか？」

「いやいやいやいや、ない。断じてない。ていうか、違和感なく見えるってのは……それは、あれだよ。ここの生活に順応したっていうか、自分的には違和感しかないよ」

琴の言っていた「慣れ」というやつだ。

「そんなもんかな？」

「そんなもんだよ。じゃ、さっさと片づけて昼の準備しよう」

気づくと、窓の外の太陽が、真ん中よりやや西に傾《かたむ》きかけている。

俺と優奈はその後、特に会話を交《か》わすこともなく、早々にモップがけを切り上げた。


「俺、コーヒー淹《い》れてくるよ。疲《つか》れたでしょ？」

「……」

「あ、そっか。コーヒーだともう夜遅《おそ》いし寝《ね》られなくなるか。ホットミルクにする？」

「……」

深夜に帰って来たひなたとリビングダイニングで出くわし、仲直りできればと、俺なりにかいがいしく接してはみたものの、当の本人はどこ吹《ふ》く風。ぷいとそっぽを向くと、その足で部屋に引き上げてしまった。向き合おうとする俺の努力など、まるで無意味だった。

それは翌日も、その翌日も同じ。

たまたま夕食当番で一緒になった今晩も、また同じことの繰《く》り返しだった。

「料理うまいんだね」

「……」

「なんかMOKO'Sキッチンみたいにさ、料理コーナーとか持てそうだよね」

「……お皿、盛りつけ用の」

久しぶりに口をきいてくれたと思ったら、そんな一言。俺は「あ、うん」と言われるがまま、皿を用意するしかなかった。

「ほんとびっくりだよ。こんなに上手だったなんて」

多少盛ってはいるが、実際、ひなたの料理の腕《うで》はそうとうのものだった。かなり手慣れている。やはり下の兄弟達の面倒《めんどう》を見ていたのかもしれない。琴にも劣《おと》らない手際《てぎわ》のよさで、いっそこのまま、ずっと当番に入ってほしいくらいだ。

「ひなたってすごいよな、何でもできるんだね」

「さっきからうるさいよ、涼太！　集中してテレビ見られんやろ」

リビングダイニングから綾乃の声が飛んでくる。

テレビの前に寝転《ねころ》んで、今週の放送分の録画を大人しく1人で眺《なが》めていると思ったら、これだ。こちらに向けられたいたずらっぽい目が、いかにも意味ありげでにくらしい。

「……悪かったな」

仕方なく、俺は口をつぐみ、黙々《もくもく》とひなたの指示に従い続ける。

「お皿、これじゃない。大きいやつ」

先ほどのものより、もっと大きなものを出せということのようだ。

その場にしゃがみこんで、食器棚《だな》の下段を探《さぐ》ってみると、いつもはあまり使わない皿が並んでいて、奥の方には、誰得《だれとく》なのか土瓶《どびん》やレトロな湯呑《ゆの》みまであった。

「どれくらいの大きさ？」

「……」

自分で考えろということらしい。渋々《しぶしぶ》、適当なパーティー皿に手を伸《の》ばす。

そのとき。

奥に突《つ》っ込んだ手が、何かに触れた。引っ張り出してみれば、それは小さな手帳だった。

（ひなたちゃん　レバー、ジャガイモが嫌《きら》い。でもジャガイモはポテトサラダならＯＫ）

（拓海君　嫌いなものなし。でも野菜がやや苦手？　スープならいける？）

（綾乃ちゃん　生魚が嫌い。ホウレンソウが大好き。おひたしでご飯３杯《ばい》）

ぱらぱらページをめくると、ほかにも龍之介や杏、そして今は卒業していなくなったキャスト達の好き嫌い、あるいは試《ため》してみたメニューやそのときの感想が書かれていた。

それは琴の料理用のメモだった。

こんなに……みんなのことを思ってくれていたんだ、琴。

改めて目《ま》の当たりにする琴の優《やさ》しさに、心がふわりとあたたかくなる。

(ひなたちゃん　ホイップクリーム多め？　初めてのバースデーケーキ)

見れば、ひなたとの約束のことも記してあった。心なしか、ほかの文字より勢いがあり、喜色みたいなものが感じられる。初めての……か。誰かのバースデーケーキを焼くのが、初めてという意味だろう。琴のことだ。きっと張り切っていたに違《ちが》いない。

そして。

(涼太君　甘いものが好き。クッキー。チョコチップ？　目指せキラキラ感)

最後のページには、その1行がつづられていた。

琴は最後の最後に、俺のことを、こんな俺みたいな奴《やつ》のことを、思ってくれていたんだ。

その事実が、胸に痛かった。

琴の優しさを前に、一方の俺は伝える言葉一つ、伝える術《すべ》一つ、見つけられないまま。

「……待ってるね」と言ってくれた琴に、何も返せないままだった。

もう半月近く経《た》つというのに……。

これでは、あの理不尽《りふじん》な卒業を認めたようなものだ。

不意に、ひなたの声。振《ふ》り返ると、ひなたがこちらを見下ろしていた。

「それ、琴の？」

「……琴らしいな、そういうの」

ぽつりとこぼす、ひなた。わずかに細めた目が、優しげに、そして哀《かな》しげに見えた。

「あの子、家が品川《しながわ》の小さなケーキ屋でさ」

「え？」

「親が仕事で忙《いそが》しいから、小さいときからずっと家のことをしてたらしいんだよね。で、ここに来たとき、親以外に食べてくれる人がいてうれしいとか、真顔で言っちゃってさ」

俺ではなくメモに向かって、ひなたは言葉を漏らしていた。

そういえば、いつだったか琴は言っていた。

家が店をしていて、親が忙しい分、子どものころから家事をやっていた、と。ケーキ屋だったのか。もし、あのままいてくれたなら、きっと上手にケーキを、そしてクッキーを焼いてくれただろう。ひなただって案外、本気で琴のケーキを食べたいのかもしれない。

そこまで考えて、俺ははたと思いついた。

ケーキ屋って……。

これだ、これならやれる!!

「店の名前、分かる？」

「……何よ、急に」

怪訝《けげん》な表情で面食《めんく》らうひなた。

「いいから、琴の家の……店の名前分かる？」

俺はひなたを急《せ》き立てる。先ほどまでの一方的な冷戦など、この際もう関係ない。

「そりゃいつか行くからって、いちおう聞いてはいるけど……」

返事を聞くより早く、俺はちらと固定カメラを、そして綾乃を確認《かくにん》した。

綾乃を疑うつもりはないが、知られると面倒だとは思った。幸い、綾乃はソファーに寝転んで、次週予告を食い入るように見ている。俺はこっそりと、ひなたに耳打ちする。

「今夜、午前0時に物置。いい方法が見つかった」

「え？」

「ちょっとコピーを見直さないとダメだけど、たぶん大丈夫《だいじょうぶ》」

来てくれるかどうか内心、不安があったものの、時間通りにひなたは物置に現れた。

だが、ここでイレギュラーな事態が発生。俺達より先に、そこには人影《ひとかげ》があった。

「はぁ？　俺の演奏にケチつけるんすか？　めっちゃ成長してますよ、俺！　ていうか実力あるから人気あるんだっての！　伸び悩《なや》んでねーし!!　いい加減まじキレますよ!?」

誰を相手にしているのか、拓海はスマホに向かって怒《ど》鳴《な》り散らしていた。

俺達は物置のドアの前で顔を見合わせる。

「あいつも、いろいろあるんだね」

ひなたが鼻で笑う。でも俺には、拓海の声を悠長《ゆうちょう》に聞いている余裕《よゆう》はなかった。

……どうしよう。

カメラがなく、ほかにゆっくり話せそうな場所は……校舎の裏か。でも、気づけば、外はいつからか、しとしとと雨。なんて間の悪いエセ美少女、そして天気だ。正直、参った。

「部屋にしよう、わたしの」

切り出したのは、ひなただった。

いっそのこと部屋で、と俺も考えないではなかったが、俺の部屋に入るのはひなたが嫌《いや》だろうし、変な勘繰《かんぐ》りをされるのは俺も嫌で、言い出せないでいたところだった。

「俺はいいけど、規則が……」

「このくらいスマホと同じで大目に見てくれる。今までも何人かやってたし」

若い男女が一つ屋根の下に暮らせば、いろいろあるということのようだ。

「それにさ、あんたも時々、テレビで見てたんじゃない？　親密になった感じで、男子と女子がこっそり部屋で話し込んだりしてたでしょ？」

言われてみれば、確かに、キャスト達がたがいの部屋をこっそり行き来して、恋愛《れんあい》に発展しそうな様子を、カメラはこれまで度々《たびたび》とらえていた。

部屋に固定カメラがない以上、あれはスタッフが撮影《さつえい》していたはずで、とすると、キャスト達は、スタッフ公認で行き来していたということになる。要は画作《え》りだったわけだ。

ひなた的に、画作りはよくてプライベートはダメという理屈《りくつ》はないということらしい。

「わたしだって今週末、龍之介の部屋で話し込む予定になってるし」

さらりと言ってのけるひなた。が、俺はけっこうな衝撃《しょうげき》を受けた。

龍之介の部屋でということは、すなわち龍之介と……なんだか、むしょうに腹が立つ。

いくら「これは番組だ、演出だ」と念じても、胸はざわつくばかり。いつだったか拓海が言っていた、「ひなたの彼氏みたくなってく」という言葉が思い出される。

「で、どうすんの？　早く決めてよ」

こちらの葛藤《かっとう》など知る由《よし》もなく、ひなたは促《うなが》す。そうだ、今は悶々《もんもん》としている場合ではない。琴のことだ。俺は一つ頷《うなず》き、足音を忍《しの》ばせて、２人でひなたの部屋に向かった。

女子部屋の造りは、男子部屋とほぼ同じだった。

旧教室を人数分に仕切り、それぞれが個室になっている。左からひなた、杏、優奈、綾乃の順。ドアにはカギが二つあり、開けると、ワンルーム程度の部屋が広がっている。

「早く入って」

言われて、俺は自分がスリッパもはかず、裸足《はだし》でここまで歩いてきたことに気づく。汚《よご》れた足裏のまま入っていいものか逡巡《しゅんじゅん》し、でも、ひなたの表情が険しいのに気おされ、結局、平気な顔を装って、部屋に足を踏《ふ》み入れた。

その瞬間《しゅんかん》、ぽわんといい香《かお》りが鼻を撫《な》でる。ハーブ系のアロマオイルの香りだ。

「適当に座っていいから」

見れば、中も造りは男子部屋と同じで、フローリングの床《ゆか》に作りつけのベッドが一つ。ほかは私物のテーブルや本棚《ほんだな》等々。ひなたの趣味《しゅみ》なのか、全体的に白系で統一された居心《いご》地《ち》のいい空間だった。アクセント代わりの空色のクッションが、うまく映《は》えている。

「きれいにしてるんだね、部屋。けっこう……ほかのキャストも呼んだりしてんの？」

「女子は時々。男子はあんたが初めてじゃない？　だからって勘違《かんちが》いしないでよ」

会話はそこで、ぷつりと途切《とぎ》れた。

俺は適当にクッションを寄せ、部屋の真ん中におずおずと座る。ひなたは窓際に腰《こし》を下ろす。話し合うには微妙《びみょう》に遠い距離《きょり》が、今の俺達の関係をそのまま表しているようだった。

それでも、ひなたの部屋にいるという事実が、俺をドキドキさせずにはいられない。しかも、俺はこの部屋を訪《おとず》れた初めての男子。少しだけ、素《す》のひなたをかいま見た気がした。

「で、いい方法って何？　ていうか、琴のことだよね？　ほかのことだったら怒《おこ》るよ」

「……琴のことだよ」

「じゃあ早く言いなさいよ」

じれったいとばかりに、ひなたは人差し指の爪《つめ》でカツカツと床を叩《たた》く。

「注文するんだよ、ケーキを」

「……」

まったく意味を呑《の》み込めないのか、固まってしまったひなたを前に、俺は続けた。

「琴の家ってケーキ屋だよね？　だったら注文しちゃえばいいんだ。で、取りに行くか持って来てもらうかすれば、琴に会えるだろ？　そしたら、いろいろ話を聞くこともできる」

「……」

「前にひなたも言ってたよね？　現キャストと元キャストをここまでして交わらせたくないってことは、何かあるって。だったら、やっぱり琴に会って、話して、それから俺達なりの方法を考えて、琴の卒業をひっくり返して……」

「死んでくんないかな、あんた」

背中を壁《かべ》に預け、ひなたはこれ見よがしに、ため息をこぼしてみせた。

「だから、会ったり連絡《れんらく》したらダメなんだって、おたがいに。スマホ使うのとはわけが違うんだよ？　わたしの言ってること分かんない!?　ほんとゴミムシね、あんた」

「でも、それって故意の場合だよね？」

「え？」

「つまり、俺達は全然知らずに、琴の家にひなたのバースデーケーキを頼《たの》んでしまった。そして偶然《ぐうぜん》、琴が持って来てくれたか俺達が取りに行ったかして、琴と出会ってしまった。それなら何の問題もないよね？　そんな偶然がないなんて誰《だれ》も言えないよね？」

「それは……」

言葉に詰《つ》まるひなたの前に、俺はポケットに突《つ》っこんできた承諾《しょうだく》書のコピーを滑《すべ》らせた。

（乙《おつ》は卒業した者と故意の連絡、または接触《せっしょく》をしないものとする。また乙が卒業した場合、残ったキャストと故意の連絡、または接触をしないものとする）

「ほら、故意ってあるだろ？」

「そんなのとんちじゃない。この橋わたるべからずじゃん」

「とんちだろうが屁理屈《へりくつ》だろうが、俺達はなんの悪いこともしてない」

「だけど、それをあの人が……多々良さんが許すと思う？」

「許すとか許さないとか、そういう問題じゃないよ」

「そういう問題だよ」

口元にいびつな笑《え》みを浮《う》かべ、ひなたは吐《は》き捨てた。

「そりゃ裁判にでもなれば、あんたの言ってることが正しいかもしれないよ。でも、この番組の中では、ジャッジはあの人だよ。あの人にそんな理屈が通じるの？」

「……それは」

今度は、俺が言葉に詰まる番だった。

世の中は法が支配しても、番組は多々良さんが支配する。言われてみれば確かに、立場も出自も、まったく死角のない彼女が、こんな理屈に屈《くっ》するとは、とうてい思えなかった。

「だいたい持って来てもらうって、どうするわけ？　スタッフがあんなにいて、それこそ琴が来たら体を張ってでも止めるでしょ？　逆に取りに行くにしたって、足は？」

「……」

「龍之介に頼んで、ラブボックスで取りに行く？　そんなのスタッフに即《そく》バレだよね。あるいは、わたしが仕事で外に行ったついでに、琴のところで買ってくるとするよね？　で、話してくるとするよね？　そんなのマネージャーが見逃《みのが》すわけないでしょ？」

「……」

　まさしく正論。結局、俺の思いつきは、ただの思いつきにすぎなかったのかもしれない。

　でも。

　可能性は0《ゼロ》ではないはずだ。

　ケーキを注文し、入手する。その過程さえうまく組み立てられれば……。

　琴につながる細いこの糸を、そう簡単に、諦《あきら》めるわけにはいかないんだ。

「で、そのへんの方法ってあるわけ？」

「それは……俺、考えるよ。絶対になんとかする。だから店の名前教えてよ」

「え？」

「とにかく抜《ぬ》け道を――どんなに小さくても抜け道を見つけたんだ。なんとかしたいんだ」

「あんた本気で言ってんの？」

「だって……あんな卒業、やっぱおかしいだろ？」

「……」

　唇《くちびる》を噛《か》んで、ひなたは目をつむる。俺は黙《だま》って、ひなたのこたえを待った。

「ひなたから聞いたなんて言わないいし、俺が一人で勝手にしたことにする。だから……」

　このままでは終われない。

正直、このあたりで手を引かないと、せっかく手にしたここでの生活を――人生をやり直すための一歩を失うことになるかもしれない。卒業の二文字が頭をよぎる。けれど、何もなかったように琴を忘れるなんて、俺にはできない。

いくら「日陰《ひかげ》のシダ植物」だって、それくらいの意地はある。

俺は伝えたいんだ。あの夜、琴に伝えられなかった俺の言葉を。

だとしたら……少しでも可能性があるのなら、賭《か》けてみたかった。

(明日《あした》をつかめ)

ふと、ひなたの言葉が頭に浮かんだ。そうだ。細かろうがなんだろうが、目の前にある糸をつかんで、たぐり寄せるしかないんだ。俺達ならできる。やるしかないんだ。

「ラポムっていうらしいよ、お店」

どれくらい経《た》ったころだろう。ひなたがぽつりと漏《も》らした。

ひなたの部屋を出た足で、俺は物置に向かった。

スマホで早速《さっそく》、検索《けんさく》。で、さすがはGoogle先生。「品川」「ラポム」「ケーキ」の三つでぴたりと店を見つけ出した。店主の名字は「若宮」。間違《まちが》いなく琴の家だ。ちなみに食べログの評価は3・5。写真で見る限り、店構えも小奇麗《こぎれい》だ。

「さて、どうしよっか……」

その夜、一睡《いっすい》もせずに考えたものの、いい案は一つも浮かばなかった。

ダメ出しされたとおり、持って来てもらうにしても、取りに行くにしても、選んだ先はバッドエンディング。俺はたぶん卒業。最悪の場合、琴にも迷惑《めいわく》をかける。卒業した琴にだって、現キャストと故意に交わらないという承諾《しょうだく》書の文言があるのだから。

とはいえ、いつまでも、うだうだしてはいられない。ひなたの誕生日はもうすぐだ。

何もしないよりはましだと、意を決して店に電話を入れたのは、翌日の午後だった。

電話口に出たのは、琴のお母さんと思《おぼ》しき人だった。

「突然《とつぜん》すみません。ぼく香椎《かしい》といいます。琴さんの知り合いというかなんというか、あ、いや学校のというより、まぁいろいろと、ちょっと連絡を取りたくて……」

もしバレたらという不安半分、琴と話せるかもという期待半分。うまく言葉が出てこない。スマホを握《にぎ》る手が、緊張《きんちょう》でべっとり汗《あせ》ばんでいるのが、自分でも分かった。

で、結論から言えば、琴は不在だった。

突然の電話なのに、お母さんと思しき人は、琴は買い物に出かけていると、ひどく申し訳なさそうだった。俺は番号とアドレスを伝え、折り返しをお願いして通話を切った。

「亮介殿《りょうすけどの》～？　Where にお隠《かく》れ～!?」

ふうと一息吐《つ》いたところで、ちょうど廊下《ろうか》から杏の声が聞こえてきた。

久しぶりのハイテンション＆英語混じりの妙《みょう》な日本語が、疲《つか》れた心を和《なご》ませてくれる。

杏は今朝、個展の準備から戻《もど》ってきたばかりだ。が、また夕方には出ていくらしい。

……ていうか、俺の名前、そろそろ憶《おぼ》えてよ。

「It's about time 撮影《さつえい》が start するよ～!!」

「今行く！　ていうか、俺、涼太だよ！」

物置から駆《か》け出すと、さらさらとした金髪《きんぱつ》がちょうど目の前にあった。振《ふ》り返る横顔は白く透明《とうめい》で、青い瞳《ひとみ》がキラキラと陽《ひ》に輝《かがや》く。いつ見ても見惚《みと》れるほどの美少女だ。

「Haha!　こんなところで play してたんだね！」

「ちょっと捜《さが》し物してただけだよ」

「Oh!　さては、これから始まる great gift の話し合いに何か secret でも!?」

「いやいやいやいや、そんなことないよ。ていうか、個展の準備は順調？」

「準備は順調だけど、開催《かいさい》が7日から three days なので……彼女の birthday には必然あいにくの欠席で、お詫《わ》びする所存。10日の昼には必ず come back するので、またいろいろ birthday の模様など、お聞かせ願いたく……」

心苦しそうな表情にもかかわらず、言葉が言葉だけに、どうも感情が読み取りづらい。

「その分、today は不退転の決意をもって善処するよ!!」

「プレゼント、何がいいんだろうね？」

そんな会話を交《か》わしつつリビングダイニングに入ると、ひなたを除く全員の顔があった。

昨日、杏から着替《きが》えを取りに戻るという連絡があり、急きょスタッフが仕込んだ場だ。

ひなたは仕事で不在。誕生日プレゼントを話し合うには、もってこいというわけだ。

俺と杏は、テーブルのはしっこの空いている席に腰《こし》を下ろした。

真ん中に陣取《じんど》る龍之介の姿が、いやでも目に入ってくる。

ひなたの言っていた「今週末」の話が思い出され、また腹が立ってきた。

もちろん俺なんかが、ひなたとどうこうなれるとは思わない。ひなたの欲しいものだって今日の今日まで分からずじまいで、ノーアイデア。だけど、龍之介には負けたくない。

嫌《いや》なものは嫌なんだ。

「じゃあ、撮影始めまーす！」

スタッフの声と同時に、カメラが回る。

「で、みんなは何がいいと思う？　ぶっちゃけ」

早速の彼氏気取りで、龍之介が切り出した。

「仕事で疲れて帰ることもあるだろうから、お風呂《ふろ》関係とかどう？」

龍之介の右隣《みぎどなり》の優奈が、さらりとこたえる。きっと事前に考えてきたものだ。

「そういうのいいよね。自分では買わないけど、ちょっと高めのやつをもらうとテンション上がるよね。さすが優奈ちゃん、ナイスアイデアだよ」

龍之介の正面に座る拓海が身を乗り出して、うんうんと頷《うなず》いてみせる。

「ただ、そういうのってセンス問われん？　あと本人の好みもあるやろうし」

「タオルを buy するとして、お色はいかに？　You はご存じなの？　彼女の favorite を」

拓海の隣《となり》の綾乃に続いて、杏が心得ているとばかりに、龍之介にパスを回す。

「う～ん。改めて聞かれると難しいかな？　女子の好きなピンク系とかじゃダメ？」

「それ雑すぎやろ？　じゃあ男子はみんな赤が好きと？」

「色はさ、やっぱ白か青じゃない？」

ここぞとばかりに、俺は話に割り込む。それは、ひなたの部屋で見た配色だった。

「あ～確かに、ひなたちゃんって服も白と青が多いもんね」

そんな綾乃の予期せぬアシストもあって、みんなの視線がいっせいにこちらに集まる。

俺はチャンスとばかりに、設定の「明るいリーダー少年」を活《い》かして畳《たた》みかける。

「で、提案なんだけどさ、お風呂関係にプラスしてアロマオイルとかどう？　ハーブ系のなんかよくない？　リラックスっていうかさ、お疲れ様の意味も込めて」

べつに深い考えなんてない。ただ、部屋に入ったときに鼻をくすぐった香《かお》りを思い出しただけだ。俺が——男子では俺だけが知っている、ほんのわずかな、ひなたの素《す》の片鱗《へんりん》だ。気に入るかどうか分からないけれど、たぶん嫌ではないと思う。

「そういえば、ひなたちゃんってときどき、ハーブ系のいい香りするよね、ふわっと」

「I'm sure!!　あれは、まごうことなきアロマオイルだね！」

「すごかね。さっきの色といい、よく観察しとうっちゃね、涼太君」

その口調は、ほんの一匙《さじ》、毒を混ぜた感じだった。

「観察って……夏休みの自由研究じゃないんだから。ただ、せっかく贈《おく》るならやっぱり、そのへんはこだわりたいよな。で、どう？　みんなこんな感じでいいかな？」

こういうとき、俺の設定は便利だ。柄《がら》にもなく、速攻《そっこう》でまとめに入る俺。龍之介だけが苦笑いで、ほかは意外そうな表情ながらも、反対の声はなかった。

ひなた×龍之介なんて冗談《じょうだん》じゃない。俺はドヤ顔でみんなを見回した。

「じゃあ、お風呂関係とアロマオイルのリラックスセットで、とりあえずは決まりね」

「具体的なことはどうすると？　実際にどれにするとか」

「俺、運転できるから、ひとっ走り行って選んできてもいいけど？」

「それなら俺も一緒《いっしょ》に行きますよ！」

龍之介の提案に、すかさず口を挟《はさ》む。

「無理しなくて大丈夫《だいじょうぶ》だって。俺、フリーターだから時間も全然あるし、1人でやれるし」

「俺だって中学浪人《ろうにん》だから、めっちゃ時間あるんすよね」

「浪人ならまず勉強だろ？」

「龍之介さんこそ、就活とかいいんすか？」

2人の視線がテーブルの上でぶつかり合う。どちらも目をそらさない。

「ぼく思うんだけどね、こういうのは女子が選んだ方がいいんじゃないかな？　やっぱり同性の方がいろいろ細かいところまで分かると思うし。どうかな？」

空気を読んで、拓海が間に立った。

「あ〜それ、なんか、ばり分かる気がする」

「彼氏でもない限り、男子が選んだもので、ましてお風呂関係はきついか」

最後は、優奈のその一言——「彼氏でもない限り」というフレーズが決め手になった。

彼氏という言葉の重さに、俺はもちろん龍之介も勢いをそがれ、ぐうの音も出ない。

「免許《めんきょ》取り立てだけど、あたしも運転できるし、女子だけで買いに行く？」

「それ、よかね。賛成！　わーい！　3人でちょっと女子会だぁ」

「日にち決まったら教えてplease。わたくしも準備のin the intervalsに馳《は》せ参じるよ！」

結局、俺と龍之介は、その後、一言も口を挟めなかった。

「あの、えっと……りょりょ、涼太君」

撮影後、自分の部屋に引き上げようとする俺を、ふと龍之介が呼び止めた。

「えっと……その……」

きょろきょろと周囲を見回し、明らかにいつも以上に挙動不審《ふしん》。どうやら、俺とこっそり話がしたいらしい。とはいえ男2人で物置というのは、ちょっと気が引けた。

「……外に行きますか？」

俺の提案に、龍之介はぶんぶんと首を縦に振って、そのまま校舎裏までついてくる。そして俺と目を合わせずに、開口一番、こう言い出した。

「ごめ、ごめんね。俺、悪気は……ないん、だ」

「はい？」

突然の謝罪を前に、リアクションに迷う俺。見れば、龍之介は小刻みに震《ふる》えていた。

「ひな、ひなたちゃんとの仲……ばばば、番組も……望んでるみたいだし」

「べつに、俺だってそれくらい分かってますから……そんなに謝んないでください」

分かってはいるけれど、心が許せない……。そうこたえるのも酷《こく》な気がして、そんな適当な返事で止《とど》めておいた。一方の龍之介は、こちらを窺《うかが》う目が、ひどく怯《おび》えていた。

「ていうか、そんなに気をつかわないでくださいよ。逆に申し訳なくなるんで……」

「ご……ごめん」

「いやいやいやいや、ほんと謝んないでくださいって」

「ご……ごめん」

らちが明かない。いっぱいいっぱいらしく、龍之介の額には大粒《おおつぶ》の汗が浮《う》かんでいた。

正直、早々に引き上げたいけれど、ここで置き去りにするのは、なんだか後味が悪い。

「龍之介さんって、おもしろいですね。カメラの前では決めてるのに、素はシャイで……」

仕方なく、俺は思いつくままに話を振ってみた。

「俺、ああ、あんなキャラじゃないのに……」

「でも、設定を完全に自分のものにしてますよね？　もしかして演劇とかしてました？」

「ぜ、全然。俺、演劇より……演芸の方が好き。お笑い……好き」

「それって……タウンタウンとか、そっち系ですか？」

「ど、どっちかって言うと……東の方が好き。ハバナマン、サンドイッチマン……」

よく分からないが、心底どうでもいい。ただ、龍之介の意外な一面がおもしろくもある。

「だけど……俺、こ、こんなんだから……お、お笑い向かないし……」

「もしかして、お笑い芸人を目指して、ここに来たんですか？」

「あああああ……それは違《ちが》う！」

ねじ切れそうなくらい首を横に振り、完全否定の龍之介。本当に違うのか、恥《は》ずかしいのか、あるいは何か隠しているのか、いずれにしても、必死すぎて怖《こわ》い。

「……まぁ、お笑いの人って、普段《ふだん》は大人しいって、よく聞きますよね」

「あ、それ、こここ、琴ちゃんも、言ってた」

「え？」

「ふふ普段、大人しい人が多いみたいだから、お、俺も、きっと向くかもって、お笑い」

誰《だれ》でも、そうやって優《やさ》しく受け入れて……琴らしいなと思う。

「こ、琴ちゃん、優しいよね？」

「ですね」

「お、俺も、だ、大好きだったから、涼太君の気持ちは、分かるよ。琴ちゃんのいない生活は……なんか空《むな》しい。あんな卒業、やっぱり、へへへ、変だよ」

龍之介にしては、ずいぶん熱のこもった口調だった。訥々《とつとつ》とした言葉から琴への思いが伝わる。みんな、なんだかんだで、やっぱり琴のことが好きだったんだな。いまさらだけど、正直に話してくれる龍之介を、俺はちょっと見直さずにはいられなかった。

なのに。

「でも……おおお、俺は何もできない」

「え？」

「おおお、俺には、ここしかないから。だ、だから……」

そこまで言うと、龍之介はごくりと唾《つば》を飲み込み、いきなり大声を上げた。

「ひひ、ひなたちゃん……ゆ、譲《ゆず》れないから……俺、ここしかないんだ!!」

最後の方は、ほぼ絶叫《ぜっきょう》だった。そして言うだけ言って、駆《か》けていってしまった。

あまりの急展開に、理解が追いつかない。

ひなたを譲れないって、俺も龍之介もただのキャストで、ひなたとそんなたいそうな関係ではない。それに「ここしかない」って？　ていうか、それと琴とどういう関係が？

とにかく、すべてが謎《なぞ》すぎる。

「……変な人」

無駄《むだ》な時間を過ごしてしまった。そろそろ夕食の準備を始めないと……。ぽつんと1人、取り残された俺は、時刻を確かめようと、ポケットからスマホを取り出した。

見れば、いつの間に電波が入ったのか、メールが1通届いていた。

電話ありがとう。

だけどごめんなさい。涼太に迷惑《めいわく》がかかるから。

これで終わりにしようね。


琴からの、たった3行のメール。

俺は居ても立ってもいられずに、再び、物置から店に電話を入れた。だけど琴のお母さんと思《おぼ》しき人は、心底困ったような口調で、こう言った。

「琴が……電話にどうしても出たくないって。ごめんなさいね」

らしいと言えばらしい。琴は本当にこちらを心配してくれているのだろう。だけど……。


ごめんとか、そんなのいいよ。

そうじゃなくて琴と話したいんだ。メールでも電話でもなんでもいいから。

あんな変な卒業、なしにしたいんだ。


続けざまに、メールを何本か送ってみた。

琴ともう一度、ここで暮らしたい。だから、そのためにも会って話したい。故意ではない形で、ケーキを注文して……と、こちらの思いや考えは、あらかた記したつもりだ。

ただ、あの夜、伝えられなかった言葉を伝えたい……ということを除いて。

気恥《きは》ずかしいというのはもちろんだけれど、肝心《かんじん》の、その言葉というものが、自分でもどんなものか、まだ分からない。なにより、そう書いてしまうと、「……待ってるね」と言ってくれた琴の言葉尻《ことばじり》をとらえるみたいで、なんだか気が引けた。

ていうか、そんなものを抜《ぬ》きにしたって、琴は会ってくれると信じていた。

でも返事はない。

俺はただ、途方《とほう》に暮れるしかなかった。

日に幾度《いくど》も物置に通い、俺は返信を待ち続けた。待ち続けるしかなかった。


もしケーキが難しいなら、せめてメールのやりとりだけでもできない？

気が変わったらでいいから、返事が欲しい。

俺もみんなも琴とまたここで暮らしたいんだ。

そのためにも琴の力が必要なんだ。

最後に送ったそんなメールからもう3日。1通の返信もない。状況《じょうきょう》は……最悪だ。

絶対になんとかすると大見得《おおみえ》を切っておいて、このざまだ。

ひなたに合わせる顔がない。

「龍之介が一緒だと助かるな、洗濯物《せんたくもの》って意外に重いから」

「それだけ？　俺、荷物持ちかよ!?」

朝からリビングダイニングのソファーで頭を抱《かか》えていると、廊下《ろうか》からひなたと龍之介のやりとりが聞こえてきた。2人の朗《ほが》らかな口調からして、どうやら撮影《さつえい》中らしい。

「そういえば明後日《あさって》、誕生日だよね？　ひなた、いくつになるんだっけ？」

「え？　いまさら？　17歳だよ」

「若いよなぁ～」

「あ、そっか。龍之介は今年で20歳だったよね？　もう大人なんだね」

「でも心は全然15歳くらいかな？」

「厚かましいでしょ、それ？　ま、年下も嫌《きら》いじゃないからいいけどね」

意味深な言葉を残して、2人の話し声が、だんだんと遠ざかっていく。

「……どうしよう」

何度目かのため息がこぼれた。

誕生日は目前に迫《せま》っている。だけど琴の協力を得られない以上、ケーキの手はもう無理。といって、ほかに何か思いつくでもない。重なるのは、ため息ばかりだった。

打つ手なし……正直、お手上げだ。

「おまえ、やっぱどっかで会ったことねーか？」

いったいどれくらい経《た》ったころか、不意にコーヒー片手に拓海が話しかけてきた。

見れば、いつの間にか、テレビの前には下着姿の綾乃が腹ばいで寝転《ねころ》がり、将棋《しょうぎ》の対局を眺《なが》めている。スカイブルーのふりふりブラジャー&パンツで、真っ白な臀部《でんぶ》があらわ。で、いつもなら、なまめかしい痴態《ちたい》にあわあわする俺だけど、今はその気力さえない。

「昔、ピアノ習ってたとかねーの？」

「ないよ。塾《じゅく》以外、習い事行ったことないし」

本当は、水泳と空手も習っていたが、水泳は25メートル手前で、空手は緑帯で、それぞれ挫折《ざせつ》。長続きしたのは塾だけ。でも、説明が面倒《めんどう》なので、そのへんは伏《ふ》せておいた。

「つまんねー人生だな」

ふうふうと息で冷ましながら、コーヒーに口をつける拓海。

「……で、辛気《しんき》くさい顔してどうしたんだよ？　琴のことか？　だったら、てめーだけ被《ひ》害者《がいしゃ》みたいな面《つら》すんなよ。俺らも、あいつには世話になって、いろいろ思うところはあんだよ。でも、どうしようもねーんだよ。そこは大人になるしかねーんだよ」

「……」

「あ、そっちじゃなくて、ひなたか？　ひなたにまた嫌われたか？」

「……黙《だま》ってろよ、ケシ粒《つぶ》サイズ」

「け……ケシ粒って、ちょっと優しくしてやれば調子に乗りやがって!!」

「うわっ!!　さすがやね、この手があったね!!」

急に綾乃が大きく身をよじった。暴れかけた拓海も、俺も、思わずびっくりするくらい大きな声。見ると、テレビの盤面《ばんめん》には、駒《こま》がいくつも並んでいる。が、それがいったいどれほどのものなのか、俺達には分からない。でも、綾乃はかなり興奮している様子だ。

「見て見て見て!!　さすがは名人やろ？　普通《ふつう》はこんなの打たんよ！　遠く７二の銀にも利《き》かして自陣も受かっとうもん！　やっぱ諦《あきら》めたらいかんね」

意味は不明だが、とにかくすごいのだろう。ここに来て初めて、綾乃がただの痴女《ちじょ》ではなく、天才的な棋士《きし》なのだと認識《にんしき》した。だけど、感心している余裕《よゆう》など俺にはなかった。

「名人ともなると、指し手から人生がかいま見えるね」

「……」

「諦めたら、そこで投了《とうりょう》ってね」

「……どこのバスケ部の監督《かんとく》パクってんだよ」

聞いたようなセリフに、思わず突《つ》っ込んでしまう。

「パクりやないよ。真理やもん」

こちらを振《ふ》り返り、にぃっと笑顔《えがお》を作ってみせる綾乃。琴のことは俺とひなたの2人だけの秘密で、何も知らないはずなのに、すべてを読まれているような、そんな笑みだった。

「どんなときも、最後まで手は打つべし打つべし」

もしかしたら、気をつかっているのかもしれない。綾乃なりの励《はげ》ましだろうか。何が変わったわけでもないのに、不思議と少しだけ気持ちが和《なご》むのが、自分でも分かった。

「……ありがとな、綾乃」

打つべし打つべし、か。確かに、諦めるのはいつでもできる。

まだ時間はある。俺は最後にもう一度だけ琴にメールを打とうと、腰《こし》を上げた。


何度もごめん。これで最後にするから。

もう時間がないんだ。琴と一緒《いっしょ》に、また暮らせるチャンスを逃《のが》したくない。

俺……実はこのまえ、メモ見ちゃったんだ。食器棚《だな》のやつ。

みんなのことを思ってくれてたのが、改めてよく分かったよ。ありがとう。

やっぱり琴は、俺達の琴だ。絶対に、ここに欠かせないんだ。

会いたい。会って話したい。


その夜、みんなが寝静《ねしず》まるのを待って、俺は物置でスマホの受信を確認してみた。これを最後にしよう。もし何もなければ諦めよう。そう心に決めて、メールを開いた。

受信0。

ごめん、綾乃。やっぱり……俺、ここで投了だ。

とぼとぼと物置を出ると、ちょうど階段からひなたが下りてくるところだった。ちらと俺を目にとらえ、でも、何事もなかったかのように素通《すどお》りのひなた。その歩む先を見れば、男子部屋の前にスタッフが数人、撮影機材を準備して待ち構えていた。

今日は週末。つまり今夜は、ひなたが龍之介の部屋を訪《おとず》れ、その姿を撮影する日だった。

2人の今朝のやりとりといい、ひなた×龍之介のカップリングは、着々と進んでいるというわけだ。最悪に最悪が重なるあたり、俺の人生らしいなと思う。

「今から撮影？」

そう声をかけても、振り返りもしないひなた。俺は自分の部屋に戻《もど》るついでを装い、ひなたの前で足を止める。でも、やっぱりガン無視。まさに空気扱《あつか》いだ。

いつだったか、面と向かって言われたセリフが、不意に思い出された。

『こっちはさ、人生かかってるんだよね』

ひなたには、ひなたの目的がある。俺が口を挟《はさ》むことではない。この胸のざわつきも、込み上げてくるもやもやとしたこの感情も、ひなたにはまったく関係のない話だ。

「……おやすみ」

結局、そんなあたりまえの挨拶《あいさつ》しかできないまま、俺は自分の部屋に引き上げた。

で、そのまま眠《ねむ》れるわけもなく、ベッドにごろりと横になり、でも耳だけは澄《す》まして、撮影の行方《ゆくえ》を追い続ける俺。最初のうちは機材を運び込む物音や、スタッフの指示が聞こえてきたものの、やがてしんと静まりかえる。撮影が始まったらしい。

だけど、俺の部屋ははしっこで、真ん中には拓海の部屋があり、その隣《となり》が龍之介の部屋だ。壁《かべ》に耳を当てても、聞こえるのは、せいぜい拓海のいびきくらい。悶々《もんもん》と体をよじりながら時を過ごし、やがて眠気《ねむけ》が襲《おそ》い始めたころ、にわかに外が騒《さわ》がしくなってきた。

「ひなたちゃん、やっぱすごいね。あの雰囲気《ふんいき》、もう全然、彼氏彼女に見えちゃうよ」

「ありがとうございます！」

「じゃあ今夜はこれで終わりだから、ゆっくり休んでね。最近、いろいろあって疲《つか》れてるだろうし……あんまり気にしちゃダメだよ？」

いろいろ？　ドラマ撮影のことか。それにしては、声を潜《ひそ》めるような感じだった。

「全然、大丈夫《だいじょうぶ》ですよ！　逆にみなさんの方が、いつも撮影でお疲れじゃないですか？」

「だいたい画《え》もそろったから、明日《あした》はゆっくりして、誕生日当日に気合いを入れるよ」

「ありがとうございます！　あ、そうだ。わたし、せっかくなんで、龍之介と2人で少し打ち合わせしていきます。みなさんの望む画をばっちり作れるように、がんばります！」

「あんまり遅《おそ》くならないようにね。倒《たお》れちゃったら元も子もないから」

「お気づかい、ありがとうございます！」

言うと、その直後に「おやすみなさい」とドアを閉じる音。俺はそっと耳をそばだてる。

打ち合わせ、2人で……どういうことだ？

頭の整理がつかず、できることなら、いますぐにでも部屋から飛び出したかった。

年ごろの男女が一つの部屋で……って、まさか⁉

やばい。心臓がばくばくと、いまにも張り裂《さ》けんばかりに高鳴っている。

ところが。

再びドアが開いたのは、それからほんの数分ほどしてのことだった。

「いい？　約束破ったら……あんた、非業《ひごう》の最期《さいご》だからね」

最後に聞こえたのは、いつにも増して冷ややかな、そんなひなたの脅《おど》し文句だった。

第四幕

明日はいよいよ、ひなたの誕生日。

当の本人は今朝も早くから、撮影に出かけていった。

で、俺はといえば……めずらしく当番がないのをいいことに、部屋で引きこもり中。布《ふ》団《とん》に潜《もぐ》り込み、ゴミムシならぬイモムシのように、ただぼんやりと時間をやり過ごす。

プレゼントは優奈《ゆうな》達がすでに用意しているし、会場作りも料理も当日で間に合うから、前日だからといって、特に何をするわけでもない。

バースデーケーキだって……きっとスタッフが、それなりのものを手配しているはずだ。

ケーキ……か。

琴《こと》のノーリアクションという現実を前に、俺の心は完全に折れてしまった。

「……終わったな」

結局、昨夜は一睡《いっすい》もできなかった。

メールの返信がないことに打ちのめされ、そこへ、ひなた×龍之介《りゅうのすけ》のあの短い「逢瀬《おうせ》」。あれが何を意味するのかと考えるあまり、妄想《もうそう》は妄想を呼び「短くてもキスくらいなら……」と疑心暗鬼《ぎしんあんき》。ただでさえ折れた心に、塩をぶっかけられた感じだった。

……柄《がら》にもないキラキラなんか求めるから、こうなるんだ。

もともと「日陰《ひかげ》のシダ植物」なのに、太陽の下に出てきたら、枯《か》れるに決まっている。

人生のやり直しなんて、最初から無理だったんだ。

あるいは、琴の言うとおりなのだろうか。

何者でもない奴《やつ》にキラキラなんてしょせんは夢でしかなく、結局、人はどこに行っても変われないし変わらない。あの夜、言葉を伝えられなかったのも、実は、琴の方が正しくて、俺の言葉なんて、ただの屁理屈《へりくつ》だったから……とか？　だから言葉がなかったんだ。

実際、その言葉とやらは、いまだに分からないままだ。

きっと、そういうことなんだ。

努力なんてするだけ無駄《むだ》。結果になんかつながらない。だって、ダメ人間だから。

俺、もう卒業しようかな……。

「おう、寝《ね》てばっかだと脳みそ腐《くさ》って、また高校落ちるぞ」

「……」

ノックもなく拓海《たくみ》が入って来る。が、相手をするのが面倒で、寝入《ねい》ったふうを装う俺。

「最近、変だぞ、おまえ。ショボ太のくせに元気までなかったら、存在意義なくね？」

拓海は拓海なりに気をつかってくれているらしい。でも今は無理。黙って布団を被《かぶ》っていたら、拓海は「面倒くせー奴だな、まじで」と吐《は》き捨て、ぷいと出て行った。

その後、優奈が、昼と晩に「ご飯どうする？」と訪れたが、何もこたえないでいると、あっさり引き上げてしまった。どんなときもぶれないぶっきらぼうさが、うらやましい。

うとうととしては目を覚ますを繰《く》り返し、結論のない堂々巡《どうどうめぐ》りがリロードッド。いつかこんなこともあったと思い出すのは、高校全落ちが決まってからの日々だった。

「結局……俺は俺のまま、か」

振り返れば、人生のどん底。

あのころは、それでもまだ「シェアハウス」なら——ひなたと一緒なら、人生をやり直せるかもしれないという希望があった。(明日をつかめ)という言葉を胸に、ここで暮らせば、人生が変わると信じていられた。で、そこでこれだから、もはや救いようがない。ぐだぐだとネガティブスパイラルを迷っていると、やがてノックの音が聞こえてきた。

「あ、あの……」

今一番、会いたくない奴——龍之介だった。無視を決め込み、俺は枕《まくら》に顔を埋《うず》めた。

「ごめ、ごめ……ん」

謝っているのは、２人だけの夜のことだろうか。あるいは……その先のことか。いずれにせよ、俺はただのキャストで、謝られるような立場ではない。むしろ、そうされればされるほど、みじめな気持ちになる。シーツのはしをぎゅっと握《にぎ》って、俺は堪《こら》えた。

……分かっている。全部、番組なんだ。

ひなたと龍之介の関係は、ただの演出にすぎない。それ以上でも、それ以下でもない。

「ややや、やっぱり、俺には……ここしか、ないから」

だから、番組の意図を汲《く》んでひなたの彼氏になる──と、そういう宣言らしい。

「だから……おお、俺、無理。……できない」

「はい？」

意外なセリフに、思わず声が漏《も》れてしまう。びくりと龍之介の肩《かた》が震《ふる》えた。

「ごご、ごめん、無理なんだ。で、できない」

「いや、あの、無理って、何が無理なんですか？　できないってどういうこと？」

がばっと跳《は》ね起きる俺に、龍之介は慌《あわ》てて自分の部屋へ逃《に》げ込んでしまう。ノックをしても、カギをかけて出てくる気配はない。返ってくるのは、ただ「ごめん」だけだった。

普通《ふつう》に考えれば、背景や文脈からして、無理というのは、ひなたの彼氏にはなれないという意味だろう。だけど「ここしかない」のなら、番組の求めに反することなどできないはずだ。ていうか、そうなると最初の「ごめん」は、なんだったのか。

彼氏より先に進むのが無理……とか？　いやいやいやいや、いくらなんでもそれはない。とにかく謎《なぞ》ばかり振《ふ》りまいて、自分はとんずら。つくづく迷惑《めいわく》な人だ。

「俺、怒《おこ》ったりしてないんで、きちんと説明してもらえませんか？」

「……むむむ、無理」

「ひなたとのことですよね？」

「……ごめん。りょりょ、涼太《りょうた》君からも謝っておいて、ひひひ、ひなたちゃんに」

どうして俺からも謝る必要があるんだ？　訳の分からなさに、次第《しだい》に苛々《いらいら》してくる。でも、こちらの気持ちなどお構いなしとばかりに、やがて声一つ返ってこなくなった。

「ちょっと、ねぇ寝てんの？」

まどろみの中で、ひなたの声が聞こえてくる。

夢に現れた……にしては、いやにリアルな声音《こわね》で、しかも、かなり切迫《せっぱく》した感じだった。

何かがおかしい。ぼんやり目を覚ますと、ノックの音が三つ、間を空けずに続いた。

「信じらんないんだけど」

かなり押し殺してはいるものの、それは間違《まちが》いなくひなたの声だった。枕元《まくらもと》のスマホを見れば深夜0時30分過ぎ。何事？　俺は慌ててベッドを抜《ぬ》け出し、ドアを開けた。

「なんで寝てるわけ？」

仕事から帰って来たばかりなのか、デニム地のジャケットに白の丈《たけ》の短いスカートという姿のひなた。甘めのファッションとは対照的に、その目は鋭《するど》く冷たかった。

俺はぽかんとするしかなかった。

龍之介の一件のあと、結局、部屋に戻って再び寝入り、起きてみれば怒ったひなたが部屋に現れて……寝ぼけた頭では、まるで事態を呑《の》み込めない。

「ていうかさ、メール見てないわけ？」

「……メール？」

昨夜、琴からの返信がないのを確かめた後、メールは確認《かくにん》していない。

「使えないわね。もういい、とにかくすぐ出るから。行くんでしょ？　琴のとこに」

「……え？」

急な展開に、そんな間抜《まぬ》けな声しか返せなかった。

「え、じゃないよ。あんたが言い出したんでしょ？　行くって」

「あ、うん。え？　でも……」

あのときは確か、ケーキを持って来てもらうこともできず、取りに行く手段もないということで、話は中断したままだったはずだ。行くと言うからには、取りに行くのだろうけれど……足は？　なにより、琴のＯＫは？　返事はいまだにないままだ。

「ほんと苛々するんだけど、あんた」

「いや、ちゃんと説明してくれないと……」

「だからメール見てないの？　琴が待っててくれてんの、ケーキを用意して。ていうか説明してる暇《ひま》ないから、話はあと。龍之介に運転させて行くよ、品川《しながわ》まで」

どうしてひなたが……という点は置くとして、とにかく琴がＯＫしてくれたらしく、龍之介に運転を――ラブボックスを出させて、ケーキを取りに行くという算段らしい。

そっか……琴、分かってくれたんだ。伝わったんだ、ちゃんと。

堰《せき》を切ったように思いが溢《あふ》れ、自分でも感情の整理がつかず、ただ「そっか……そっか……」と声ならぬ声ばかりが漏れる。できればこのまま ずっと、喜びを噛《か》み締《し》めていたい。

だけど、ほっこりしたのも束《つか》の間、俺ははたと思い出した。

龍之介のあの「無理」「できない」発言は、「ここしかない」という番組への思いを考えると……。足音を殺して龍之介の部屋に向かうひなたを、俺はちょっと呼び止めた。

「もしかして昨日の夜、撮影《さつえい》の後に約束させた？　運転するって、龍之介さんに」

「いちいちうるさいわね。そうよ、それがどうしたの？」

逢瀬の真相を前に、普通だったら一安心するところだけど、今はそんな場合ではない。

「さっき、龍之介さんが俺んとこに来て謝ってたんだ。で、ひなたに謝ってくれって……」

「はぁ⁉」

で、案の定、龍之介はノックにも呼びかけにも応じない。

「出て来なさいよ！　龍之介‼」

やはり、そういう意味だったのか。……まさかのドタキャン。

「あいつ……ていうか、ありえないよ、こんなの」

「……ちょっと考えよう」

あまり騒《さわ》ぐと、拓海やほかのキャストが起き出して面倒《めんどう》なことにもなりかねず、俺とひなたはとりあえず、こっそり物置に隠《かく》れることにした。

そして、まずはメールを開く。


いろいろありがとね。わたしの方は大丈夫《だいじょうぶ》。必ずケーキを用意するね。

時間は何時でもいいので、都合のいい時間を指定してください。

持って行くのも、こっちに来てもらうのも、どっちでもいいよ。

ひなたちゃんにも連絡《れんらく》しとくね。

涼太とひなたちゃんからいっぱい連絡もらったのに、ずっと返せなくてごめんね。

ギリギリになっちゃったけど、涼太のおかげで吹《ふ》っ切れました。

あと、メモ見られちゃったんだね。なんか、恥《は》ずかしいな……。


受信時刻は午前0時ごろ。俺が最後の確認をした直後だ。

どうやら俺が琴と連絡を取ろうとしていたように、ひなたもなんだかんだ言いながら、琴と連絡を取ろうとしていたらしい。で、俺が気づかないうちに事態は急変。この1日で、いろいろと手を回してくれたというのが、事の流れのようだった。

「要はバレなきゃいいんでしょ？　だったら夜中に行って、スタッフが寝てる早朝までに帰って来ればなんの問題もないでしょ？　んで、実は知り合いが用意してくれたのがあるんですとかなんとか適当にごまかして、パーティーに出せばいいわけで、琴のケーキを」

ドヤ顔のひなた。そういえば昨夜、スタッフに今日のことをちらちら聞き出していたっけ……明日《あした》はゆっくりするとかなんとか。かなりの用意周到《よういしゅうとう》っぷりだ。

「あの……余計なお世話かもしれないけど、仕事はいいの？」

「誕生日の撮影があるから、もともと入れてない」

　こちらも抜かりないらしい。

　聞けば、待ち合わせは、午前3時に南品川《みなみしながわ》の駅。この時間なら、車で行って帰って、琴にいろいろ話を聞く時間を合わせても、ぎりぎり早朝には間に合う計算だという。

「最悪、バレても故意ではないって言い張ればいいんだよね？　たまたまですって」

「そう。ただ、それで多々良《たたら》さんが納得《なっとく》するかは分かんないけど……」

「そのへんは、あんたがなんとかしなさいよ！」

　あれだけ卒業を恐《おそ》れていたひなたにしては、ずいぶん肝《きも》の据《す》わった口調だった。その心変わりがやけに気になる。とはいえ目下の問題は、そちらではなく「足」の方だ。

「とりあえず……取りに行く方法を考えよう」

　龍之介の協力が得られないとなると、免許《めんきょ》のない俺達ではどうすることもできない。

「いい考えとかないわけ？」

「タクシーを呼ぶ……とか？」

「ここに来るまでに1時間以上かかるでしょ？　朝までに帰って来られない」

　時間だけがいたずらに、刻々と過ぎていく。

「今から琴に連絡して、ここに向かってもらうっていうのは……」

「琴には、何があっても迷惑かけたくないから。行くのは、わたし達」

「だね」

異論はない。泥《どろ》をかぶるのは俺達……ではなく、最悪、俺だけでいい。

もともと言い出したのは俺だ。なんなら行くのも俺だけでいいのだけれど、ひなたは向かう気満々らしく、ああでもないこうでもないと一人で考えては、ひどく苛々していた。

「いまさらだけど、足さえあれば俺一人でもいいよ？　ほら、ひなたは芸能人でいろいろあるだろうし、ここにいなきゃいけない目的っていうか……」

「はぁ？　あんたに何を任せられんの？　冗談《じょうだん》は存在だけにして」

……なんだか、心配して激しく損をした気分だ。

「だいたい、あのコミュ障が約束を破るから……もう絶対、協力してやんない！」

「協力って？」

「……まぁ、なんて言うか、番組的にわたし達のカップリングが望まれてたってのも、もちろんあるんだけど、あいつも彼氏の立ち位置を欲しがってるっぽかったから、共存共栄っていうか、協力してやってたって話よ。あいつも焦《あせ》ってんじゃない？　ここ長いしさ」

なるほど、そんなからくりが……と納得する間もなく、ひなたは舌打ち。「そんなことより、なんとかしなさいよ！」と俺に八つ当たり。そう言われても……。

そのとき。

「誰《だれ》か来る！」

段ボールの陰《かげ》に、さっと身を屈《かが》めるひなた。俺もつられて隠れる。

廊下《ろうか》を見れば、常夜灯に照らし出された人影《ひとかげ》が、細く長く伸《の》びている。引きずるような足音は男子のよう。でも、龍之介にしては堂々としていて、拓海にしては影が大きい。スタッフ？　こちらに気づいたのか、影がふと足を止める。でも、すぐにまた歩きだす。

よく見ると、窓ガラスの向こうを通りすぎたのは……優奈だった。

小腹が減ったのか、キッチンから冷蔵庫を開ける音が聞こえてきた。

「おどかさないでよ、ほんと」

「……優奈さんらしいな」

「あの子、変わってるよね？」

「変わってはいるけど、あれで、けっこういい人ではあるんだよ」

そう言いかけて、俺ははたと、あることを思いついた。

……いけるかもしれない。

「あのさ、この話――琴のことって、龍之介さんにも明かした？」

「何よ急に。琴とは言ってないわよ。ただ、危ない橋を渡《わた》るのに運転してってって言っただけ。ていうか、それがどうかしたの？」

「龍之介さんと違《ちが》って、そんな曖昧《あいまい》な表現じゃ無理だろうけど、でも、はっきり伝えれば味方になってくれそうな人がいるんだ。もちろん免許は持ってる。けっこう男前な人が」

「こういうの楽しいよ。合宿の時によくやったんだ。監督《かんとく》の目を盗《ぬす》んで買い食いとか」

玄関《げんかん》に置かれたキーをひょいと手に取り、優奈はくすりと笑った。

琴のこと、番組のこと、これからしようとしていること、その先に待っているかもしれないこと……洗いざらい話した俺達に、優奈は「いいよ」の一言で、つき合ってくれた。

正直、こちらが拍子《ひょうし》抜《ぬ》けするくらいあっさりしていて、この何も考えていない感じ、そして頼《たよ》りになる感じは、さすがは優奈。もはや優奈先輩《せんぱい》と呼びたいくらいだ。

「ほんとにいいの？」

「なんで？　あ、そっか。卒業がなくなって琴が戻《もど》って来たら、ここって7人って決まってるから、あたしが追い出されるってことか」

言われてみれば、そういう結果だってありうる。俺達が危惧《きぐ》するのとは違う、またべつのバッドエンディング。だけど当の優奈は「ま、いっか」と気にも留めないふうだった。

「ま、いっかって……けっこう軽く考えてない？」

「重く考えればいいの？」

ひなたの尖《とが》った問いに、優奈はさらりとこたえる。

キーを回すと、重いエンジン音が夜の闇《やみ》を震《ふる》わせた。いまにもスタッフが起き出しそうでびくつく俺とひなた。だけど優奈は平然と車を動かした。

「苦手なんだよね、いろいろ考えるの」

運転席に優奈、その後ろに俺、隣《となり》はひなた。薄暗《うすぐら》い車内にあるのは、3人の息づかいと、入れっぱなしらしいAM放送から流れる、わずかな音楽だけ。街灯さえ見当たらない曲がりくねった山道を、ヘッドライトと星明かりを頼りに、ラブボックスは降りていく。

カーナビが、しばらく道なりだと告げていた。

「一般人《いっぱん》はいいよね、気楽で。ここがなくなっても、また普通《ふつう》の生活に戻ればいいんでしょ、要は。だからそんなに考えが甘いんだよね」

せっかく運転してもらっているのに、どういうわけか、ひなたは明らかに不機嫌《ふきげん》だった。

「戻ってもいいことないけどね。どうせすることないし」

「何それ？」

「サッカー、ケガで諦《あきら》めたから。でも学校にはサッカーで入ったわけで、それを取り上げられたら何も残らないってやつ。高校、辞《や》めよっかな」

「……じゃあ、なおさらここ、簡単に卒業できないじゃない」

「そっかな？　そのときはそのときで探せばいいだけじゃない？　次のことを」

「そう簡単にいく？」

「分かんないけど、考えてなんとかなるわけでもないし。それより、今、困ってる子がいるんだったら、そっちを優先したくない？　しかも、わりと楽しそうだしね」

「体育会系らしい、ものの考えね」

　2人の嚙み合わない会話を横に、俺は窓の外を眺《なが》める。くちばしを挟《はさ》んで延焼《えんしょう》するのも嫌《いや》だし、なにより、心ここにあらず。過ぎていく夜の風景に、浮《う》かんでくるのは、あの日——卒業の前日に「明日もがんばろうね」と振《ふ》り返った琴の姿だった。

　もうすぐ琴に会える。

　まだ1カ月も経《た》っていないというのに、もうずいぶん時間が流れたような、それでいて初めて出会ったのがつい昨日のような、不思議な気分だ。

　こんなとき、第一声は、なんと言えばいいのだろう。「やっと会えたね」だと、痛い元《もと》夫婦《ふうふ》のなれ初《そ》めみたいで気持ち悪く、「よう、元気！」だと、俺のキャラではない。

　自然に振る舞《ま》うのが一番だろうけれど、そんなにうまく立ち回れるほど器用でもない。

　ていうか、第一声なんかどうでもいいんだ。

　あの夜、伝えられなかった俺の言葉。

あと1時間もすれば琴に会えるというのに、今もまだ見つからないままだった。

俺はあのとき、何を伝えたかったのか。

こうして危険を冒《おか》してまで、俺はいったい何を伝えたいのか。

考えれば考えるほど、まとまらなくなる。「琴はそのままでいいんだ」とか「ありのままの琴がいい」とか……。結局、あの夜と同じだ。どれも俺の言葉じゃない。

「体育会系とか、あんま関係ないと思うよ？　要はさ、自分の気持ちに向き合うだけっていうか。考えてこたえが出るものばっかりだったら、誰も困んないしね」

先ほどのやりとりの続きか、ふと聞こえてきた優奈の言葉が、すとんと胸に落ちた。

自分の気持ちに向き合う……か。

優奈の言うとおり、考えるからダメなのかもしれない。

『ネガティブでもポジティブでも、わたしは涼太の言葉を聞いてるよ。だって、それが涼太の言葉なんでしょ？　つまり、それが香椎《かしい》涼太なんだから』

うまく立ち回ろうとか、俺の言葉じゃないとか……そんなのはどうでもいい。

琴が言う「涼太の言葉」。

それは恰好《かっこ》つけたり考えたりした先にあるものではなく、たぶん俺の中から自然に出てきたものという意味なのだと思う。だから「それが香椎涼太」になるんだ。

案外、シンプル。だけど、難しい。

誰かと真正面から向き合うと、必然的に自分とも真正面から向き合わざるをえない。まるで鏡みたいなんだな。だから俺、苦手だったんだ。こんな自分と向き合いたくなかったから。真っ暗な車窓に映る、自分のぼんやりとした輪郭《りんかく》に、俺はふと問いかけてみた。

俺、琴に何を伝えたい？

「あんたもなんか言いたいことある？」

不意に、ひなたに声をかけられ、どきっとして現実に引き戻されると、優奈とのやりとりは終わったのか、見れば、ひなたは手の中のスマホをちょこちょこといじっていた。

画面にはLINEのメッセージがあった。

緑色の吹《ふ》き出しの中に「向かってる」とかなんとか、文章が並んでいる。相手の表示は「koto」。琴のことだろう。胸の内を読まれていたみたいで、俺はひどく焦ってしまう。

「えっと……あの……」

「そっか。あんたも、あの子の連絡《れんらく》先くらいもう知ってるんだよね？　べつにわたしが伝えてやる必要もないか。ていうか、あれだよね？　LINEなんかじゃ無理だよね？」

言うと、ひなたは「告白」と、そっとつぶやき、くすくす笑う。

「あ、だから、あのね、そういうのじゃなくて……俺は……」

「あれ？　これ拓海じゃない？」

こちらになどもう興味はないとばかりに、ひなたがさっと話題を変えた。

「ピアノ演奏で名島《なじま》拓海って言ったら、そうじゃない？」

優奈がこたえる。どうやら俺があわあわしている間に、ラジオから流れているピアノ曲の紹介《しょうかい》があり、アナウンサーがそこで拓海の名前を出したらしい。

「一緒《いっしょ》に暮らしてると分かんないけど、あいつもそれなりにピアニストやってんだね」

「ふ〜ん。ただのキレやすい男子じゃないんだ」

雑音混じりの楽曲は優《やさ》しくたおやかで、とてもあのエセ美少女の旋律《せんりつ》とは思えない。

その後、しばらく会話も絶え、３人そろって音楽に耳を傾《かたむ》けていると、やがてウインカーのカチカチという音に混じって曲が終わり、そのあとにアナウンサーの声が続いた。

〈名島拓海さんは16歳。幼少より天才と名高い名島さんの転機は、９歳のときでした。新幹線爆《ばく》破《は》事件に巻き込まれ、東陽《とうよう》ジュニア音楽コンクールに出場できなくなった名島さん。しかし後日、主催者《しゅさいしゃ》が特別に、名島さんのために演奏の機会を設け、そこで見事な旋律を披露《ひろう》。事件で傷ついた多くの人に感動を与《あた》えました。以来……〉

「……そんなこともあるんだ」

ひなたと優奈、どちらからともなく、ほとんど同時に同じ言葉が飛び出した。

「え？」

おたがいに、あまりの偶然《ぐうぜん》に驚《おどろ》いた様子で、ひなたは優奈の後頭部に目をやり、優奈はバックミラーを見上げる。もちろん、俺だってびっくりだ。

事件のことは、テレビやなんかで見聞きして、なんとなく覚えている。

7年ほど前、東京《とうきょう》発の新幹線が、品川駅で複数の犯人に乗っ取られた。1両ずつ爆弾《ばくだん》を仕掛《しか》ける&人質《ひとじち》という手の込んだ犯行に、特殊《とくしゅ》部隊もお手上げ。そして事件は長期化。その間、東海道《とうかいどう》新幹線はもちろん、多くの在来線が運休し、東京はパニックに陥《おちい》った。安全神話の崩壊《ほうかい》、そして経済への大打撃《だいだげき》。

国の終わりだと大人は騒《さわ》ぎだし、もともと綻《ほころ》んでいたものがこれを機にさらに綻び、あらゆる場面で国はボロボロ。で、その結果、生まれた言葉が、例の「みとり世代」だ。

あの事件前後に育った俺達世代は、落ちたこの国の姿しか知らないから、諦めが先に立ち大人しい……と世間は言う。いつの時代も、ディスられるのは常に下の世代だ。

〈……ほかにも海外のコンクールで優勝するなど、さまざまな活躍《かつやく》を見せています。また最近ではバラエティ番組の企画《きかく》で共同生活を送る愛嬌《あいきょう》に溢《あふ》れた姿が人気で、『タクミスト』と呼ばれるファンが飛躍《ひやく》的に増えています〉

アナウンサーがそう語り終えると同時に、口を開いたのはひなただった。

「さっきの『そんなこと』って……何？」

「ああ。あたしも、あの事件の近くにいたから」

優奈はさらりとこたえた。

「寝坊《ねぼう》で遠征《えんせい》に遅《おく》れたんだ。で、慌《あわ》てて次の新幹線に乗ろうとしたら、階段で転げてさ。新幹線は行っちゃうし、病院送りにはなっちゃうしで。んで、それがあの新幹線なんだ」

「そう」

「乗らなくてよかったと思うけど、でも、あのときのケガが悪化して、今になってサッカーできなくなったわけで、どっちも微妙《びみょう》って感じなんだ。だから、拓海みたいに事件をきっかけに飛躍っていうか、そんなこともあるんだって思っただけ」

優奈らしいぶっきらぼうな口調の中にも、どこか悔《くや》しさに似た感情がかいま見えた。

「で、ひなたの言う『そんなこと』って、何？」

さすがは体育会系。いつの間にか、ひなたを呼び捨てだ。

「同じようなものよ」

こたえるひなたの声に、突然《とつぜん》「あ、車線間違《まちが》った」という優奈の声が重なった。ハンドルが切られ、車体は一気に左へ。急なことに、俺達は声を上げる間もなかった。

「あ～あやうく高速の入り口、見過ごすとこだった」

「ちょ……安全運転しなさいよ！　ていうかナビあるんだから、しっかり見なさいよ！」

「ごめん。免許《めんきょ》取り立てだから」

「……不器用だしね」

「そそ」

まったく気にする様子もなく、優奈はアクセルをぐいと踏《ふ》み込み、高速に乗り入れる。

料金所を過ぎるや否《いな》や、さらに加速して、今度は正面からの激しいGが俺達を襲《おそ》う。

「ちょ……あんた！　何してんの!?　殺す気!?」

「ゆゆゆ、優奈さん！　さすがにやばいよ、このスピード!!」

「大丈夫《だいじょうぶ》。スピードは防御《ぼうぎょ》につながるって監督《かんとく》も言ってた」

「それサッカーでしょ!?　運転じゃないでしょ!?」

「黙《だま》って。集中できない」

もはや悠長《ゆうちょう》に話などしていられない。

バックミラーに映る優奈の表情は、相変わらずのぶっきらぼう。でも心なしか口元が緩《ゆる》んで見える。もしかして……ハンドルを握《にぎ》ると性格が変わる系？　俺達は生きた心地《ここち》がせず、ひなたに至っては、シートベルトを両手で、ぎゅっと強く握り締《し》めている。

「やめて止《と》めてやめて止めてやめて止めて!!」

「大丈夫。あたし、運動神経とか反射神経とかは、すごくいいから」

「そのへんにコンビニあったら、とりあえず降ろして……」

長い高速の旅を終え、一般道《いっぱんどう》に下りるや否や、俺とひなたはそう懇願《こんがん》した。

「もうすぐ南品川の駅だけど」

「……ちょっと休ませて」

徹頭徹尾《てっとうてつび》、ハイスピードのハンドルさばきに、俺達の体力はもう限界。「大げさだな」と優奈は不満げだったが、道沿いにコンビニを見つけると、渋々《しぶしぶ》、駐車場《ちゅうしゃ》に着けてくれた。

「あたし車で待ってるから」

「……」

ふらつく足でよろよろと店に向かう俺達は、初めて月に降り立った人類のようだった。

「ちょっとトイレ行ってくる」

心なしかやつれたひなたの背中を見送り、俺はふらふらと店内を歩き回る。適当に3人分の水を買って、雑誌コーナーでひなたを待った。

「外の車さ、あれラブボックスじゃね？」

「なわけないじゃん。同じ車種なだけだろ？」

あくび混じりに雑誌の表紙を眺《なが》めていたら、レジの方から、店員達の話し声が聞こえてきた。ほかに客のいない深夜とあって、ボリュームがいつもより大きめらしい。

「ていうか、さっき店に入ってきたのって、青葉《あおば》ひなたじゃね？」

「それはないっしょ？　こんなとこいるわけねーし」

さすがは芸能人。顔バレは人気者の証《あかし》だ。ほかの客がいつ現れるかも知れず、トイレから出てきたら、すぐにでも店を出た方がいい。写メでも撮《と》られようものなら、たいへんだ。

そんなことを考えながら、俺は近くの雑誌に、適当に手を伸《の》ばした。ページをめくれば、モノクロページにひなたの笑顔《えがお》。突然のことに、あやうく雑誌を落としそうになった。

（青葉ひなた　人気グラビアアイドルの秘《ひ》められた細腕繁盛記《ほそうではんじようき》）

いかにもおっさんが好みそうな見出し。俺が手にしたのは、中年向けの週刊誌だった。

（母子家庭で5人兄弟の長女。家は『赤貧洗うがごとし』と近所でも有名）

（子役として花開かずに一時は開店休業。しかし裸一貫《はだかいっかん》、グラビアアイドルとして再起）

（『女優としては未知数』と関係者の声。これからが正念場）

さらりと記事を追えば、そんな文字がいやでも目に飛び込んでくる。俺は慌てて雑誌をラックに戻《もど》し、トイレの方を確認《かくにん》した。幸い、ひなたが出てくる様子はない。

……正直、じっくり読みたかった。

元子役の噂《うわさ》は本当らしい、とか。兄弟がそんなにいたらたいへんだろう、とか。あるいは、撮影《さつえい》中のドラマはどうなっているのか、とか。ひなたのことを、もっと知りたかった。

だけど、このまま読み進めるのは、卑怯《ひきょう》だと思った。

誰《だれ》かが書いた記事で知るひなたは、本当のひなたではない。そいつが見て、考えたひなただ。ネットで検索《けんさく》するのと何も変わらない。俺が知りたいのは、そんなひなたではない。素《す》の——本当の青葉ひなただ。それ以上でも、それ以下でもない。

「そういえば……」

気づくと、俺はそんな声を漏《も》らしていた。いつだったか、ひなたはスマホに向かって「取材」「出版社」云々《うんぬん》と怒鳴《どな》っていた。そして昨夜の「いろいろあって疲《つか》れてるだろうし……」というスタッフの潜《ひそ》めた声。もしかしたら、この記事のことかもしれない。

「あ〜気持ち悪い……」

タイミングがいいのか悪いのか。ちょうどその場を離《はな》れようとしたところで、青い顔をしたひなたが、這《は》うようにトイレから出てきた。

俺は店員の目を遮《さえぎ》るように立ち、何事もなかったかのように「大丈夫？」と水を1本差し出す。ひなたは何も言わずに受け取るや、ごくりと喉《のど》を湿《しめ》らせた。

「涼太のくせに、気がきくんだね」

「あ〜悪いんだけど、その雑誌、買っといて。あとでお金は返すから」

言われて、ぎくりとする俺。その指さす方には、先ほど戻したばかりの雑誌。まさか見られていたのかと、一瞬《いっしゅん》どぎまぎするものの、ひなたはこちらを疑うでもなく「なんかさ、ごちゃごちゃ書かれてるらしいんだ、わたし」と、ぼやいて車に戻っていく。

どうやら、ただ雑誌が目に付いただけのようだ。

「……はいはい」

会計を済ませ、車に戻ったのは午前2時40分。

ひなたに雑誌を渡《わた》すと、それを見計らったように、車は再び動き出した。

「……いまさら、つまんないこと掘《ほ》り返してさ」

雑誌を開くなり、つぶやくひなた。俺はその手元と表情をこっそり窺《うかが》う。

「あんたも読む？」

ものの数分で、ひなたはぽんと俺の膝《ひざ》に雑誌を投げて寄越《よこ》した。

「……こういうのって、けっこう嘘《うそ》が多いんだよね？」

おずおずと聞いてみる。

「そうでもなかったよ、少なくともわたしの記事は。むかつくけど、わりと事実」

「……」

「読まないなら捨てといて」

言うと、ひなたは大きなため息を一つ吐《つ》いた。

「……さっき言えなかったけどさ、わたしもあそこにいたんだよね」

不意のことに、優奈がちらと振《ふ》り返る。

「さっきって……ああ、事件のときの話？」

優奈のことだ。黙っていれば、きっと忘れていたに違いない。にもかかわらず、ひなたは水を一口含《ふく》むと、意を決したように目を閉じ、やがて、ゆっくりと語り始めた。

「そこそこ雑誌に載《の》っちゃったし、どうせ、あんたたちだっていずれ知るか、もう知ってるとは思うけど、昔、子役やってたんだよ、わたし」

ひなたの目が、ちらとこちらに向けられた。やはり見られていたのだろうか。俺はちょっと身構える。でも、こちらの様子などお構いなしに、ひなたはぽつりぽつりと続けた。

「家が子だくさんで貧乏《びんぼう》だし、とにかく、わたしも稼《かせ》がないとって子どもながらに思っててさ。まぁ、そんなにパッとしなかったけどね、実際は」

たぶん、ひなたは誰の言葉も求めていない。俺と優奈は黙って話に耳を傾《かたむ》けた。

「で、ここからが本題ね。あの日、地方の単発ドラマだけど、初めて手に入れた主役の撮影があるからって新幹線に乗ったら、事件に巻き込まれちゃったんだよね。しかも乗ったのが、あの新幹線。撮影に行けなくなっちゃったんだ」

自嘲《じちょう》気味に、ひなたが笑う。

「でも主役なしじゃ撮影できないよね？　といって地方の単発ドラマに、延期できるほどの余裕《よゆう》もない。だから代わりに、前日入りしてた脇役《わきやく》の子が代役に立ってさ。んで、あろうことか、ドラマは放送後に名作だって話題になって、その子は今じゃ立派な女優だよ」

そこでひなたは、「筥松麻美《はこまつあさみ》」という名前を挙げた。

その女優なら俺も知っている。渋《しぶ》めのドラマによく出ていて、同世代ながら「本格派」と評されている。華《はな》があるというより、一目見たら忘れられない個性派の美少女だ。

「ちょうど今、朝から晩までわたしが引っ張り回されてるドラマあるでしょ？　あれ、伝統の月9枠《わく》なんだけど、あの子が主演なんだよね。こっちは3話だけのゲスト出演でさ」

言葉の一つひとつに暗い影《かげ》があった。

「……わたし、今でも覚えてるんだ。本当はわたしが主役として言うはずだった、あのドラマのセリフ。誰にも届かなかった、わたしだけの幻《まぼろし》のセリフ。忘れられないんだよね」

せせら笑う声が、ひどく痛々しい。

「ま、そんなわけで、思いっきり事件に巻き込まれといて、死にもせず、優奈みたいにケガするでもなく、幸運って言えば幸運かもしれないけど、納得《なっとく》はできないよね、絶対に。

あの子が今立っているところは、本当はわたしが立つはずの場所だったんだから」

下唇《したくちびる》をぎゅっと噛《か》み締めるひなた。窓外の灯《ひ》に照らし出された横顔が、はかなげだった。

ひなたが番組に出ている目的、そして真剣《しんけん》である理由。

ようやくいろいろなことがつながり、俺の中でぼんやりとながら、俺なりの青葉ひなたの像が浮《う》かび上がってくる。その細い肩《かた》にかかったものの重さが、いやでも推《お》し量られた。

ひなたにとって番組はチャンスであり、人生であり、負けられない闘《たたか》いだ。

事件で失ったものを取り返し、なんならそれ以上のものをつかみ、芸能界でのし上がっていく。それが家族のためであり、なにより自分自身が納得するためでもあるから。

正直、16歳にはかなり重い。

いつもの気の強さの裏側にある、いまにも折れそうな素のひなた。

なにもそこまで……と思う一方、俺なんかに何が分かるのかという冷静な自分もいる。

あれだけ知りたがっていた素のひなたを前にして、無力感だけが積み重なる。

気づくと、俺はぎゅっと両の拳《こぶし》を膝の上で握り締めていた。

手のひらに食い込む爪《つめ》が、まるで無力な自分を責めているみたいだ。

「だから、拓海の話が驚《おどろ》きだったんだよね。あの事件で得した奴《やつ》が、あの子以外にもいるんだって。多くの人に感動って何？　あいつには悪いけどさ、正直……むかつくよ。こっちは『女優としては未知数』なんて、いまさら雑誌に書かれてんのに」

吐き捨てるような声音《こわね》が、胸の内を深く物語っていた。

車内の沈黙《ちんもく》が息苦しくて、少しだけ窓を開ける。車は赤信号で停《と》まっていた。

「すごい偶然《ぐうぜん》だね。３人もあの事件に絡《から》んでるって」

信号待ちに飽《あ》きたのか、優奈がつぶやいた。

「大事件だから、けっこう絡んでる人いるだろうし、そんなこともあるでしょ？」

話はそこでぴたりと途切《とぎ》れ、代わりに優奈は再びアクセルを踏《ふ》む。

やがて、目的地周辺だと、カーナビがアナウンスを始めた。

見れば、駅前に小さな人影《ひとかげ》がぽつんと一つ。すらりとしたスタイルに、見慣れた黒髪《くろかみ》＆おしゃれ黒縁《くろぶち》メガネ。片手に大きな紙袋《かみぶくろ》を抱《かか》え、こちらに小さく手を振っていた。

「琴だ！」

俺とひなたは顔を見合わせ、琴に向かって大きく手を振った。

「ども」

いざ本人を目の前にして、ようやく出てきたのは、そんなどうしようもない挨拶《あいさつ》だった。

「えっと……ご注文の品、ご用意しました」

一方の琴は、多少ぎこちないものの、そんな冗談《じょうだん》を挟《はさ》みながら、紙袋をこちらに寄越す。おたがい目を合わせることができず、俺達はわずかに視線をそらしたまま、妙《みょう》に硬《かた》くなる。

「あの……ありがとね」

「……うん。えっと……ドライアイス、帰るくらいまではもつと思うから」

琴が少しだけ、俺の目を見る。何も変わらない。あの夜――卒業前夜に見せてくれたおおらかで優《やさ》しくて、大人びた顔のまま。緩《ゆる》みかけた口元が、やけに可愛《かわい》らしい。

「お見合いみたいだね、２人」

「はぁっ⁉」

優奈のキラーパスに、思わず声が裏返る。

「あ、はじめまして。西戸崎《さいとざき》です。西戸崎優奈。いちおう新キャストです」

「あ……琴です。若宮《わかみや》琴です」

ぺこりと頭を下げる琴に「ごめんね、こんな時間に」と、ひなたが声をかける。

「わたしは全然、大丈夫《だいじょうぶ》だから」

「ありがと、つき合ってくれて」

「みんな元気？」

「ま、それなりに元気なんじゃない？　琴はどうなの？」

「わたしは……相変わらずだよ」

話しながらも、絶えず周囲に目を走らせるひなた。深夜の駅前は俺達以外、人影はない。とはいえ、すぐ隣《となり》は大ターミナルの品川駅だ。どこに誰の目があるか分からない。

「時間もそんなにないから、車の中でいい？」

結局、俺達は再び車中の人になった。

運転席に優奈、そして後ろに奥からひなた、琴、俺の順で座る。琴はしげしげと車内を眺《なが》めて一言「懐《なつ》かしいな」と、つぶやいた。

「まだ1カ月も経《た》ってないのに、変な感じ……」

「俺は全然、違和感《いわかん》ないっていうか、逆に琴がここにいることが自然な気がするな」

いますぐラブボックスで帰れば、また以前と同じ日常が戻《もど》ってきそうな気さえする。いっそ優奈にお願いして、このままアクセルベタ踏みでUターンしたいくらいだった。

でも。

「琴、すっかり看板娘《むすめ》みたいだね」

いつにも増して、ひなたが明るく話しかける。

「食べログ見たよ、すごい人気だね、お店。前に見たときは3・5だったけど、一気に4・2ってすごいよ。しかも『琴ちゃんに会えた』とか『琴ちゃん可愛い』って、ほら、ここなんて『味よし、琴ちゃんなおよし。テレビで見るよりめっちゃ優しい』って書いてある」

スマホの画面を見せながら、琴に微笑《ほほえ》みかけるひなた。

「なんか、最初は、テレビでわたしのことを見てた人がたくさん来てくれて、そのうち口コミで味も広がったみたいで……」

照れながら、琴もそっと画面を覗《のぞ》き込む。スマホの明かりが、琴の輪郭《りんかく》を淡《あわ》く浮かび上がらせる。それは、よく見慣れた横顔だった。だけど……俺は看板娘の琴を知らない。

会えなかった短い時間は、短いながらも確実に、俺達の間を隔《へだ》てていた。

あそことは――「シェアハウス」とは違《ちが》う日常が、琴には流れていた。

膝の上の、ケーキの入った紙袋が、いやに重く感じられる。

「あ、すごい。この人、北海道《ほっかいどう》からだ。ていうか九州からもいるよ。お店、忙《いそが》しい？」

「うん……お父さんとお母さんは、昼も夜もない感じ」

「そっか。そんなときに無理言ってごめんね」

「それは全然！　気にしないで。逆にこんなところまで来てもらって……ありがとう」

「琴のケーキ楽しみだな、俺」

つとめて明るく、俺も2人の話に割って入った。

「人気店の、しかも看板娘の手作りだもん」

「ていうか、誰《だれ》があんたに分けてやるって言ったの？」

「え？　俺なしなの？　ここまで来たのに？」

せいいっぱいおどける俺に、琴がふふと口元をおさえて笑う。そういえば、いつもこんな感じで笑っていたなと思い出す。だけど、いつまでもそうしてはいられなかった。

「楽しいのは分かるけどさ、あんまり時間ないよ」

こういうとき、優奈のぶっきらぼうさは強い。

俺達がここに来た理由、そして現実。

ひなたはふっと小さく吐息《といき》を漏《も》らすと、スマホを膝《ひざ》に置いた。

「あのね、琴。卒業は……自分の意志じゃないよね？」

「……うん」

切り出すひなたの声も、小さく頷《うなず》く琴の横顔も、ひどく切なかった。

これが、今、俺達の置かれた現実だ。

琴のレンズの奥の丸っこい目が、気のせいか、かすかに潤《うる》んで見えた。

「だよね」

ひなたは唇《くちびる》を噛むと、やや置いてから切り出した。

「嫌《いや》かもしれないけど、卒業のときにあったことを教えてもらってもいい？　番組の秘密が少しでも分かれば……解決できることもあると思うから」

「あっと言う間のことだったし、うまく話せるか分かんないけど……」

「気にしないで。覚えてることを、そのまま話してくれればいいから」

琴の肩を、ひなたがぽんと叩《たた》く。それで弾《はず》みがついたのか、琴は一つこくりと頷くと、あの夜のことを、ぽつりぽつりと語り始めた。

「夜中の3時くらいだったかな？　寝《ね》てたら突然《とつぜん》、スタッフさん達が合鍵《あいかぎ》でこっそり入ってきてね、『ちょっといい？』って。で、すぐに身の回りの物だけを持って出るように言われて、なんかおかしいなと思いながらついていったら、車が用意されてたの」

「スタッフの車？　ロケバスみたいなもの？」

「よく分かんないけど、そういう車に乗ったら、いきなり『卒業になりました。これまでお疲《つか》れ様でした』って言われて、呆然《ぼうぜん》としてたら、そのまま家まで送られちゃって。訳が分かんないから、いろいろ聞くけど『自分達は下っ端《ぱ》なんで』で流されちゃうの」

「ほかに話はなかった？」

「置き手紙を書くように指示されたことと、ちょっとスタジオに寄って卒業の理由を適当に語ってほしいってお願いされたことと……あとは、荷物は後から送るとか、承諾《しょうだく》書は卒業後も有効だからしっかり守ってとか……。そんな事務的なことが、ほとんどかな？」

「ほとんどってことは、ほかにもあるの？」

揚《あ》げ足をとるようで気が引けたけれど、ヒントがあればと思って、あえて聞いてみた。

「ちょっと待ってね。思い出すから……」

顎《あご》に手をあて、琴は首をひねる。

「卒業の理由……とまではいかないけど、それに近いことは何か言ってなかった？」

「もしかして、わたしのせいで視聴率《しちょうりつ》が下がったのかもしれないって思ったんだけど、スタッフさんは、それは違うって言ってくれたんだよね。気休めかもしれないけど……」

「間違《まちが》ってないよ、それ。わたし、ちゃんと知り合いの局の人に確かめたもん」

「そうなると、ほかに卒業の理由が見当たらないよね？」

「プロデューサーさんの気まぐれじゃない？」

くるりと振《ふ》り返り、優奈が話に入ってきた。

「あの人がそんな軽い人に見える？」

「あ、ただプロデューサーさんのことで、スタッフさんがいろいろ言ってたのは覚えてる」

「いろいろ？」

俺とひなた、それに優奈の３人の声が重なった。

「車に乗ってたスタッフさんは２人なんだけど、雑談っぽく話してたの。『多々良さんの言うガイシャってなんすかね？』とか『ガイシャが主役とか言われても訳分かんねーよな』とか。とにかく『ガイシャ』っていうのが、プロデューサーさんの口癖《くちぐせ》みたい」

「ガイシャ？」

ひなたが繰《く》り返した。

ガイシャって……彼女が「TATARA Motors」の創業者一族ということを考えれば、それは「外車」と想像するのが筋だ。でも……外車が主役？　「TATARA Motors」は国内に本社を置く企業《きぎょう》だし、そもそも意味が通じない。

ヒントのようで新たな謎《なぞ》。これではまったく先に進めない。

誰もが考え込み、口をつぐむ。

「ちょっと車、動かすよ」

沈黙《ちんもく》を破ったのは優奈だった。

見れば、自転車に乗った警官が、通りを挟んだ反対側から、怪訝《けげん》な表情でこちらを窺《うかが》っている。こんなところで職質されてはたまらない。未成年4人。間違いなく補導だ。

「要するに、この番組は『ガイシャ』ってやつによって、もしくは『ガイシャ』ってやつのために作られたものなわけね」

重いエンジン音に混じって、ひなたの漏らす声が聞こえた。

「で、スタッフは何も知らない。真実を知っているのは多々良さんだけ……」

「どんだけ秘密を抱えてんのって話だよな」

「そんな番組に見えないけどね、あれだけ見ると」

フロントガラスの左前方を指さし、優奈が笑う。めずらしく皮肉っぽい。その先を追うと、品川駅近くの高層ビルに掲《かか》げられた、巨大《きょだい》な「シェアハウス」の番組広告があった。緑の山々を背景に、校舎の写真を全面に引き伸《の》ばし、中央には大書された番組名と「台本のない青春」というキャッチコピー。そして、下に小さく並べられたキャストの名前。左から龍之介、ひなた、拓海、琴、杏《あん》、綾乃《あやの》、そして俺。番組に参加した順だ。

「一つの証拠《しょうこ》だよね、あれも」

ひなたが苦々しげに吐《は》き捨てる。

「どういうこと？」

ずり落ちそうなメガネを手の甲《こう》で引き上げながら、琴が尋《たず》ねる。

「涼太が来たのと琴の卒業ってほぼ同時期だよね？　で、あれには涼太も琴も載《の》ってるよね？　もし、ちゃんとした理由があって、事前に琴を卒業させることが決まってたら、あの広告は涼太と優奈のはずなんだよ、普通《ふつう》。載せるなら、放送内容に合わせるでしょ？」

「あれができあがったあとに、急に卒業を決めたってことか」

「そう。たぶん……多々良さんの意向でね」

「だからスタッフも驚《おどろ》いたんだ、琴の卒業を電話で聞いたとき。ひなたも覚えてるだろ？」

「覚えてる。あれは絶対、素《す》で驚いてた」

「あのさ……まじめな話をしてるときに悪いんだけど、ちょっといい？」

俺とひなたの間に、ふと優奈が、不思議そうな顔で割り込んできた。

「琴がなんだか……うれしそうだよ」

言われて2人して琴を見れば、いつの間にか両手で口元をおさえ、俺とひなたを交互《こうご》に見比べている。手で隠《かく》れてはいるものの、その笑《え》みは、綻《ほころ》んだ表情から丸分かりだった。

「え？　何？」

戸惑《とまど》う、ひなたと俺。一方の琴は、そんな俺達に挟《はさ》まれ、どういうわけか、うれしそう。

「ひなたちゃん、今、涼太って言ってたよね？」

「……それがどうしたの？」

意味の呑《の》み込めないひなた。翻《ひるがえ》って俺はといえば、言われてはっと気づく。確かにひなたは、俺を涼太と呼んでいた。ゴミムシではなく……涼太。

うれしいような恥《は》ずかしいような、不思議な気分だ。

「で、涼太は今、ひなたって言ったよね？」

「え？　あ、うん」

急に矛先《ほこさき》が変わり、ちょっとどぎまぎしてしまう俺。

「わたし、心配してたんだよ。ひなたちゃんと涼太が、うまくやってるかどうか」

「はぁ⁉　なんでわたしがこんなのと、うまくやんなきゃいけないわけ⁉」

「でも、こうやって2人とも来てくれて、涼太、ひなたって呼び合えてて、ほっとした」

「勝手にほっとしないでよ！　ていうか、あんたもなんか言いなさいよ！」

そう言われても、実際、ひなたとの距離《きょり》が縮まるのはうれしいし、琴が俺達のことを考えていてくれたのも、優《やさ》しくて大人で、さすがは琴だと改めて思う。自然と笑みが漏れる。

でも、いつまでも笑っていられるほど、俺はバカになれない。

いつか、あの場所でまた一緒《いっしょ》に暮らしたいと願っても、少なくとも今夜は、琴とはここで別れなければならないのだから……。俺とひなたの日常と、琴の日常とはこれから当分、交わらない。その事実を思うと、自然と口も表情も重くなる。

「よかったよかった」

そのあたりは琴も分かっているのか、ひとしきり笑ってしまうと、言葉とは裏腹に、瞳《ひとみ》には哀《かな》しげな色が残るだけだった。そして、こんなときに限って、目が合ってしまう。

どちらからともなく、苦い笑みがこぼれた。

「よくない！　わたしはただ涼太の……ゴミムシの思いつきに乗っかっただけで、それ以上でもそれ以下でもないんだから!!　ケーキは……初めてのバースデーケーキは琴のって約束だったから、ちょうどいいって思っただけ!!」

言うだけ言って、ぷいとそっぽを向くひなた。

「初めてのって？」

優奈が冷静に突《つ》っ込む。俺もそこは気になった。

「あんたに関係ないでしょ！」

「いや、あるでしょ。ここまで運転したんだもん」

ひょうひょうとこたえる優奈。一方のひなたは、ぐうの音も出ない。

ため息を漏らすと、観念したのか、ひなたはまくし立てるように続けた。

「来るときも言ったけど、うちは貧乏《びんぼう》子だくさんなの。ケーキなんて買えないし、兄弟がたくさんいると誕生日を祝う習慣がそもそもないわけ。で、売れるようになって、下の子たちのお祝いはわたしがするようになったけど、わたしはそういうのがないままで……」

「……」

「だから初めてなの！　これでいい!?」

「逆にね、わたしは、実はそんなに好きじゃなかったんだ、ケーキ」

ふてくされるひなたに、横から琴が助け船を出した。

「うちはケーキ屋だから、いつも売れ残りを食べてて、誕生日だって売れ残り。正直、ケーキなんて……って、ずっと思ってたんだ」

ふふふ、と琴が小さく笑う。

「で、いつだったか、2人でそんな話になったときに、ひなたちゃんが言ってくれたんだ。『じゃあ初めてのバースデーケーキは琴ので』って。ケーキばっかりだったわたしが、一番おいしくて幸せだと思うのを焼いてって。ね？」

「……そうだっけ？」

「うれしかったな。ケーキにいい思い出がなかったから、こうして誰《だれ》かの役に立てるんだって思って。そんなの初めてでね。だから、絶対にいいものを焼こうって決めたんだ」

照れているのだろう。窓の外に視線を投げ、ひなたはこちらに顔を見せようとしない。

俺はそのとき、ふと琴のメモを思い出した。

(ひなたちゃん　ホイップクリーム多め？　初めてのバースデーケーキ)

勢いよく、喜色に満ちた琴の文字。初めての……か。そういう意味だったんだ。

番組を――過去に失ったものを取り返し、のし上がっていくチャンスを失うかもしれない覚悟《かくご》で、ひなたがこうして琴に会いに来た理由が、今になってようやく分かった。

正直、ケーキのことは、琴の卒業をひっくり返すための口実だとばかり思っていた。実際、俺はそう考えて「ケーキを注文した体《てい》なら……」と番組の裏をかいたつもりだった。約束なんて、その程度だと。でも実は、それは口実などではなく、ひなたの優しさだったんだ。……俺、ひなたのことを全然、分かってなかったんだな。

こっそり交《か》わした、2人だけの約束。

ここにも「たった2人」がいた。

2人の関係が俺にはひどくまぶしく、そして心底うらやましかった。

「というわけで、それはね、わたしの自信作なんだよ。……ありがとね、ひなたちゃん」

「……べつに」

「これでわたし、もうあそこに……『シェアハウス』に思い残すことは何もないよ」

「……どういう意味、それ？」

意味深な言葉に、俺はただそう聞き返すしかなかった。しかし琴は何もこたえない。代わりに「ちょっといいですか？」と運転席の優奈に声をかける。

「この道を真っ直《す》ぐ行って、信号にぶつかったら左に曲がってください」

「琴！」

ひなたが鋭《するど》い声を上げる。

「ちゃんとこたえてよ」

「みんなの気持ちはうれしいんだ。でも、わたしはもうあそこには戻《もど》らない」

「……どうして？」

結局、番組の謎は残ったまま。琴の卒業をひっくり返す手段は何もない。でも、俺達はいつか必ずと信じてここまで来た。絶対に希望がないなんて、誰にも言えないはずだ。

それなのに、当の本人が……。

「いつかは卒業するんだから、みんな」

「それは、そうだけど……」

凛《りん》とした琴の声音《こわね》を前に、俺は続ける言葉がなかった。

「卒業って言われたときはすごく動揺《どうよう》したし、さびしかったけど……わたしだけじゃなくて、ひなたちゃんも涼太も優奈さんも、一生あそこにいられるわけじゃないでしょ？」

「だからって、こんな卒業はおかしいよ。ありえない。わたし達はね、ひっくり返したいの、この理不尽《りふじん》な卒業を。それは分かるよね、琴？」

「……ありがとう。でもね、その結果、こうしてみんなが危ない目に遭《あ》うのは嫌《いや》。今回のことがバレなくても、いつか迷惑《めいわく》をかける気がするんだ」

「迷惑とかさ……そんなこと言うなよ」

それがせいいっぱいの、俺なりの反論だった。

「それにね、もうわたしのいない生活が始まってるでしょ？　ひなたちゃんと涼太はうまくやってて、優奈さんは頼《たよ》れる男前で、わたしがいまさら戻るところはないと思うんだ」

「なんなら、あたしと替《か》わる？」

バックミラー越《ご》しに優奈が入ってきた。

「あたしなら全然かまわないし。ていうか、あそこに来て間がないあたしが言うのもなんだけど、こんなに慕《した》われてるのって、たぶん琴だけだと思うよ」

「……」

言われて、琴はしばらく黙《だま》り込み、やがて、ぽつりと口を開いた。

「その先の信号を、左に入ったところです」

夜の街を、ラブボックスが静かに滑《すべ》る。カーナビを見ると、俺達はいつの間にか品川駅から遠ざかり、もとの南品川の駅からも少し離《はな》れていた。あたりは住宅街で、人影《ひとかげ》はない。

「あ、そこです」

琴の声を合図に、車が停《と》まる。見れば、レンガ造りふうの建物が、夜の闇《やみ》にぽつんと浮《う》かんでいた。シャッターが下ろされた正面。1階の窓からは光が漏《も》れている。どこかで見覚えがあると思ったら、2階に掲げられた看板には「洋菓子《ようがし》ラポム」。琴の家だ。

「作るのが追いつかなくてね、この時間から仕込んでるの」

「……」

「わたし……看板娘《むすめ》だから。お店の手伝いしなきゃいけないんだ」

恥ずかしそうに、琴はそっと目を伏《ふ》せた。

「こっちでね、わたしを必要としてくれている人がいるから」

言うと、琴はちらとひなたに視線を向けた。

「たぶん、これまでの自分だったら、自分が嫌《きら》いだし、ケーキだって好きじゃないし、どこか冷めた目で見てたと思うんだ、こんな状況《じょうきょう》を。どうせわたしなんて……って。実際、卒業してこっちに戻って来てすぐはそうだったし」

でもね、と琴ははじけるような笑みをこぼしてみせる。

「ひなたちゃんがケーキを待っててくれて、涼太が一生懸命《いっしょうけんめい》メールをくれて、心配してくれて、こうして本当に取りに来てくれて、わたしを必要としてくれているのが分かったら……なんか素直《すなお》になれたっていうか、いろいろ受け入れられるようになったんだ」

「……」

「前にね、涼太には言ったんだけど、わたし、あそこで暮らせば人生が変わるって思ってたんだ。地味で華《はな》のない自分でもキラキラできるって。何者でもない、こんなわたしでも。だけど、あそこにいる間はみんながまぶしすぎて、自分なんて全然キラキラできてないし、できないって諦《あきら》めてたんだ、ずっと。結局、わたしはわたしのままなんだって」

「……」

「おかしいよね？　でも卒業して気づいたんだよ。全然、そんなことはなかったって。あそこでみんなと暮らして、こんなに気づかってもらえて……。わたし、振《ふ》り返ると、実はすごくキラキラしてたんだなって思うんだ。すごく幸せだったんだって」

「じゃあ、また一緒にキラキラを……」

言いかけて、はたと気づく。琴の頬《ほお》に、うっすらと涙《なみだ》が流れていた。

「そしたらね、やっと……自分のことが少しだけ好きになれたんだ」

不意に、琴がこちらに向き直る。流れる涙とは裏腹に、唇《くちびる》には小さな笑《え》みが一つ。

「こんなわたしでもいいって言ってくれる人達がいることが分かったから、それでもう大《だい》丈夫《じょうぶ》。わたしは、欲しかったものをちゃんと番組で手に入れたから、だから卒業なんだよ。何者でなくても、若宮琴は若宮琴だって認めてくれる人達がいてくれるから」

言葉がじわりと胸に染《し》み入り、広がっていく。

　べつに、それが、もともと俺が口走った言葉だからというわけではない。もちろん、そんな言葉を大切にしてくれているのは、うれしい。だけど、そんなことより、琴が自分のことを好きになれたと言ってくれるのが、もっとずっと、うれしかった。

　そのとき。

「いまさらだけど……俺、琴に言うことがあるんだ」

　気づくと、俺は口を開いていた。

「覚えてる？　最後の夜、うまく言えなかったやつ。待ってるって琴が言ってくれてさ。俺、絶対に伝えなきゃって思ってて、でも全然、言葉にできなくて。こんな俺の言葉でも、こんな俺でも受け入れてくれた琴に……その、なんというか、返す言葉を探してたんだ」

　考えても考えても出てこなかった俺の言葉が、自然と溢《あふ》れ出た。

「琴と出会えて、俺、うれしいんだ」

「……」

「ちょっと大げさかもしれないけど……俺、大好きなんだよ、琴のこと」

「……」

「ていうか、俺だけじゃなくて、みんなそうだよ。琴のことが大好きなんだ。琴は、大切な存在なんだよ、俺達にとって。何者であってもなくても琴は、俺達の琴なんだ。あそこに戻るか戻らないかは琴が決めることだけど……でも、それだけは絶対だから」

やっと……伝えられた。

そうだ、そうなんだ。これが俺自身——俺の真っ直《す》ぐな言葉なんだ。

俺は琴と出会えて、うれしかったんだ。大好きだと伝えたかったんだ。

あんな場所——「シェアハウス」で出会えた、たった2人の、何者でもない俺達だから。

そして俺だけじゃなく、みんなにとって琴は、大切な存在なんだ。

ずいぶん回り道をしたけれど……ようやく、きちんと琴に言葉を返すことができた。

「そっか……うれしいな、すごくうれしいな」

琴ははにかみ、笑ってみせる。メガネをとり、溢れる涙を手で拭《ふ》きながら、何度もうんうんと頷《うなず》いてくれている。よかった。俺の言葉、伝わったみたいだ。

ふと俺はあることを思い出し、パンツのポケットに手を突《つ》っ込んだ。

「これ……返せなかったやつ」

あの日、琴に借りたままだったハンカチを、そっと差し出してみる。部屋を出る前に慌《あわ》てて持ってきた。こんなの「日陰《ひかげ》のシダ植物」らしくないのは、自分でも分かっている。

だけど、今は不思議とそんなことが、まるで気にならなかった。

「そんな……いいのに、持ってて」

涙に濡《ぬ》れた丸っこい目が、おずおずとこちらを見つめる。

「いや、洗って返すって約束したし……使ってよ。あ、琴のだから『使ってよ』は変か」

「ありがとね」

ハンカチを受け取り、そっと涙を拭《ぬぐ》う琴。鼻にかかった涙声《なみだごえ》が、俺達を静かにさせる。

「……本心でそう言ってるの？」

どれほどの時間が経《た》ったころだろうか。しばらくして、ひなたが一つ、吐息《といき》を漏らした。

「わたしたちに遠慮《えんりょ》してるとか、そんなんじゃない？」

「違《ちが》うよ。わたしは自分の意志で卒業して、ここに残るの」

琴はぶんぶんと首を横に振る。

「……だよね。琴はそういう子だもんね」

思いっきり頭をくしゃくしゃとかきながら、それでもひなたはひどく冷静に見えた。

「琴がそうまで言うんだったら仕方ないよ、でもね……」

そこまで言うと、ひなたは身を乗り出して、俺とバックミラーの優奈に視線を送る。

「優奈は何月生まれ？」

「４月。４月２日」

「涼太は？」

「俺は……3月15日だけど」

「いい？　琴、この2人の誕生日……だけじゃなくて杏も綾乃も拓海も龍之介も、みんな誕生日は琴のケーキだからね。もうこんな危ないことしなくていいように、それまでにネット注文OKにしててよ。地方からも買いに来るくらいなんでしょ？　分かった？」

言われて、一瞬《いっしゅん》、意味が呑《の》み込めないのか、琴はぽかんとしていた。

だけど、すぐに大粒《おおつぶ》の涙をこぼし、一つこくりと頷く。

ひなたは何事もなかったような素っ気ない表情。でも、そこには哀《かな》しさと苦しさと、なにより優《やさ》しさの色があった。ひなたは——素の青葉ひなたは、こういう人間なんだ。回りくどいけど、ひなたらしいエール。車内の誰《だれ》もが、自然と頬を緩《ゆる》める。

「……ありがとね」

膝《ひざ》でハンカチを握《にぎ》り締《し》め、琴は涙ながらに満面の笑みを見せた。


結局、1時間ほどで俺達は品川を発《た》つことになった。

琴を降ろし、でもそのままでは去りがたく、しばらく店の近くで立ち話。「シェアハウス」の近況《きんきょう》や琴の生活の様子等々、話は尽《つ》きない。とはいえ、夜が明ける前に、俺達は戻《もど》らなければならない。かぼちゃの馬車と同じだ。魔法《まほう》には限りがある。

やがて、ひなたが「もう行くね」と切り出したところで、琴が俺を呼び止めた。

「ちょっとだけ、いい？」

「なんなら涼太だけ置いていこうか？」

案外、本気っぽいひなたの表情。気をきかせたのか「長居すると別れにくくなるから」と振り返りもせず車に乗り込み、一度ドアをぱたんと閉めた。

俺と琴だけが、路上に取り残される。

夜の街灯に2人の長い影《かげ》。妙《みょう》に緊張《きんちょう》してしまう。また夜空の下に、2人だけだ。

「いろいろ、ありがとね」

「いや、俺だけじゃなくて、ひなたの力があったから。それに優奈さんも……」

「ほんとはね、会わないって決めてたんだ。迷惑かけるし、会うと別れたくなくなるし。だからメールも全然、返信しなくて。すごく嫌《いや》な思いをしただろうなって……ごめんね」

「いや、そんな謝んないでよ。俺、全然気にしてないし」

言いながら、でもちょっと気になって、俺は聞いてみる。

「ただ……どうして会おうって思ってくれたのかは気になるかな？」

こちらの問いに、琴はいたずらっぽく小首を傾《かし》げてみせる。

「そういうの、女子に聞くのはどうかな？」

「え⁉　そ、そういうもんなの⁉」

最後に地雷《じらい》を踏《ふ》むパターン⁉　女子との会話に慣れていない自分がひどく恥《は》ずかしい。

「ごめん。あの、そういうもんだって知らなくて……」

「冗談《じょうだん》だよ。あ、ただね、ちょっとだけ言うと……背中を押してくれたのは、最後に涼太がくれたメールなんだよ」

どのあたりが……と本当は聞きたいが、そんなことを聞くのは、きっと野暮《やぼ》だ。とりあえず、俺は曖昧《あいまい》な笑みでやり過ごす。そんな俺に、琴はくすくす笑って言葉を続けた。

「涼太はね、案外、設定に近いのかもしれないね」

「へ？」

「こうして再会できたのは、やっぱり涼太のおかげだと思うな。いろいろ引っ張ってさ、意外にリーダーなんだよ、きっと」

すっかり涙の乾《かわ》いた赤い目が、真っ直ぐに俺を見つめている。

「いやいやいやいや、それはない。断じてない」

「ていうか、ちょっと設定っぽくなってない？」

「え？」

「なんだろ、すごく頼《たよ》りがいがある感じだよ。最初はね、話し方ももっとおどおどしてたし、相手の表情を窺《うかが》うっていうか、自信がないっていうか。でも、さっきなんか、ね？」

ふふと笑ってみせる琴。一方の俺は、かっと頬が熱くなるのを感じた。

「……お、俺、ただの『日陰のシダ植物』だよ？　そんなことないって！」

恥ずかしさを隠《かく》そうと、つい声が大きくなる。

「違うよ。涼太は、ただの『日陰のシダ植物』なんかじゃない」

そう言い切られるとどう返したものか分からず、ただ突っ立っているほかなかった。

「若宮琴は若宮琴だけどね、香椎涼太は香椎涼太なんだよ」

「え？」

「何者でなくても香椎涼太は香椎涼太だから、ね？」

「……どんだけブーメランだよ」

まるごと返ってきた俺のセリフ。まさに因果応報。ぐうの音も出ない。

俺達は顔を見合わせ、どちらからともなく笑いだした。笑わずにはいられなかった。

もちろん、琴と俺はまるで違う。

俺は琴ほどできた人間ではない。性格だってネガティブ。だから、そんな俺が、そう簡単に「俺は俺」と自意識と折り合いをつけられるなんて、とうてい思えなかった。

けれど。

そんな俺にだって、こうして一緒《いっしょ》に笑い合える人がいる。

そのたった一つの事実が、今はうれしくて仕方なかった。

「さっきの言葉、すごくうれしかったよ」

ぽつりと琴が漏《も》らした。

「俺の方こそ、待っててくれて……ありがとね」

「わたしね、うまく表現できないんだけど……誰かに大好きなんて言われたことないから照れちゃうけど、でも本当にうれしかったんだ」

「あの、それは決して変な意味じゃなくて……ていうか、やっぱ俺が大好きってキモい？」

「そんなことないよ。逆に涼太だからうれしいんだよ」

「……」

「思い残すことはないなんて、さっきは言っちゃったけど、ほんとはね……」

かすかな笑《え》みを挟《はさ》んで琴が言う。

「もう少しあそこにいられたらって、ちょっとだけ思うんだ。そしたら……」

そこで急に言葉を濁《にご》す琴。そしたら……？　言葉の先が気になった。

でも琴は、それ以上、続けるつもりはないらしく、そっと目をそらしてしまった。

妙な沈黙《ちんもく》がぽつんと落ち、その間を埋《う》めるように、初夏の風がふわりと吹き抜《ぬ》けていく。

「あ、ドクターイエローだ」

不意に、琴がすっとんきょうな声を上げた。視線の先を追えば、家々の間に高架《こうか》が一本。その上を、品川駅に向かってゆっくり走る、黄色い新幹線の姿があった。

「何あれ？」

「線路の安全なんかを確かめる新幹線だよ。あれって時刻表にも載《の》ってないから、なかなか見られなくて、かなり貴重なの。見ると幸せになれるって噂《うわさ》だよ」

いつもは大人びた琴が、子どものようにはしゃぐ。その横顔に、胸の中がじわりとあたたかくなる。新しい一歩をこれから踏み出そうとする琴に、ぴったりの門出《かどで》だ。

「なんか、またすぐに会えそうだね。ドクターイエロー見たし」

「うん。きっとすぐ会えるよ」

「仲がいいのはいいんだけど、そろそろ行かないと、朝になるよ」

向かい合う2人の間に、ラブボックスから優奈の声が飛んでくる。

「じゃあ、またね」

一瞬しんみりと、でも笑顔のままで俺達は別れる。車に乗り込み、窓を全開にして手を振《ふ》る。ひなたもこちらの窓に寄り「じゃま！」と俺を押しのけるように窓から顔を出す。

「ケーキ、絶対だからね！」

「うん、絶対！」

走り出した俺達を、琴はずっと見送ってくれた。そして俺達も、琴が見えなくなるまで手を振り続けた。やがてラブボックスは角を曲がり、幹線道路が見えてきた。

すぐに会える。俺と琴の2人は、きっとまた笑い合えるはずだ。

俺はそう信じて窓を閉めようとした。

そのとき。

不意に奇妙《きみよう》な記憶《きおく》にぶち当たった。

いつだったか、こんな別れが前にもあった気がする。

黒々とした過去の淵《ふち》から、突然《とつぜん》、湧《わ》き出してくる記憶。

車……ではなくて車両。ドクターイエロー、つまり新幹線。そうだ新幹線の車両だ。

どこかの車両に俺達だけ残され、ほかの人たちは全員降りていく。そのとき窓の外から一人の少女が、ちらと俺達の方を見た。

真っ暗な車内。

突然、真っ暗になった電車でぶっ倒《たお》れたのは、中学受験の当日。でも、前に、俺はそれを経験している。体が確かに覚えている。

そして、ひなた、優奈、拓海が奇《く》しくも絡《から》んでいたという新幹線爆破《ばくは》事件。

パズルのピースがパタパタとはまっていくように、記憶の断片《だんぺん》が集まってくる。

「ごめん優奈さん！　車停《と》めて!!」

言うが早いか、俺はドアを開け、もと来た道を駆《か》けだした。ちょうど家に引き返そうとしている琴を見つけ、「待って！」と大声で叫《さけ》ぶ。息が切れて苦しい。

だけど、今を逃《のが》すと、すぐに記憶は手のひらで溶《と》けてしまいそうだ。

突然のことに驚《おどろ》き、目を丸くする琴。俺は荒《あら》い呼吸の下、尋《たず》ねた。

「あの日——新幹線爆破事件の日って、琴は何してた？」

「親戚《しんせき》のお葬式《そうしき》に行くために、新幹線に乗ったら急に車内が騒《さわ》がしくなって……。お父さんがとっさの判断で、わたしの手を引いて慌《あわ》てて降りたらしいの」

琴は確かにそう言っていた。

怪訝《けげん》な表情の琴に、俺は「くわしいことが分かったら、必ず連絡《れんらく》する」とだけ言い残し、再び車に乗り込んだ。そして、ひなたと優奈に、かいつまんで事情を話した。

新幹線爆破事件と俺達の奇妙な関係を。

「これで4人目か」

ハンドルを切りながら、優奈がつぶやく。

「で、あんたはどうなの？　実際に新幹線に乗ってたの？」

「はっきりとした記憶はないんだけど……乗ってたのかな？」

緊張からか、行きは気にもしなかったのに、先ほどの記憶の渦《うず》は、夜を走るこの車内もまた暗闇《くらやみ》であることを俺に気づかせ、手のひらは汗《あせ》びっしょり。鼓動《こどう》も速い。だけどそんなことも言っていられず、俺は窓外の街灯を眺《なが》めながら、だましだまし堪《こら》えた。

ラブボックスは幹線道路を突《つ》っ走り、しばらくすると高速の乗り口が見えてきた。

「まぁでも、あの事件との関係で言えば、あるようでないって感じじゃない？」

しばらくして、ひなたがひょいと肩《かた》をすくめてみせた。

「それ、どういう意味？」

「だって、わたしはあの新幹線に乗ってた。琴は乗ったけど、すぐ降りた。優奈は乗ろうとして転んで乗れなかった。で、あんたは保留。みんな関係しているようで、けど、ただの偶然《ぐうぜん》とも言える距離《きょり》じゃない？」

言いたいことは分かる。あれだけ大きな事件だ。直接間接を問わず、影響《えいきょう》を受けた人間は数万、いや数十万単位のはずだ。その中に俺達の世代が何人いたか。数えるだけ無駄《むだ》だ。

でも、これだけキャストが絡んでいて、偶然と言えるだろうか。

俺は気になって、スマホである文字を検索《けんさく》してみた。最初は漢字で、次にカタカナで。

するとすぐにそれらしい結果が出てきて、思わず声を漏らしそうになる。

外車、会社、該者《がいしゃ》、蓋車《がいしゃ》、そしてガイシャ。

「ガイシャって……もしかして被害者《ひがいしゃ》の意味じゃないかな?」

Google先生によると「ガイシャ」というのは警察の用語で「被害者」の意味らしい。

新幹線爆破事件の被害者を集めている番組——という文脈なら「ガイシャ」は無理なく、ぴたりとあてはまる。逆にあてはまりすぎて、血の気が引く。

「で、そんな番組作って誰得《だれとく》なわけ?」

「それは……」

「何度も言うけど、ありえないよ。ていうか、だったらなんで琴は卒業させられたの? 被害者って言えば被害者じゃん。逆に拓海のどこが被害者なの?」

ひなたはかなり苛立《いらだ》っていた。でも、その苛立ちは俺に対してというよりは、べつの何かに向けられたもののようで、その証拠《しょうこ》に、視線の先は窓の外にあった。

「ただ可能性として、ないとは言えないと思うんだ」

「思ってればいいでしょ? あんたの中でだけ」

「なくはないかもだけど、どうなんだろ?」

高速の料金所を前に、優奈が首を傾《かし》げる。

「だいたい事件と関係してたとして、それと訳分かんない設定ってどう関係してんの？」

言いながら、ひなたはシートベルトを両手で握《にぎ》る。そうだ、優奈は……。俺も慌ててシートベルトにしがみつく。見計らったように、ラブボックスが唸《うな》りを上げて加速していく。

「でもさ、じゃあガイシャってどんな意味……」

「そんなの、わたしだって分かんないよ！　ていうか、いちいちあの事件とつなげて……ああああ、死ぬ死ぬ死ぬ、ちょっと！　わざとやってるでしょ優奈！」

「自然とこうなるんだ。……そこにアクセルがあるから」

夜明け前の高速は行きと同様ガラガラで、またもや優奈の独壇場《どくだんじょう》。遮《さえぎ》るもののない車線を、ラブボックスが駆け抜けていく。押し寄せる圧倒《あっとう》的なGが、体を前後左右に揺《ゆ》らし、苛《さいな》む。ひなたの抵抗《ていこう》の声は次第《しだい》に弱々しくなくなり、俺は俺でぎゅっと目をつむる。

「変だな、あれ」

やがて、どれくらい経《た》ったころだろうか。

不意に、優奈がそう漏らした。ゆっくりとスピードを落とし、バックミラーをちらちら。激しいGから解き放たれ、俺達はほっと一息。一方の優奈の雰囲気《ふんいき》は、ひどく硬《かた》かった。

「どうしたの？」

「後ろの車……ずっとついてくる」

振り返ると、真っ黒なスポーツカーが後方を走っている。

「いつから？」

「気づいてからだと、20分くらいかな？　スピード上げても落としてもついてくるんだ」

実際、優奈がブレーキを少し踏《ふ》んだかと思えば、後続車も速度を落として距離を保つ。

「煽《あお》ってるってこと？」

「ていうか、つけられてる」

「……終わったかもしれない」

何かに気づいたのか、突然、ひなたがそんなことを言い出した。ぎゅっと唇《くちびる》を噛《か》み締《し》めるその横顔は、暗がりでも分かるほど緊張《きんちょう》していた。

急なことに、俺は思わず「大丈夫《だいじょうぶ》？」と問いかけるが、返事はない。

「車酔《くるまよ》い？」

「あんた、あの車に見覚えないわけ？」

「見覚えって……俺、車とかあんまり興味ないし」

思わせぶりなセリフに、俺はもう一度、車を見てみるものの、特に何も感じられない。

黒いスポーツカー。つやつやの車体は、いかにも高級そう。夜闇《よやみ》に燦然《さんぜん》と輝《かがや》くのは「TATARA Motors」のエンブレム。目を凝《こ》らすと、運転席にはやや細めの人影《ひとかげ》が……。

「あ……」

人は心の底から驚いたとき、声を失うらしい。

確かに、その車には見覚えがあった。そして運転席の人影にも。ひなたの動揺《どうよう》の意味が、
そのときになってようやく呑《の》み込めた。バッドタイミング。こんな偶然、ありえない。

どうやらドクターイエローは、幸せどころか、最大級の不幸せを運んでくれたらしい。

終わった……たぶん、すべてが。

「2人の知り合い？」

何も知らない優奈が、ちらとこちらを振り返る。その隙《すき》を突くように、スポーツカーは
急加速。追い越《こ》し車線に入り込み、ラブボックスに併走《へいそう》。こちらが加速しようが減速しよ
うが、ぴたりと呼吸を合わせ、真横を走り続ける。

「むかつくな」

ちっと舌打ちする優奈。いまにもアクセルを踏み抜《ぬ》きそうな勢いだ。

そんな優奈の強張《こわば》った肩に、ひなたがそっと手を乗せる。

「やめよう」

「なんで？　挑発《ちょうはつ》されてんだよ」

「あれ、多々良さん。プロデューサーだよ」

第五幕

「さて、どんな言い訳を聞かせてくれるのかな？」

リビングダイニングのテーブルを挟《はさ》んで、多々良《たたら》さんと向き合う俺達3人。

窓から差し込む朝日を背に、多々良さんは余裕《よゆう》の足組みで、俺達を眺めていた。

「どうしたんだい？　遠慮《えんりょ》はいらないよ」

「……」

高速で見つかった俺達は、あの後、一般道《いっぱんどう》に降りたところで車を停めた。が、多々良さんは窓越《ご》しに「戻《もど》って話を聞こう」と一言。そして今に至るというのが、事の顚末《てんまつ》だ。

「久しぶりに覗《のぞ》いてみようと思ったら……まさか、こんなことになっているとはね」

おおげさな手振《てぶ》りを交えながら、多々良さんは肩をすくめてみせる。

「黙《だま》っていては何も始まらないよ？」

ふふと笑う多々良さんを、隣《となり》のひなたがにらみつけている。その向こうの優奈《ゆうな》はどっしりと構えて平気な顔。なんなら、これから撮影《さつえい》にだって臨《のぞ》めそうなくらいだ。

で、俺はといえば、まさかの事態にぎゅっと膝《ひざ》の上の拳《こぶし》を握り締める。

最悪、バレることは想定していたものの、こんな形でとは思ってもみなかった。

もちろん、責任は俺だけがとればいい。

だけど、この様子では下手に動くと、みんなに迷惑《めいわく》をかけてしまうかもしれない。用意していた「ケーキを買いに」という切り札をいつ切るか、というより本当に切れるのか、とにもかくにも状況《じようきよう》を見極《みきわ》めたかった。

しかし。

「こういうときは男子が女子をかばうものだと思うが、どうだろう？　香椎《かしい》君」

向けられた矛先《ほこさき》は、こちらの考えなどお見通しとばかりの鋭《するど》さだった。

たぶん、この人には小細工など通用しない。俺は覚悟《かくご》を決めて切り出した。

「……俺が言い出しました。全部、俺の責任です」

「未成年の君に責任がとれるとでも？　それは傲慢《ごうまん》だよ」

渾身《こんしん》のセリフも、多々良さんの前では瞬殺《しゆんさつ》。テーブルに置かれた紙袋《かみぶくろ》をじろじろと眺めながら、口元にはいびつな笑《え》み。多々良さんは、ぱっつん前髪《まえがみ》をゆっくりかきあげた。

「そんなことより、わたしが知りたいのは君たちが何を考え、何をしてきたかなんだ。その紙袋はなんなのか？　君たちの口で話してほしいんだ」

言うと、多々良さんは目を細めて、俺達の顔を一人ずつじっくり見つめる。

「車にはGPSがついている。君達が品川《しながわ》あたりで1時間ほどうろうろしていたことは分かっている。そこで何があったのか、わたしの口でなく君達の口で話してほしい」

言われて、はっとする。GPS……未成年に車を貸《か》し与《あた》える以上、それくらいの監視《かんし》があって当たり前だ。多々良さんはたぶん、俺達の動きを——すべてを察して追いかけてきたのだ。こちらの手の内はバレバレ。自分の浅はかさが悔《く》やまれてならない。

けれど、ここで諦《あきら》めるわけにはいかない。

今はどんなことをしても、ひなたを、優奈を、そして琴《こと》を守り抜くのが、俺のつとめだ。

「……その前に教えてほしいんですけど、ガイシャってなんですか？」

反転攻勢《こうせい》。いつまでも責められてばかりだと思うなよ。俺は一気に畳《たた》みかける。

「スタッフが話してるのを聞いたんですよね。ガイシャがガイシャがって多々良さんが言ってるって。どうもこの番組の裏には、ガイシャってのがあるんじゃないですか？」

そこで俺は一つ呼吸を置いて、続けてみせた。

「例えば……新幹線爆破《ばくは》事件の被害者とか？」

「ガイシャ？」

とぼけてはいるが、おもむろに首を傾げてみせるあたり、そう的外れでもないみたいだ。

「この番組って、なんのためにやってるんですか？」

「営利目的だよ、民放だからね。具体的に言えば……視聴率《しちょうりつ》のためだよ」

「そのわりに、いろいろ手が込みすぎてませんか？　ていうか、多々良さんの家ですよね、この番組のスポンサーって。視聴率って、そんなに関係あるんですか？」

「どう思うかは君に任せるよ。ところで、そのガイシャとやらを漏《も》らしたスタッフは誰だろう？　わたしに思い当たる節はないが、君たちにあらぬ疑いを持たれるようなことを吹《ふ》き込んだとしたら、言語道断だよ。即刻《そっこく》、現場から外さなくては」

意外な反論を前に、言葉に詰《つ》まってしまう。琴から聞いたとはもちろん言えず、といってスタッフの誰かをやり玉にあげるわけにもいかず、万事休《ばんじ》す。多々良さんの鋭い視線が、俺を射貫《いぬ》く。

そのとき。

「それは情報源の秘匿《ひとく》です」

横から、ひなたが入ってきた。

「雑誌なんかの取材のときに、記者の人がよく言うんですよね。情報源は明かせない、秘匿だって。多々良さんって、もともと報道局ですよね？　だったら分かりますよね、意味。

ていうか、誰《だれ》から聞いたかをいちいち明かさなければいけないって、出演の条件にありましたっけ？　わたし見覚えないんですけど。事務所に確認《かくにん》させますか？　承諾書《しょうだく》」

腹を決めたのか、遠慮なく食ってかかる。聞いている俺の方がひやりとするくらいだ。

このまま、ひなたを標的にさせるわけにはいかない。慌《あわ》てて、俺も口を挟む。

「俺、こっちにコピー持ってきてるんで、いますぐ確認してもいいですよ」

「……なるほど」

想定外だったのか、多々良さんはふと黙り込み、けれどすぐに切り返してきた。

「では承諾書に何が書いてあったのか、君達は分かっているということだね？　それでもなお品川に向かったというわけだね？　そして会ったわけだ、彼女に」

「ご希望通り、俺の口で言いますよ、そこは。確かに俺達は琴に会いました。でも、それは故意ではなく、ひなたのバースデーケーキを注文したら、たまたま彼女の家だったというだけです。琴の家ってケーキ屋だったんですね。俺、全然知りませんでした」

「食べログで4・2なんです。すごいですよね」

妙《みょう》な方向から加勢に入ったのは優奈だ。

「なるほど、それが君たちの言い分か。では……わたしも言わせてもらおう」

多々良さんはすっくと立ち上がり、俺達を見下ろす。

いよいよ、そのときかもしれない。ひなたの横顔に、さっと緊張が走るのが分かった。

とっさに、俺も負けずに立ち上がる。

ここが勇気というやつの見せどころだ。

「だから、俺が全部悪いって言ってるじゃないですか！　卒業させるなら、俺一人にしてください。ひなたも、琴も、優奈さんも、俺が巻き込んだんです！　お願いします!!」

いつも大事なときに失敗ばかりの、ダメ人間な俺。だけど、今日はきちんと言えた。

やればできるんだな、こんな俺でも。

ここに来れば、人生が変わると思っていたけれど、案外、変わったのは人生ではなく俺自身かもしれない。少しだけ、自分で自分を褒《ほ》めてやりたくなる。

最後の最後になって、やっとそう気づくのも、俺らしいといえば俺らしい。

ところが。

「そういうのよくないよ。だったら、あたしも降りる」

突然《とつぜん》、優奈が立ち上がった。

「ちょっと……そしたら、わたしだけ座ってるのって、なんか嫌《いや》な奴《やつ》みたいじゃない？」

ため息を一つこぼすと、ひなたもゆっくりと席を立った。

「実際、ひなたってそこそこ嫌《いや》な奴なんだし、そのまま座っとけばよかったのに」

「はぁ⁉　あんた……不器用だからって、何言ってもいいって思ってない⁉」

「ちょ……ここは俺が……」

いきなり始まった2人のいざこざに、俺は完全に意表を突《つ》かれ、あたふたしてしまう。そんな……2人まで。ていうか、一生分の勇気を振《ふ》り絞《しぼ》った俺の見せ場が、台無しだ。

「あんたもなんか言いなさいよ！　わたしってそんなに嫌な女じゃないよね⁉」

「いや、今はそんなときじゃ……」

「あ、ごめん。自分だけ番組降りて、恰好《かっこう》つけようとしてたんだっけ？」

そこはスルーしてくれればいいのに、こんなときに限って優奈が気づく。

「ああ、あれ？　さっきの超痛《ちょう》いんだけど」

「たぶん男らしさ狙《ねら》いじゃない？」

いくらなんでも、そんな言い方はない。先ほどのまでの緊張感《きんちょうかん》がぷつりと途切《とぎ》れ、俺はがっくりと、うなだれる。そして、そんな俺に、さらなるダメ出しが。

「え？　涼太《りょうた》に男らしさとかあると？」

見れば、起きたばかりと思《おぼ》しき綾乃《あやの》が、おなじみの下着姿で、入り口に立っていた。どこから話を聞いていたのか、にやにやと笑いながら、こちらを生あたたかく眺《なが》めている。

「見たかったなぁ、涼太の男らしさ」

「お、俺のことはいいから、早くなんか着てこいよ！　それってある意味セクハラだぞ!?」

「話変えんでいいやん。ねぇ、多々良さん？」

そう綾乃が振って、俺達はようやく思い出す。多々良さんとの対決の途中《とちゅう》だったことを。

視線を戻すと、多々良さんはいつの間にか腰《こし》を下ろし、こちらの様子をしげしげと観察していた。俺達のやりとりに呆《あき》れたのか、先ほどとは一転、かなり緩《ゆる》い雰囲気《ふんいき》だ。

「……そろそろ朝食の準備を始める時間じゃないかな？」

ちらと壁《かべ》の時計に目をやれば、午前6時過ぎ。確か、今朝は俺と優奈が当番だ。

「いいものを見せてもらったよ。眠気覚《ねむけざ》ましにはちょうどよかった」

言うと、多々良さんは「先ほどの続きは……」と軽く鼻で笑った。

「誕生会の撮影後にしようか。君達をどうするか、それまでに考えておくよ」


「さっきは……ていうか、結局ごめん」

多々良さんとの第1ラウンドを終えた後、俺はひなたを階段の近くでつかまえ、そっと詫《わ》びた。誰《だれ》がなんと言おうと、全部、俺のせいだから。

しかし、ひなたは、まるで何事もなかったかのような素っ気なさだった。

「何が？」

「いや、何がって、こんなことになって……」

「謝られると、まるでわたしが、あんたごときに従ってたみたいじゃない。勘違《かんちが》いしないで。わたしはわたしの意志で動いただけ。謝られる筋合いなんてないから」

「でも、もし、ひなたが卒業なんてことになったら……」

「あんた、前にわたしくらいの芸能人なら、そう簡単に卒業なんてない、大丈夫《だいじょうぶ》だって言ってなかったっけ？　今になって見くびってんの？」

胸を張り、いたずらっぽく挑発《ちょうはつ》してみせるひなたに、俺はぐうの音も出ない。

「考えても何も変わらないいんだから、多々良さんのこたえを待つしかないよ、今は」

「……」

「ていうか、わたし、もう24時間以上寝《ね》てなくて、眠《ねむ》いんだ。あとで誕生会もあるし」

面倒《めんどう》くさげにあくびを漏らすと、ひなたはそのまま階段を上がっていった。

たぶん、かなり強がっている。一方で、その姿は、どこか吹っ切れたようにも見えた。

目的のためにがんばってきた番組。それを、琴との約束のために放《ほう》り投げた。

自分の中で、そんないろいろの折り合いをつけようとしているのかもしれない。

黙《だま》ってひなたの背中を見送り、俺は続いてキッチンへ。

で、同じように優奈にも謝ってみたら、相変わらずの不器用さで玉子焼きを黒焦《くろこ》げにした優奈は、開口一番「重い」と真顔で返してきた。

「そういうの重いって。涼太はあたしの彼氏でもなんでもないよね？　だったら勝手に背負わなくていいから」

「……あ、うん」

「ていうか、だいたい涼太って、３人の中で１番年下なんだし、そんなのは年上に任せてなって。こういうときは年齢《ねんれい》に甘えるもんだよ」

見事な体育会系。さすがは優奈先輩《せんぱい》だ。焦がした玉子焼きを無理やりスクランブルエッグにしようと悪戦苦闘《あくせんくとう》する姿さえ、なんだかいつにも増して大人びて見えた。

朝食の準備を終え、洗濯《せんたく》、掃除《そうじ》、昼食の準備と日常をこなせば、もう午後２時。途中、綾乃に聞いたのか、拓海《たくみ》がちょいちょい絡《から》んできたが、スルーでやり過ごした。

「なぁどこ行ってたんだよ？　俺も誘《さそ》えよ、そういうの」

「……」

「冷蔵庫にでかい紙袋《かみぶくろ》入ってるけど、あれなんだよ？　ていうかシカトすんな！　俺だってここのキャストなんだぞ！　あ、てめー俺がナノサイズだからって舐《な》めてんだろ⁉」

「……誰もそこまで言ってないだろ」

俺もいい加減、徹夜《てつや》明けで眠かったが、ベッドに入るとそのまま寝入《ねい》ってしまいそうなので、騒《さわ》ぐ拓海を横に、キッチンの椅子《いす》でうとうと。そのうち拓海がいなくなり、ほっとしたのも束《つか》の間、ドアの方から視線を感じて、振り返れば龍之介《りゅうのすけ》の姿があった。

「あ、あ、ちょ、ちょ、ちょっと、いい？」

こちらに入って来るでもなく、龍之介はいつでも逃《に》げられる距離《きょり》から話しかけてくる。

「ご……ごめん」

「夜のことなら、べつにいいですよ。気にしないでください。龍之介さんには龍之介さんの事情があるんでしょ？　ここしかないっていう事情が」

いまさら謝られても仕方がない。なにより、ひなたとの約束を破ったことは置くとして、龍之介の判断を責めることは、誰にもできない。そんなことは俺にだって分かっていた。

「う、うん。だけど、ごめん……」

「……」

このまま話していても、たぶんいつものように、らちが明《あ》かない。徹夜明けに、このやりとりはつらい。が、ちょうどいい機会ではある。俺は機転をきかせ、聞いてみた。

「えっと……そしたら、代わりにっていうか、一つ教えてもらえませんか？　新幹線爆破《ばくは》事件ってありましたよね、昔。あのとき龍之介さん、何してましたか？」

「あああああ、あばばばばばば……!!」

突然、龍之介が悲鳴を上げる。いきなりのことに、俺は思わずのけ反ってしまった。

「ど、どうしたんですか⁉」

「だだだだだだ、だめ。だめ、だだだ、だめ‼」

「何が？　ていうか、どういう意味ですか？」

尋《たず》ねる俺を置いて、龍之介は一目散に逃げ出してしまった。

……どうやら、俺の見立ては間違《まちが》っていないみたいだ。

あの反応を見ると、龍之介も事件と無関係ではなさそうだ。むしろ、その先も知ってい
るかもしれない。そう考えると、もう一人、確認すべきキャストがいる。

午後3時になり、誕生会の準備が始まったところで、俺は綾乃にそっと近寄った。

リビングダイニングには、すでに大勢のスタッフがいて、多々良さんの姿もある。そん
な中「ちょっといい？」と声をかけ、忘れ物でも取りに行く体《てい》で、俺達は物置に向かった。

「わたしに手を出したらいかんよ、淫行《いんこう》になるけんね」

物置に入るなり、綾乃がくるりと振り返った。

「ち、違《ちが》う！　ていうか俺も同じ18歳以下！　ていうか！　そんな話じゃない‼」

「こんなところに隠《かく》れてやることって、じゃあ、ほかになんがあると？　あ、告白？」

「違うって！　とにかく俺に話の主導権を渡《わた》せ！」

まだ何か言いたげな綾乃をどうにか抑《おさ》え込み、俺は気を取り直して聞いてみる。

「突然、変なこと聞くみたいだけど、新幹線爆破事件のときって、何やってた？」

「なんでそんなこと聞くと？」

「いや、ちょっと……」

すべてを明かそうか迷ったけれど、俺は結局、言葉を濁《にご》した。

信用しないわけではない。でも、ぺらぺら話してしまうと、綾乃のことだ。速すぎる頭の回転に、こちらが巻き込まれてしまいそうな気がしてならなかった。

「そう言う涼太はなんしよったと？」

「俺は……よく覚えてないんだ」

問題はそこだ。仮に綾乃が関係していたとすると、まだ確かめてない杏《あん》と俺を除き、すべてのキャストが事件にかかわっていたことになる。でも肝心《かんじん》の俺が無関係なら、ただの偶然《ぐうぜん》と言えなくもない。事件の現場に居合わせた琴が、卒業させられたのも妙《みょう》な話だ。

「まずは自分の記憶《きおく》を整理した方がいいっちゃない？　で、そのあとに改めてわたしに聞いてくれん？　そしたら教えるけん」

「うん……って、その言い方は……」

思わせぶりな物言いが気になる。

実際、綾乃はこちらの反応を試《ため》しているのか、口元に笑《え》み。まるで手の内の持ち駒《ごま》を、すべて知られているみたいだ。でも、ここで引っかかると、ますますドツボにはまりそうで、俺はそれ以上、突っ込むのをやめた。

口調から考えて、たぶん綾乃も関係している。今はそれだけで十分だ。

「ねね、変なことついでに、わたしも聞いていい？」

不意に綾乃が言い出した。

「……なんだよ」

「ここに住んどうわたし達みんなの関係って、なんやろ？」

「はぁ？」

予想外の質問に、俺は呆気《あっけ》にとられてしまう。

「友達かいな？」

いつだったか前にも同じように、友達云々《うんぬん》と聞かれた覚えがある。尋ねたいことはなんとなく分かるけれど、あまりに漠然《ばくぜん》としすぎていて、俺はこたえに窮《きゅう》してしまう。

「友達って言ったって、どこから友達かとか、どういう友達かでいろいろ定義があるだろうし……。ていうか、俺、友達なんていたことないから、よく分かんないし……」

「定義とかどうでもいいけん、涼太はどう思うと？」

綾乃がにゅっとこちらに顔を寄せてくる。いつになく真剣《しんけん》な表情。俺は半歩、後ずさる。

……なんだよ、いったい。

そのこだわりっぷりは、ちょっと怖《こわ》いくらいだった。

「友達と思う？　思わん？」

「……思うかどうかより、そういうのは片方が思うだけじゃダメだろ？」

言いながら、頭に浮《う》かぶのは琴の顔だった。琴は俺を、どう思っているのだろうか。

「でも、そんなの両方が、相手が思ってくれなこっちも思えんとか言いよったら、ずっと友達になれんくない？　じゃあ、どうやったら友達になれると？」

「それは……」

「う〜ん、そしたらね、ちょっと聞き方を変えるね。ひなたちゃんは、涼太の友達と？」

「はぁ!?」

突拍子《とっぴょうし》もない展開に、俺は戸惑《とまど》う。だけど、そう問われて、考えずにはいられない。

ようやく「涼太」と呼んでくれるようになった、ひなた。

俺とひなたの関係は同じ番組のキャスト同士。昨夜のことをきっかけに、その枠《わく》を少しは飛び出したようにも思うけれど、俺はともかく、それがひなたにとって、どれほどの意味を持つのか。即座《そくざ》に友達になったと言い切れるほど、俺は傲慢《ごうまん》になれない。

「一緒《いっしょ》に夜のピクニックしたっちゃろ？　友達やないと？」

「だから……分かんないって」

「その分かんないっていうのは、未来が分からんってこと？　今はまだ友達やないかもしれんけど、もしかしたら、この先どこかで友達になるかもしれんってこと？」

「……そういうこと。実際分かんないだろ？　どこで仲良くなるかとかさ」

単純に、友達かどうか分からないと言ったつもりだったが、綾乃は勝手に誤解してくれたらしい。いまさら説明するのも面倒で、俺は適当に話を合わせた。

でも、それは確かに、俺なりの希望的観測ではあった。

「そっか。じゃあ友達になるかもしれんっちゃね、涼太達は」

言うと、綾乃はふと目をそらし、ぼそりとつぶやいた。

「……よかよね、友達って」


「じゃあ、お願いしまーす！」

午後7時。スタッフの声で、ひなたの誕生会は始まった。

「ひなたちゃん！　お誕生日おめでとう！」

「うわぁ～！　ありがとう!!」

リビングダイニングに入ってきたひなたを、クラッカーでお出迎《でむか》え。ひなたは大きな瞳《ひとみ》をいつにも増して輝《かがや》かせ、大喜び。俺達の顔、そしてテーブルに並んだ料理をぐるりと見渡《みわた》し「すご～い、超《ちょう》うれしい！」と大仰《おおぎょう》に驚《おどろ》いてみせる。

一眠《ひとねむ》りして体力を取り戻《もど》したのか、顔色はよく、今日のために用意したらしい真新しいブルーのサマーニットと純白のフレアスカートが、すこぶる似合っていた。

「ひなたちゃん、なんか今日、ばり可愛《かわい》いっちゃけど」

「そう？　いつもとそんな変わんないよ」

「あ、もしかして誕生会だから気合い入れた？」

「ちょっと優奈ちゃん！　そういうのは口に出しちゃダメ！」

頬《ほお》を膨《ふく》らませるひなた、ふふと人の悪い笑みの優奈。カメラが忙《いそが》しく両者を交互《こうご》にとらえる。2人とも、とても卒業の可能性を抱《かか》えているとは思えない、完璧《かんぺき》な素振《そぶ》りだった。

あるいは、こちらを眺《なが》めている多々良さんを、意識しているのかもしれない。少なくとも、ひなたは。切れるものなら切ってみろと、あからさまに挑発《ちょうはつ》しているようにも見える。

「17歳って俺、何やってたかな？　って、そこからすでにフリーターだ」

盛り上がる女子の中に、龍之介が笑顔で割り込んできた。

「おめでとな、ひなた」

「うん。ありがとう。龍之介」

交《か》わす視線が意味ありげで、でもそれは一瞬《いっしゅん》のこと。ひなたはそのまますっと視線を拓海に移した。「え?」と意外な表情の龍之介に構わず、笑顔で拓海に近づいていく。

「お先に17歳になっちゃいました」

「ちょっとの間だけ、ひなたちゃんがお姉ちゃんになっちゃうね」

拓海がくすりと笑う。その間に、事前に係を与《あた》えられていた綾乃が、そっとソファーの裏に手を伸《の》ばし、リボンの巻かれた大きな紙包みを準備。そして設定どおりと言うべきか、司会係を割り振《ふ》られていた俺は、頃合《ころあ》いを見て「全員、注目!」と一つ手を叩《たた》いた。

みんなの視線、そしてカメラがこちらに向けられる。

これが俺の最後の撮影《さつえい》かもしれない。そう思うと、柄《がら》にもなく気合いが入る。「明るいリーダー少年」らしく、せいいっぱいの明るさとさわやかさで、俺は振る舞《ま》った。

「みんなから、ひなたにプレゼントがあるんだぜ!」

「え~!?　なんだろ~!?」

「いろいろ考えて、ずっと使ってもらえそうなものを選んだんだよね?」

「そそ。けっこう考えたんだよ、いろいろ」

「あ~でも、ひなたちゃんの好みに、最初に気づいたのは涼太君やったよね?」

紙包みを両手で抱えた綾乃が、ちらと俺に目配せ。ナイスアシスト、綾乃。

「まぁね。だって、ひなたってさ……」

「んなことより、早く渡そうぜ」

話の流れを、龍之介が強引《ごういん》に奪《うば》っていく。先ほどの悄然《しょうぜん》とした姿など、まるで嘘《うそ》のようだ。こいつ……。俺は苛立《いらだ》ちを隠しつつ「じゃあ、綾乃ちゃんよろしく」と声をかけた。

「気になるなぁ。なんだろ？」

「ひなたちゃん、おめでとう！」

鳴りやまない拍手《はくしゅ》の中、紙包みを受け取ったひなたは「開けていい？」と聞くと、するするリボンを解《ほど》いていく。やがて姿を見せたのは、スカイブルーとオフホワイトのフェイスタオル＆バスタオル。そしてアロマオイルの小瓶《こびん》。たちまち、瞳がぱっと輝いた。

「この色、すごく好き！　ていうか手触《てざわ》りすごい！」

「わたし達、女子みんなで買いに行ったとよ。杏ちゃんも一緒《いっしょ》やったとよ」

「ひなたって、青好きだしね」

ひなたのサマーニットを指して、優奈がいたずらっぽく笑う。

「で、アロマもけっこう好きだよな？」

ドヤ顔の龍之介。それは明らかに俺の受け売りだった。

俺は速攻《そっこう》で「続きまして！」と再び手を叩き、龍之介の口を封《ふう》じる。こういうとき、設定はありがたい。俺の合図で、やはり係の拓海が、みんなの輪を抜《ぬ》け、そっとキッチンへ。

「誕生日と言えば、プレゼントと……」

耳に手を当て、声を待つ。すぐに綾乃が返事をくれる。

「やっぱケーキやね」

「え～ケーキまで用意してくれたの⁉　うれしい！」

ひなたの声に合わせ、部屋の照明がぱつんと落ちる。真っ暗闇《くらやみ》の中、キッチンからほのかに明かりが漏《も》れる。やがて、「そっち行くよ」と拓海がケーキを手に姿を現した。

5人が歌うバースデーソングとともに、17本のロウソクの明かりに彩《いろど》られたケーキが、こちらに近づいてくる。

淡雪《あわゆき》のようなクリームに、ひなたの好物のイチゴをふんだんにあしらった、ひなたと琴の「初めての」バースデーケーキだ。

ありがとう、琴。

きっと、俺なんかより、ひなたの方がずっとそう思っているはずだ。

ちらと見れば、ひなたははにかんだ笑顔でケーキを見つめている。テレビ的には、うれしげなひなたという、それだけの画《え》。でも、決してそれだけじゃない。

ひなたの胸の内を知っているという事実が、なぜだかとても誇《ほこ》らしく感じられた。

もし卒業となっても……悔《く》いはたくさん残るだろうけれど、そんなに悪い気もしない。

何もしないで今日のこの日を迎《むか》えるくらいなら、卒業させられてでも、こうしてひなたとこの場で、琴のケーキを囲んでいられる方が、ずっとましだ。

絶対に間違《まちが》ってない、俺達がやったことは。これでよかったんだ。

そのとき。

俺は自分の鼓動《こどう》が、やけに速いことに気づいた。

どく、どく、どく……と、まるで早鐘《はやがね》を打つようだ。気持ちの問題だろうか。でも、やり遂《と》げたという高揚感《こうようかん》にしては、ちょっとおかしい。卒業するかもという緊張《きんちょう》？　不安？「間違ってない」なんて、ただの強がり？　どれもしっくりこない。

たぶん、これは、また、いつもの……暗闇のせいだ。

「17歳、おめでとう」

「みんな、ほんとにほんとにありがとね」

会話が頭に入ってこない。代わりに、ケーキの上で揺《ゆ》れるロウソクの火から目が離《はな》せない。いつものことだと、ぐっと堪《こら》えてみる。

だけど、なぜだか、いつにも増して落ち着かない。

あまりの鼓動の速さに、呼吸さえうまくできない。苦しい。こんなことは初めて……と思って、はたと気づく。俺は以前にも、同じ経験をしていた。

中学受験の当日だ。

急に真っ暗になった車内で、非常灯だけが灯《とも》り、やがて、それがゆらゆらと揺れて見え始めて……そして記憶《きおく》が、さらに古い記憶を呼び覚ましていく。

それよりずっと前、すべてのブラインドが下ろされた真っ暗闇の車内で、ただただ非常灯の明かりだけを見つめ、時の流れるのをじっと待ち続けたあの日。

俺は……小学3年生だった。膝《ひざ》を抱えて、俺はただただ怯《おび》えていた。

やがて、大音響《だいおんきょう》とともに車体が傾《かたむ》く。

遠く「新幹線が……！」と騒《さわ》ぐ大人達の声。乾《かわ》いた銃声《じゅうせい》と切り裂《さ》くような悲鳴。隣《となり》で女の子が泣いている。「死ぬのかな……」と。そして誰かが俺の腕をつかんだ。

『タスケテ』

記憶に追われるように、ますます鼓動が速くなる。

「じゃあ、ひなたちゃんどうぞ！」

「いきまーす！」

テーブルに置かれたケーキを前に、大きく息を吸い込むひなた。ふーっと吹《ふ》いた瞬間《しゅんかん》、火はいっせいに消えて、室内から明かりが消える。みんなの拍手が鳴り響《ひび》き、俺の耳を打つ。ぱちぱち、ぱちぱち……どういうわけか次第《しだい》に、音が遠くなっていく。

体が急に軽くなって、まるで宙に浮《う》いているみたいだ。

やばい。

そう思った瞬間、俺は体の自由を失い、がっくりとその場に倒《たお》れ込んだ。


気がつくと、俺は見慣れた天井《てんじょう》を見つめていた。

自分の部屋だ。常夜灯の小さな明かりだけが室内に灯り、カーテンのすきまから、いくつかの星と欠けた月が見える。もうすっかり夜だった。

どれくらい寝《ね》ていたのだろうか。

さっきのことは、はっきりと覚えている。

誕生会の途中《とちゅう》で鼓動が速くなり、いつだかの記憶の渦《うず》に翻弄《ほんろう》され、そのままフェードアウト。倒れた瞬間も、そのとき、まるで痛みがなかったことも、しっかり思い出せる。

あの記憶はいったい……？　そう自分に問いかけ、出てくるこたえは一つしかなかった。

「起きたの？」

その声に、俺ははっとして、がばりと跳《は》ね起きる。

「ちょ!?　急に起きないでよ！　びっくりするじゃない！」

「あ、ごめん」

ベッド脇《わき》に、ひなたが椅子《いす》を寄せて座っていた。手を伸ばせば、すぐそこ。うすぼんやりとながら、驚いた表情まではっきりと分かった。思いがけない状況《じょうきょう》に、俺はかなり焦《あせ》る。

「え、あの……え～っと」

「あんた突然《とつぜん》、倒れたんだよ。で、みんなで部屋に運んで、様子を見てたら、そのうちぐっすり寝ちゃってさ。徹夜《てつや》明けだからって、どんだけ寝るつもり？」

「……ごめん」

「ていうか、いきなり倒れるとかやめてよ。生まれて初めての誕生会だよ？　主役はわたしなんだよ？　全部持ってかれた感じじゃない。何考えてんの？」

「……ごめん」

言われてみれば、まったくその通りで、俺はバカみたいにそう繰《く》り返すしかなかった。

「ま、ケーキまでは撮影できたから、画はなんとかなるみたいだけど」

「そっか……とりあえず安心したよ」

「あんたの分も残してあるから、ケーキ。めっちゃくちゃおいしいよ。さすがは琴だよ」

「……ありがとう」

こたえて、俺ははたと気づく。

「もしかして……俺が倒れてからずっと、ここにいてくれたの？」

「わ……悪い？」

ぷいとそっぽを向いて、唇《くちびる》を尖《とが》らせるひなた。

「ケーキ一緒《いっしょ》に行ってくれたっていうか、あんた、そこそこ役に立ったし。今朝もまぁまぁ男らしかったし……これで貸し借りなしだからね。チャラ。……分かった？」

こちらと視線を合わせず、早口でそう言い切るひなたが、ひどく可愛《かわい》い。

これが、グラビアアイドル・青葉《あおば》ひなたの本当の姿だ。

また一つ、素《す》のひなたを知れて、自然と頬《ほお》が緩《ゆる》む。が、たちまち見咎《みとが》められ「何よ！」と鬼《おに》の形相でにらまれてしまう。

「勘違《かんちが》いしないでよ！」

「わ、分かってるって！」

「ちょっとでも変な気起こしたら、非業《ひごう》の最期《さいご》だからね？」

「あのな……俺、どんだけ非業の最期を遂げればいいんだよ？」

「じゃあ言い換《か》えようか？　ここを卒業する前に、人生を卒業させてやるからね？」

「卒業って……そういえば、多々良さんの続きはまだだよね？」

おずおずと、俺は確認《かくにん》してみる。

すっかり取り紛《まぎ》れていたが、今、もっとも気にしなければならないのは、その点だ。非業の最期もなにも、ここを出ていくことになれば、俺達の関係はそこで終わりだ。交わることのない、それぞれの生活が始まるだけ……。

「終わったよ」

「え？」

「話は終わったよ、あんたが寝てる間に」

平坦《へいたん》な口調からは、結果が読み取れない。俺は、ひなたの次の言葉を待った。

「卒業」

「……そっか」

「……させる気はさらさらない。ただし、もっと頭を使ってバレないようにしなさい。君達の今後の活躍《かつやく》に期待する、ってさ。もちろん琴もおとがめなし。要は無罪放免《ほうめん》ね」

「って、そっちこそ驚《おどろ》かすなよ！　一瞬《いっしゅん》、卒業だと本気で思っただろ⁉」

「はぁ？　勝手にあんたが早合点《はやがてん》したんでしょ⁉」

勝ち誇ったように、ひなたが言い放つ。そんなひなたを前に、ほっと胸を撫《な》で下ろす俺。

正直、多々良さんの言い草は、バカにされているみたいで、むかつく。それにどうして許されたのか、気にならないではない。だけど、今は、そんなのは全部、後回しだ。

明日《あした》も、明後日《あさって》も、これから当分、俺はここにいられる。

ひなたと、そしてみんなとここで暮らしていけることが、素直《すなお》にうれしかった。

「なんかさ、こうして終わってみたら……ちょっと笑えない？」

不意に、ひなたがぽつりとこぼした。

「優奈がつき合ってくれたときに、言ってたの覚えてる？　合宿で抜け出して……とかってやつ。今になって気持ちがすごく分かるっていうか。変に楽しいよね、こういうの」

「青春って感じがするよな」

「するする」

そう同意しておきながら、自分らしくないとでも思い直したのだろう。ひなたは、ふふと鼻で笑って続ける。

「ていうか、あんた友達いなそうだし、こういうの初めてでしょ？」

図星すぎて、反論できない。

「そう言うひなただって……初めてだろ？」

「わ、わたしは、仕事で忙《いそが》しいから初めてで、あんたみたいな腐《くさ》れぼっちとは違《ちが》うもん」

「腐れは余計だって！」

「一緒に行ったのが、ぼっちと不器用ってのがあれだけど、まぁ思い出には残……」

言いかけて、ひなたは急に口をつぐむ。見れば、こちらの表情を窺《うかが》いながら、何事か考えているようだった。少しだけ、気をつかっているようにも見える。

「思い出とか言うと、あんたになっちゃうよね。バカみたい」

「なんだよ、それ？」

「はぁ？　自分が言ったこと覚えてないの？　歓迎会《かんげいかい》のとき、馴《な》れ馴れしく話しかけてきてさ。『楽しい思い出を……いっぱい作ろうね』って舐《な》めたセリフだよ」

「あ……言った」

間違いなく俺は言った。でも、それって、そんなにディスられることか？

「ま、思い出作りにここに来たバカにしては、よくやった方だと思うよ、今回のことは」

「上から目線すぎだって、それ」

「あんたと同じ目線に立たないといけないの？　このわたしが？」

「……」

「だいたいさ、あんたのあれ、ただでさえショボいのに、印象悪すぎなんだよね。バカ面《づら》下げて思い出作りって。ケンカ売ってんのかと思ったよ」

「……やっと分かったよ」

いつの間にか、俺はそんな声を漏《も》らしていた。

「何が？」

「俺がゴミムシって呼ばれてた理由だよ」

綾乃に以前、歓迎会でひなたの地雷《じらい》を踏《ふ》んだと指摘《してき》され、あのときは見当もつかなかったけれど、今になってようやく、何が地雷であったかが、はっきり分かった。

思い出作り。

少なくとも、俺としては、出会っていきなり「人生のやり直しを一緒に」なんて言えるわけもなく、それを「思い出作り」と当たり障《さわ》りなく表現しただけだった。

だけど、ひなたにとって、それは許せない一言だった。

ひなたにとって、ここは遊び場ではない。目的のための真剣《しんけん》勝負の場だ。

これまで、ひなたから浴びせられた言葉が、いくつも思い出された。「友達ごっこ」とか「覚悟《かくご》がない」とか。どれも、ひなたにとっては正論だ。もちろん俺にだって言い分はある。だけど逆の立場なら、俺もそう思ったはずだ。

だから。

「そこは……思い出作りとか言ったのは悪かったよ。謝る。でも、少し話してもいい？」

「……何よ？」

ひなたが、ちょっと身構えるのが分かった。

「あんたの黒歴史とか興味ないからね」

「え？」

「あれでしょ？　いつもクラスで2、3番くらいのそこそこの成績なのに、なぜか大切なときに失敗続きで中学、高校と受験失敗。で、中学浪人《ろうにん》確定で、成績くらいしか取り柄《え》のない俺、終わった、どん底だ……ってやつでしょ？」

……俺の人生をどれだけコンパクトにまとめてるんだ。

「ていうか！　なんで知ってんだよ!?」

「……丸聞こえだったんだよね、あんた達の会話」

「あ……」

あの夜、俺と琴はトイレの明かりに気づいて話を切り上げた。とはいえ、深夜のあんな場所で、しかも距離《きょり》があったし……まさか聞かれていたなんて。正直、かなり恥《は》ずかしい。

「……盗《ぬす》み聞きかよ」

「違うわよ！　夜中にトイレに行ったら、たまたま聞こえてきただけだから！」

「でも俺達、けっこう長い時間話してたと思うけど……」

「聞こえ始めたら最後まで聞いちゃうじゃない！」

それを世間では盗み聞きという。

琴の卒業をこっそり聞いた夜を、つい思い出してしまう。ひなたらしいと言えば、ひなたらしい。ていうか、話の内容を覚えているということは、少しは俺に興味があったということだろう。そう考えると、ちょっとおかしくもある。

「んで、何よ？　そんなそこそこ崩《くず》れが絶望の果てに、キラキラしたいからここに来たんでしょ？　それが思い出作りってわけ？　はい、おしまい」

「……話を端折《はしよ》んなよ」

やれやれとベッドから抜《ぬ》け出すと、俺は棚《たな》の参考書を手に取った。ぱらぱらとページをめくって、挟《はさ》んであったチェキのはしっこをつまみ、ひなたにおずおずと差し出す。

「何これ？」

「俺、これのおかげで、どん底でも生きられたんだ」

ひなたはチェキを受け取ると、まじまじと自分の笑顔《えがお》とサイン、そして〈明日をつかめ〉という添《そ》え書きを見つめていた。

「ファースト写真集のプレゼント応募《おうぼ》って、あったの覚えてる？　あれで当たったんだ。で、なんか、その言葉が、最後の一線っていうか、ダメ人間でも生きてていいって言われてるみたいに、当時の俺には思えたんだ。こんな俺でも、明日はつかめるかもって」

「……」

「んで、そんなときに番組の告知を見てさ、その言葉を信じて、ここしかないって応募したら、こうして来られたってわけ。それがなかったら……ほんと、俺どうなってたか分かんないよ。ていうか、間違《まちが》いなく人生終わってたと思うんだ」

もちろん言葉だけじゃない。というより、それがひなたの笑顔に添えられた言葉だったから――憧《あこが》れの青葉ひなたがくれた言葉だったから、俺は支えられたんだ。

「それってさ、ひなたの座右の銘《めい》とか？」

「『……明日をつかめ。昨日を振《ふ》り返るな。どんなに無様でもいい。ただ前を向いて、自分の力でつかめ』。それがお父さんの口癖《くちぐせ》だったの。だからわたし信じてる、明日は必ずつかめるんだって。泥臭《どろくさ》いとか、汗臭《あせくさ》いとか……誰《だれ》に何を言われても、絶対に信じてる」

不意に、ひなたがそんなことを言い出した。まるで何かに取り憑《つ》かれたみたいに、熱のこもった口調。視線はチェキに落としたままで、表情は分からない。

だけど、少しだけ肩《かた》が震《ふる》えているようにも見えた。まるで泣いて……いるみたいだ。

違う。みたいなんかじゃない。

ひなたは確かに泣いていた。

「え、あ……え？」

どう反応していいものか、俺は焦《あせ》る。

「セリフだよ、ドラマの」

素に戻《もど》ったひなたが、ぽつりとこぼした。

「ドラマって……今、撮影《さつえい》してる月9のやつ？」

言って、すぐに矛盾《むじゅん》に気づく。写真集の発売は1月。チェキが届いたのは3月末。今、撮影中のドラマは、俺がここに来てからクランクイン。俺は、そこではたと思い出した。

本当は、ひなたが主演をつとめるはずだったドラマ。

ひなたが女優への大きな一歩を踏み出すはずだったドラマ。

「サインだけじゃ味気ないってマネージャーに言われて……適当に書いただけ」

「……そっか」

「こんなのに励《はげ》まされたんだ、あんた」

皮肉っぽく笑おうとしているのだろう。だけど、うまく笑えないでいた。

そのセリフは、たぶん言葉とは裏腹に、ひなたにとってかけがえのないもののはずだ。あるいは自分に向けて、大切にしていたものかもしれない。どんなときもそのセリフを抱《いだ》いて、明日への——女優への道をつかむために、ひなたは生きてきたんだ。

俺は知っている。

その細い肩に重くのしかかるものも、ドラマに対する複雑な思いも。

だったら。

俺が——こんな香椎涼太が、今ここでできることはなんだろう？

ひなたの言葉に励まされた俺が、そんな俺だからこそ、ひなたにできること。

少なくとも、ただ突《つ》っ立っているだけではないはずだ。

「俺には……届いたよ」

「え？」

「車の中で言ってたよね？　誰にも届かなかった、自分だけの幻《まぼろし》のセリフって。でも、俺には届いたんだ。すごく励まされて、助けられた」

「……」

「だから……もう、それはひなただけのセリフじゃないってこと」

「……涼太のくせに」

うつむいたまま、ひなたはチェキをこちらに突き出す。チェキの中のひなたは、相変わらずの笑顔だ。

そっと受け取ると、俺は言おうか言うまいか少し迷い、でも今言わなければと自分を信じて、言葉を重ねた。

「ひなたがいたから、今の俺がいて、琴やみんなと出会えた。だから感謝の押し売りみたいで嫌《いや》かもしれないけど……」

「……」

「ありがとう」

しんと静まりかえった部屋に、声がぽつんとこぼれる。

ひなたは何もこたえない。俺も続ける言葉がなくて、ただ黙《だま》っていた。

風がことことと窓を叩《たた》いている。遠く木々の揺《ゆ》れるざわざわという音が聞こえる。

やがて、どれくらい経《た》ったころだろうか。ひなたがゆっくりと顔を上げた。

「べつに、あんたに感謝されることなんか……してないから」

ぷいとそっぽを向くひなた。くりくりと大きな瞳《ひとみ》がうっすらと湿《しめ》っていることを除けば、それは俺がよく知っている、いつものひなたの顔だった。

「勝手に感謝とかしないでくれる？　迷惑《めいわく》だから」

「……そっか」

「そっか……って。だいたいあんた、それが感謝してる人への態度なわけ？　気づいたらいつの間にかタメ口だし。わたし年上だよ？　女優だよ？　友達にでもなったつもり？」

「ごめん。すぐ勘違《かんちが》いするんだ、俺」

明日をつかめ!

めずらしくうまく切り返す俺に、ひなたの口元がわずかに緩《ゆる》む。

「とんだ勘違い野郎《やろう》なんだね、あんたって」

呆《あき》れたように、ひなたは大きなため息を一つこぼしてみせた。そして椅子《いす》から立ち上がると、部屋の真ん中にあるテーブルを小さく顎《あご》で指した。

「感謝するなら、そっちにしてよ」

そこには小さな紙包みが一つ、ちょこんと置いてあった。

「それ、琴から。紙袋《かみぶくろ》に入ってた」

言われて手を伸《の》ばせば、包みは軽い手のひらサイズ。表に「涼太へ」という付箋《ふせん》が貼《は》ってある。中には硬《かた》いものが入っているらしく、振ると手の中でカサカサと音がした。

「ほんと信じらんないんだけど。いきなりぶっ倒《たお》れるわ、感謝するわ……勘弁《かんべん》してよ」

もう一度、大きくため息をこぼすと、ひなたは「ちゃんと渡《わた》したからね」と念を押し、そのままあわただしく、ドアを半開きにしたまま部屋を出ていってしまった。

包みを開くと、中から折り畳《たた》まれた手紙と、ビニル袋にくるまれたクッキーが現れた。

……覚えててくれたんだ。

ふっと胸があたたかくなると同時に、少しだけさみしさが込み上げてくる。

もう琴が、ここに戻ってくることはない。

星形に焼かれたクッキーを一つ取り出し、口に入れる。さっくりとした食感とチョコチップのほどよい甘さ。昨夜見た、琴の涙《なみだ》ながらの笑顔が、自然と思い出される。

俺は手紙を開いて、静かに目を落とした。

淡《あわ》いクリーム色の便箋《びんせん》に、可愛《かわい》らしい文字がちんまりと並んでいる。

（いろいろありがとう。

たった3日間だけど、涼太と一緒《いっしょ》に暮らせて、本当にうれしかったです。最後に、こんな素敵《すてき》な……友達ができるなんて。涼太に会えなかったら、今のわたしはいません。

実は、こうして会えるのも、ひなたちゃんにケーキを渡せるのも、涼太のおかげです。

もらったメールに『俺達の琴』とあったのを見て、わたし、絶対に会わなきゃと決心したんです。みんなに迷惑をかけると思ってずっと悩《なや》んでたけど、そう言ってくれる人がいるというのが、うれしくて……。そして、その人の期待だけは裏切れない、裏切っちゃいけないと思い直しました。お待たせしてごめんなさい。

最後に、涼太はもうキラキラしてるし、これからもっともっとキラキラできると、わたしは信じています。そんな思いを込めて、クッキーはキラキラの星形にしてみました。ご注文頂ければ、いつでもご用意します。待ってるね。

ありがとう。また会おうね)

正直、琴は盛りすぎだと思う。

俺は、そんなたいそうな人間ではない。こんなに褒《ほ》められると、つい調子に乗ってしまいそうになる。それくらい小さな人間だ。けれど、そんな小さな人間だからこそ、こうも慕《した》ってくれる人がいるという事実は、深く静かに胸に響《ひび》く。

友達。

俺みたいな、どうしようもない奴《やつ》でも友達だと言ってくれる、認めてくれる人がいる。これまでの人生で、一度ももらったことのない言葉を前にして、持て余し気味の俺。どう受け止めていいか分からない。分かるのは、ただ純粋《じゅんすい》に、うれしいということだけだ。

でも。

俺に会えていなかったら、今の琴はいないというなら、俺だって琴と会えていなかったら、今の俺はいない。柄《がら》にもなくこんな場所に足を踏《ふ》み入れた俺を、あたたかく迎《むか》え入れてくれたのは琴だ。琴がいたから、こうしてどうにかこうにか、やっていけているんだ。

だから俺一人、感謝されても困る。

俺だって、琴にもっと感謝したい。なにより、こんなのすごく恥《は》ずかしい。

「だいたい俺、キラキラなんか相変わらずしてないよ」

なぜだか憎《にく》まれ口が全然決まらない。気づくと、手紙にいくつか染《し》みがにじんでいた。

俺はふと思い立ち、手紙とクッキーをそっとテーブルに置くと、代わりにスマホを手に取った。クッキーのお礼、みんな無罪放免《ほうめん》ですんだこと、こんな俺を褒めすぎだという突っ込み、そして全力でありがとう……そんないろいろを、琴にいますぐ伝えたかった。

それなのに。

ちょうど部屋を出ようとしたところで、廊下《ろうか》の方から足音。ぎくりと驚《おどろ》く間もなく、半開きのドアの向こうに、前髪《まえがみ》ぱっつんの多々良さんの姿が見えた。

俺はとっさに、手の中のスマホを後ろ手に隠《かく》した。

「気分はどうかな？」

するりと部屋に入って来る多々良さん。

「今は……もう大丈夫《だいじょうぶ》です。徹夜《てつや》明けで疲《つか》れてたみたいで」

「それならいいが。ところで……」

多々良さんが一歩、こちらに踏み込んでくる。退《ひ》きそうになるのをぐっと堪《こら》えて、俺はその場所から一歩も動かない。そうだ。もう一つ、琴に報告することがあったんだ。

新幹線爆破《ばくは》事件と俺達の関係。……俺の見立ては、たぶん間違《まちが》っていないはずだ。

「目が赤いね。涙かな？」

そっとこちらに顔を寄せ、多々良さんが覗《のぞ》き込んできた。

「気のせいじゃないですか？　で、そんなことより、俺もどうやら、新幹線に乗ってたみたいなんです。あと、龍之介さんも綾乃も、事件に影響《えいきょう》を受けてたみたいですね」

「たいした偶然《ぐうぜん》だ。どれくらいの確率なんだろうね、それは」

ちらと視線をそらし、多々良さんはとぼけてみせる。

「正直に教えてください。何を隠してるんですか？」

尋《たず》ねる俺に、しかし多々良さんは余裕《よゆう》の表情を崩《くず》さない。

「隠すとは？」

「この番組に出してもらって、俺、ありがたいと思ってるんですよ。みんなと出会えて、いろいろ経験できて。でも、一方で不信感もあるっていうか……許せないんですよね」

「ほう」

「琴が今どんな思いで、どんな決断を下したかは、多々良さんに関係ないから言いません、絶対に。だけど、俺はあんな卒業は、やっぱりおかしいと思ってます。許せません。だから、知りたいんです。なんでこんなことをするのかを」

「設定とか、いろいろ変なことばかりだし、この番組は俺達を弄《もてあそ》んで、いったい何を……」

「……」

「弄ぶ？」

一瞬《いっしゅん》、多々良さんの瞳に深い陰《かげ》が浮《う》かぶ。

「それは違うよ」

「何がですか？」

「この番組に台本はない。君達が作っていく。ただそれだけの話だ。弄ぶのとは違う」

「そうやって煙《けむ》に巻くのはやめてください。俺、真剣《しんけん》なんですよ。子供だましですか？」

「……ずいぶん豪胆《ごうたん》だね。なるほど、あの子の言うとおりだ」

そっと目を伏《ふ》せ、多々良さんがつぶやいた。

「……あの子？」

「君はあの事件を、どこまで覚えているんだい？」

探《さぐ》るような目。口調から、遊びが消えていた。

やっぱり事件と関係があるんだ、この番組は。俺は少し考え、慎重《しんちょう》にこたえる。

「……巻き込まれたのは、なんとなく思い出しました」

「その後は？」

意味を飲み込めない俺に、多々良さんは小さな微笑《ほほえ》みを浮かべてみせた。

「……あの子が君達と過ごせるのは、これがおそらく最後だ。分かってやってほしい」

それは懇願《こんがん》とも弱音ともとれる、不思議な声音《こわね》だった。プロデューサーではなく、一人の人間としての情みたいなものが溢《あふ》れている。突然《とつぜん》のことに、俺は戸惑《とまど》いを隠せなかった。

この人はたぶん、個人的な何かをこの番組に託《たく》している。

「え？ その後って？」

ていうか、あの子って？

俺達と過ごせる……ってことは、その子は、俺達の中にいるってことか⁉ さっと血の気が引くのが自分でも分かった。

ひなた、綾乃、杏、優奈、拓海、龍之介。

6人の中に、その子がいる。そしておそろく、この番組の謎《なぞ》は、その子が握《にぎ》っている。

あの子、新幹線爆破事件、そして俺達。

カギばかりそろって、肝心《かんじん》のドアが見つからない。謎だけが深まっていく。どくんどくんと鼓動《こどう》が高くなる。

いったい、この番組には何が隠されているんだ？

俺はつとめて平静を装いながら、率直《そっちょく》に聞いてみた。

「もったいつけないで、はっきり教えてください。まったく意味が分かりません」

「今は分からなくていい。いずれ分かる日が来るだろうから」

言うと、多々良さんはくるりと踵《きびす》を返し、部屋を出ようとする。

まだ話は終わってない。

だけどその背中には、それ以上、何も語らないという意志が、ありありと浮かんでいた。

薄暗い廊下に消えていく小さな背中に、俺は声をかけることさえできなかった。

終幕

　昨夜の多々良《たたら》さんの来訪後、俺は琴《こと》に、せいいっぱい気持ちを込めたメールを送ったり、多々良さんの言葉を何度も反芻《はんすう》したりで、結局、寝《ね》たのは午前5時ごろだった。

　でも、今日も今日とて朝から家事当番。あくび混じりに手を動かしながら、つい思い出すのは「あの子」という多々良さんのフレーズ。一緒に朝食の準備をする優奈《ゆうな》はもちろん、朝食に集まるキャストの誰《だれ》もが「あの子」に見えて仕方がなかった。

　番組のカギを握る、あの子。

　まるでスパイ探しみたいで、正直、気が滅入《めい》る。新幹線爆破事件と番組との関係も含《ふく》め、ひなたにだけはこっそり話そうと思ったものの、あいにく2人だけになる機会がなくて、もやもやを抱《かか》えたまま洗濯《せんたく》、掃除《そうじ》と家事に追われ、気づけばもうすぐ昼だった。

　2階から流れてくる拓海《たくみ》の演奏をＢＧＭ代わりに、さて昼食は何にするかと優奈とキッチンで話していたら、ふと玄関《げんかん》から声が聞こえてきた。

「あ〜あ、疲れ申した。やっとcome back to我が家だよ〜！」

久しぶりのハイテンション&英語混じりの妙《みょう》な日本語。そういえば、帰って来るのは今日だった。優奈と2人で玄関に向かってみれば、「ただいまだよ！」と杏《あん》の笑顔《えがお》があった。

「おかえり。ていうか……それ。絵？」

「Yes! よくお分かりで」

見れば、重そうなキャリーケースとはべつに、杏の肩《かた》にはバッグが一つ。横長の長方形で、大きさはスケッチブック二つ分くらい。一見して、中身はキャンバスだと分かった。

キャリーケースを俺が持ち、階段に向かおうとすると、杏は足を止め「Well... その前にliving roomに寄ってもよろしい？」と言い出した。

「そりゃ、べつにいいけど」

「でで、弘毅殿《こうきどの》、はるかさんのpresentはいかがだった⁉ Birthdayはyesterdayでしょう？　お気に召《め》してた？　あ、そういえば京子《きょうこ》さん、その節は、運転thank you!!」

「すごく喜んでたよ。ていうか……誕生日だったのはひなたで、俺は涼太《りょうた》。で、こっちは——プレゼントの買い出しで運転したのは優奈さん。杏ちゃん、間違《まちが》えすぎだよ」

「Oh! Sorry!!　日本語って難解だね！」

「そこ、日本語と関係なくない？」

優奈が冷静に突《つ》っ込む。で、そんなこんなをしているうちに、俺達はリビングダイニングへ。杏は早速《さっそく》、テーブルの上でバッグを開き、中の絵を慎重に取り出し始めた。

「杏、帰ってきてたんだ」

声に振《ふ》り返ると、ひなたの姿があった。これから外出なのか、ブルーのシフォンスカートに白のジャケットを合わせた初夏の姿は、さすがは芸能人。文句のつけようがない。

「何？　なんか言いたいことでもあるの？」

見とれる俺に、冷たい視線を送るひなた。俺は慌《あわ》てて「べつに……」と目をそらした。

昨夜、いろいろあったとはいえ、急に馴《な》れ馴れしくするわけにはいかない。たぶん、それはひなたが一番嫌《いや》がることだ。面倒《めんどう》な性格だな、ほんと。

でも一方で、そんなひなたを、ひなたらしいと思わないでもない。

俺が知っている一人の少女——素《す》の青葉《あおば》ひなただ。

「今日も撮影《さつえい》？」

ぶっきらぼうに優奈が尋ねる。

「そそ。でもマネージャーが寝坊《ねぼう》して迎《むか》えが遅《おく》れてて……。で、それ何？　絵？」

「That's right!　個展用にpaintしたのですが、ふと、ここに飾《かざ》りたくなったのです！」

言いながら、杏はてきぱきと手を動かし、やがて1枚の油絵が姿を現した。

それは、黒地を背景に、赤や黄色の暖色がまるで爆発《ばくはつ》するかのように、キャンバスいっぱいに弾《はじ》けた、不思議な絵だった。絵を囲み、思わず息を呑《の》む俺達。上手下手は分からない。ただ、見る者を引きつける強引《ごういん》なまでの画力だけは、ひしひしと感じられた。

「これって……打ち上げ花火？」

最初に口を開いたのは優奈だった。

「ご名答！」

うれしそうに言うと、杏は続けた。

「子どものころのことって曖昧《あいまい》なmemoryだけど、みなさんと暮らしていて、昔、friendsと花火を見たことを思い出し、paintした次第《しだい》です！　確か……この花火をlookしながらお願いごとを祈願《きがん》すると、必ず叶《かな》うと伝承されていたように記憶《きおく》しているよ！」

「ふ～ん。そうなんだ」

分かったような分からないような顔で、優奈がこたえた。

そのとき。

「……どうりで卒業がないわけだ」

誰もが——たぶん一番近くにいる俺でさえ、あやうく聞き逃《のが》すような小さな声で、ひなたがつぶやいた。

自分でも気づいていないに違いない。ちらと見れば、顔から一切《いっさい》の表情が消えていた。絵の向こうを覗《のぞ》くような遠い目が、なぜだか妙に哀《かな》しげだった。

明らかに変だ。ていうか……卒業がない？

一瞬、俺は声をかけようとして、でも言葉を呑み込む。今はまずい。そんな気がした。

そこへちょうど折よく、ドタドタと足音が二つ近づいてきた。

「いい加減うるせーんだよ、ごらぁぁぁぁぁ!!」

「八つ当たりとか、ほんと子どもやね」

「あ？　てめーガキでも容赦《ようしゃ》しねーぞ、俺は。地獄《じごく》見せんぞ!?」

綾乃《あやの》と拓海が大声でやり合いながら、リビングダイニングに入ってくる。

「お腹《なか》空いたぁ。お昼まだ？」

拓海を無視して、綾乃はテーブルへ。きわどいワンピース姿で椅子《いす》に腰《こし》かけ、足をぶらぶら。そして、こちらの——絵を囲む俺達の様子に「どうしたと？」と首を伸《の》ばす。

「なんだこれ？　杏が描《か》いたのか？　抽象《ちゆうしよう》画？　見ても全然、訳分かんねーぞ」

不機嫌《ふきげん》に眉《まゆ》を寄せる拓海。その後ろには、いつの間に現れたのか、びくびくとイケメンらしからぬ怯《おび》えようの龍之介《りゅうのすけ》。そっと存在を殺し、拓海の肩越《かたご》しに絵を覗き込んでいる。

「あ、分かった、これ打ち上げ花火やない？」

「Oh, yes!! これも何かのご縁《えん》。今年、everyone で花火に参りませんか!?」

どんどん騒《さわ》がしくなる中、突然、杏がぱちんと手を叩《たた》いた。

「それ、よかね。わたし、生で花火見たのって1回しかないけん、ばり楽しみ」

「わたくしも、この花火以来です。Oh! あのとき一緒《いっしょ》に見た friends は今いずこ？」

「friends って……友達？」

綾乃は毎度のように、友達という言葉に食いつく。けれど、その口調はいつもとは一転、ひどく冷たく、場の空気をぴんと張りつめさせた。

杏と綾乃の視線が、瞬間《しゅんかん》、絡《から》み合う。

「願い事すると叶うらしいよ」

空気の読めない優奈が、2人の間にぽんと割って入った。

「そんなの迷信《めいしん》に決まってんでしょ！」

間髪《かんはつ》を容《い》れずに、ひなたが忌々《いまいま》しげに吐《は》き捨てる。無表情のまま、絵をじっと凝視《ぎょうし》するひなた。冷え冷えとしたリビングダイニングに、重い沈黙《ちんもく》が落ちる。

絶対に、おかしい。

ひなたが機嫌《きげん》の悪さを隠《かく》さないのは、いつものことだ。けれど、それとはまったく色合いが違《ちが》う。綾乃の口調といい、妙だ。何が2人をそうさせるのか……。考えるうちに、俺の目は自然と絵に向かう。この絵に絡んでから、2人とも様子がおかしくなった。

とはいえ、花火は花火だ。俺には、ただ、そのものにしか見えない。

「いい感じに集まってるね。撮影、やっちゃってもいいかな？」

めずらしく勢ぞろいした俺達に目をつけたらしく、いつの間にかスタッフ達がぞろぞろと集まってきていた。重い沈黙を引きずり、誰も返事をしないのをOKととらえたらしく、たちまち狭《せま》いリビングダイニングは、スタッフで溢《あふ》れかえってしまう。

「ちょっといい？」

撮影準備のすきに、俺はひなたの肩を一つ小さく叩いた。

「何？」

いつにも増して尖《とが》った声が返ってくる。俺は平気なふうを装い、そっと話しかけた。

「話しておかなきゃいけないことがあって」

「……」

2人でその場を離《はな》れ、物置に消える。撮影はもうすぐだ。時間がない。

「で、何？　くだらないことだったら、非業《ひごう》の最期《さいご》だからね」

「昨日さ、倒《たお》れるときに少し思い出したんだけど、俺、あの日、新幹線に乗ってた」

「……あ、そう」

「え……？」

あまりにも薄《うす》い反応に、俺は思わず拍子抜《ひょうしぬ》け。面倒くさげに視線をそらすと、ひなたは一つ、これ見よがしにため息を吐いてみせた。

「それで話は終わりなわけ？」

あれだけ番組の秘密を探《さぐ》ろうとしていたのに。ていうか、昨夜、少しは距離《きょり》が縮まったと思っていたのに。ひなたは最初のころに見せた……いや、それ以上に硬《かた》く乾《かわ》いた表情で、俺の言葉をはねつける。

それは、俺の知らない、またべつのひなたの顔だった。

ショックを隠すように、俺は慌てて言葉を継《つ》ぎ足した。

「あと……綾乃と龍之介さんも事件に関係してて……ていうか変だよ、ひなた」

破れかぶれで、率直《そっちょく》に言ってみる。だけど、ひなたは口をつぐんだままだ。

「なんかあったの？」

そういえば、昨夜、ひなたは車の中でも事件と番組の関係に否定的だった。どういうわけか苛立《いらだ》っていて……。それにしたって、この様子はありえない。

「じゃあ撮影始めちゃいまーす！」

リビングダイニングからスタッフの声。ひなたはゆらりとその場から去ろうとする。

「……さっき、どうりで卒業がないわけだって漏《も》らしてたけど、どういう意味？」

「……」

やはり自分でも気づいていなかったのだろう。ひなたの顔に困惑《こんわく》の色が浮《う》かぶ。

「花火の絵を見て、そう漏らしてたよね？　あれと卒業と何か関係があるの？」

「……」

「昨日、部屋に多々良さんが来たんだ。で、事件のことも話した。絶対に番組と関係してる。あと、俺達の中に『あの子』って呼ばれる子がいて、どうもその子がカギを……」

「番組のこと調べるの……もうやめよう」

ひどく淡白《たんぱく》な、それでいて苦いものをにじませた声で、ひなたは言った。

突然《とつぜん》のことに、一瞬《いっしゅん》、俺は呆気《あっけ》にとられてしまう。何も言えなかった。

そして、そんな俺を置いて、物置から飛び出していくひなた。追いすがる間もない。

「え〜何これ!?　杏ちゃんが描いたの？」

遠く、ひなたの声が聞こえてくる。聞き慣れた、元気に溢れた声だ。

「せっかくだし額縁《がくぶち》買って飾ろうよ。あとで、あたし釘《くぎ》打っとくから、壁《かべ》にかけてさ」

「優奈、そりゃないって。そういうのは男に任せてよ。たまには役に立つぜ、俺らも」

「う〜ん、ぼくにできるかな？」

「ねねね、絵もいいっちゃけど、お昼は？　お昼はまだと？　ばりお腹空いたぁ」

「あれ？　彼は where?　いつも明るい彼のお姿が invisible‼」

「キッチンじゃないかな？　涼太く〜ん！」

ひなたが俺を呼んでいる。きっと、先ほどのことなど素知らぬ顔に違いない。

「え⁉　呼んだ？」

反射的に、俺は駆《か》けだした。

ここは「シェアハウス」だ。そして俺はキャスト。

ここにいる限り、設定に添《そ》わなければならない。来てまだ1カ月も経《た》たないのに、すっかり身に付いた習慣。俺ももう立派にキャストの一員というわけだ。

だけど、このままではいられない。

ひなたがあんなことを言い出すなんて、何かある。

卒業を覚悟《かくご》してまで、俺達は琴のところへ行った。琴の理不尽《りふじん》な卒業をひっくり返そうと、番組の秘密を探ったんだ。

それが今になって急に、なかったことになるなんて嘘《うそ》だ。

俺がおかしいと思い続けているように、ひなただってあの卒業は、琴が受け入れたにしても、納得《なっとく》しているとは思えない。

ていうか、あんな顔のひなたを、放《ほう》ってはおけない。

「悪《わり》ぃ、ちょっとトイレに行ってて……って、これすごくね？　描いたの杏ちゃん？」

部屋に入るや、さも初めて見たかのように、テーブルの上の絵に驚《おどろ》いてみせる俺。

カメラのレンズがこちらに向けられる。俺は「ねねね、まじすごくね？」と、みんなの顔を見回すと、ふと思いついて、ひなたを横目に、こう投げかけてみた。

「これって花火？　そういえば俺も昔、こんな花火見た気がするよ。いつだったかな？」

一瞬、ひなたの瞳《ひとみ》に、わずかに暗い陰《かげ》が落ちるのを、俺は見逃《みのが》さなかった。

あとがき

こんにちは。喜多見《きたみ》かなたです。この度《たび》は『されど僕らの幕は上がる。』をご覧頂き、誠《まこと》にありがとうございます。お楽しみ頂けましたでしょうか？　小心者ゆえ甚《はなは》だ不安です。

さて、せっかくこのような場を頂いたので、楽屋話を一つ。

本作はテレビが物語の要素ですが、実は私、テレビとはちょっとした因縁《いんねん》が……。●年前、リクルートスーツ姿の私は、お台場のテレビ局にいました。役員のおじさま達を前に、それこそ涼太《りようた》のように柄《がら》にもない、まじめ&さわやか設定で。要は面接ですね。

昔からテレビが好きでした。特に、ワイドショーの芸能コーナーが。

だから本来なら「芸能記者になって、芸能人を追いかけたい！」と真《ま》っ直《す》ぐに戦うべきだったのですが、いくらなんでも、それは正直すぎるだろうと、「報道志望です。社会の木鐸《ぼくたく》として……」とかなんとか、入社してしまえばこっちのものとばかりに、まじめ&さわやか設定で数度の面接を乗《の》り越《こ》え、迎《むか》えた最終面接。これまでと同じ設定で臨《のぞ》みました。

結果、落ちました。

さすがは役員。人を見る目があります。だって、設定はもちろん、志望動機さえ真っ赤な嘘《うそ》ですから。これから就職活動をされる方は、どうぞこのようなことのないように……。
ていうか、嘘にだって程度ってもんがあんだろ、と。

で、そんなこんなで、その後、テレビとは近くもなければ遠くもない世界で働くようになり、縁《えん》あって昨年『俺と彼女の青春論争《ノイジー・ゲーム》』でデビュー後、2作目の物語を考えていると、ふと、あのときの記憶《きおく》が蘇《よみがえ》ってきました。

テレビ、設定……これって、おもしろくね？

人生って不思議です。それこそ落ちた当時は、やはり涼太のように「もうダメだ……」と凹《へこ》みましたが、まさかこのような日が来るとは。人生をぶん投げないでよかったと、つくづく思います。作品を通して、こうして、みなさまとお会いできたのですから。

これから、キャスト達はどうなるのか、番組と事件の関係は、そして番組の謎《なぞ》とは……。もしご興味がありましたら、もうしばらく、本作とおつきあい頂ければ幸いです。

最後になりましたが、過分にも素敵《すてき》な絵を描《えが》いて頂いた白身魚《しろみざかな》さん、毎度のことながら多々ご迷惑《めいわく》をおかけしてばかりの担当のIさん（ほんと、さーせん！）、そして、本作をご覧頂いたみなさまに、深く感謝を申し上げます。

次回、また、みなさまとお会いできることを願って。

２０１５年８月吉日《きちじつ》　　　喜多見　かなた

それぞれの想いを隠して、
"台本のない青春"は
加速する。
彼らが集められた、
本当の理由とは――。
されど僕らの幕は上がる。
owever,
e show
ust
o on.
SCENE.
2
RELEASE IN 2015 WINTER.

されど僕《ぼく》らの幕《まく》は上《あ》がる。Scene《シーン》.1

著　喜多見《きたみ》かなた

角川スニーカー文庫　19298

2015年8月1日　初版発行

発行者　三坂泰二

発　行　株式会社KADOKAWA
〒102-8177 東京都千代田区富士見2-13-3
電話　03-3238-8521（カスタマーサポート）
http://www.kadokawa.co.jp/

印刷所　旭印刷株式会社
製本所　株式会社ビルディング・ブックセンター

Printed in Japan　ISBN 978-4-04-103417-0　C0193

★ご意見、ご感想をお送りください★

〒102-8078 東京都千代田区富士見 1-8-19
株式会社KADOKAWA　角川スニーカー文庫編集部気付
「喜多見かなた」先生
「白身魚」先生

角川文庫発刊に際して

角川源義

第二次世界大戦の敗北は、軍事力の敗北であった以上に、私たちの若い文化力の敗退であった。私たちの文化が戦争に対して如何に無力であり、単なるあだ花に過ぎなかったかを、私たちは身を以て体験し痛感した。西洋近代文化の摂取にとって、明治以後八十年の歳月は決して短かすぎたとは言えない。にもかかわらず、近代文化の伝統を確立し、自由な批判と柔軟な良識に富む文化層として自らを形成することに私たちは失敗して来た。そしてこれは、各層への文化の普及滲透を任務とする出版人の責任でもあった。

一九四五年以来、私たちは再び振出しに戻り、第一歩から踏み出すことを余儀なくされた。これは大きな不幸ではあるが、反面、これまでの混沌・未熟・歪曲の中にあった我が国の文化に秩序と確たる基礎を齎らすためには絶好の機会でもある。角川書店は、このような祖国の文化的危機にあたり、微力をも顧みず再建の礎石たるべき抱負と決意とをもって出発したが、ここに創立以来の念願を果すべく角川文庫を発刊する。これまで刊行されたあらゆる全集叢書文庫類の長所と短所とを検討し、古今東西の不朽の典籍を、良心的編集のもとに、廉価に、そして書架にふさわしい美本として、多くのひとびとに提供しようとする。しかし私たちは徒らに百科全書的な知識のジレッタントを作ることを目的とせず、あくまで祖国の文化に秩序と再建への道を示し、この文庫を角川書店の栄ある事業として、今後永久に継続発展せしめ、学芸と教養との殿堂として大成せんことを期したい。多くの読書子の愛情ある忠言と支持とによって、この希望と抱負とを完遂せしめられんことを願う。

一九四九年五月三日